Ihren Menschen behalten

Eine Cyborg-Ménage-Romanze

Monrok-Krieger-Reihe
Buch 2

Aubrey Cara

Übersetzt von
Franziska Humphrey

Midnight
ROMANCE

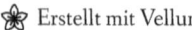 Erstellt mit Vellum

Inhalt

HOLEN SIE SICH IHR KOSTENLOSES BUCH!

Tragen Sie sich in meine E-Mail Liste ein, um als erstes von Neuerscheinungen, kostenlosen Büchern, Sonderpreisen und anderen Zugaben zu erfahren.

https://geni.us/jungfrauunddervampir

Kapitel Eins

SITUS

Der *Gearan* tritt ein. Seine blaue Haut ist dunkler als die der meisten anderen. Seine Augen sind schwarze Knöpfe, die kein Licht reflektieren. Auf Befehl seines Masters hält er einen Injektor in der Hand. Tägliche Injektionen sind üblich. Wir Monrok verabreichen sie normalerweise selbst. Ich bin misstrauisch gegenüber dem, was kommen wird. Ich wurde in Laborräumen wie diesem schon oft auseinandergenommen und wiedergeboren. Ich habe unendliche Schmerzen erlitten, um eines Tages keine mehr zu spüren.

Jetzt bin ich ein Monrok, Elite-Wächter der Zapex. Viel stärker als die Wesen, die uns geschaffen haben. Die Monrok-Kybernetik reguliert alles, von unserer Körpertemperatur bis zu unseren Schmerzrezeptoren. Der Verlust einer Extremität wäre lediglich eine Unannehmlichkeit. Wir heilen schnell und haben eine unvergleichliche Kraft und Ausdauer. Wir sind in der Lage, einen der Ko'sars, Todfeinde der Zapex, mit einem einzigen Schlag zu töten.

1

Dieser *Gearan* ist zwar genauso groß wie ich, aber nicht so kräftig gebaut. Er stammt aus einer niederen Kaste von Zapex und wurde sowohl seiner Rechte als auch seiner lebensspendenden Essenz beraubt. Er ist weniger bedeutend als ich, aber als *Gearan* wird er als geschätzter Diener gehalten.

Ich gebe dem Wunsch, ihn zu töten, nicht nach, denn es könnte mein eigenes Ende bedeuten.

Der *Gearan* presst das Röhrchen an meine Schulter und verlässt schnell den Raum. Ein feuriges Brennen rauscht mit schnellem, blendendem Schmerz durch meine Adern. Meine Kybernetik sollte aktiv sein, aber das Brennen breitet sich immer weiter aus und trübt meine Sicht. Mein Herz rast, ohne sich zu beruhigen.

Ich stolpere zurück und bin zum ersten Mal, seit ich mich erinnern kann, desorientiert.

Was auch immer mir dieser verdammte *Aheh* verabreicht hat, es unterdrückt meine Kybernetik.

Mein Bauch krampft sich zusammen, als ich meine Wut herausbrülle.

Meine Leistengegend spannt sich an.

Ich krümme mich, als mein Lebensbringer anschwillt, hart und dick, pulsierend vor Verlangen und so unerträglich, dass meine Sicht verschwimmt.

Ich reiße an meiner Hose herum, um ihn herauszuziehen, und reibe ihn, bis ich meine Essenz auf den Boden spritze. Aber der Schmerz lässt nicht nach. Er wird nur noch stärker. Es brennt mit einem stechenden, kranken Verlangen auf meiner Haut.

Ich bin eine Bestie der Begierde.

Es überschattet meine Sinne, bis dies alles ist, was ich spüre.

Die Tür öffnet sich. Ich rieche sie, bevor ich sie sehen

kann. Ein *Gearan* zieht ein Weibchen herein. Ein *menschliches* Weibchen.

Lust und Wut trüben meine Sicht. Ich knurre den Mann an, der sie festhält.

Meine.

Er stößt sie mir entgegen und flieht aus dem Zimmer.

Ich bin für ihr Weinen und Geschrei taub, als ich ihr den dünnen Stoff vom Körper reiße. Sie kämpft gegen mich, krallt und tritt, aber ich bin wie betäubt. Mein Verstand ist blind vor Begierde.

Ich dränge mich zwischen ihre Beine und finde ihre Hitze. Sie ist trocken und unnachgiebig, aber ich dringe mit Gewalt in sie ein und brülle und knurre mit unbändigem Hunger.

Mein Knoten schwillt an. Meine Essenz strömt in glühenden, wütenden Schüben aus mir heraus, aber ich bin noch nicht fertig. Noch immer brennt das Fieber in meinen Adern und überschattet alles andere. Irgendwann erstarrt ihr Körper unter meinem. Feuchtigkeit rinnt aus ihren Augen. Ich bin mir schwach bewusst, dass dies falsch ist. Ein Menschenweibchen ist ein heiliges Geschenk. Sie muss vor der Paarung vorbereitet werden. Aber ich kann nicht aufhören.

Ich habe keinen Willen.

Ich muss mich paaren.

Ich begatte sie noch zweimal, anschwellend und abspritzend.

Langsam übernimmt meine Kybernetik das Kommando. Beginnend an meiner Wirbelsäule breitet es sich nach außen aus. Mein Herzschlag wird langsamer. Meine Atmung beruhigt sich. Glücklicherweise wird mein Lebensbringer schlaff. Meine Sinne kehren zu mir zurück. Der Fieberschleier, der meine Augen trübt, hebt sich.

3

Entsetzen packt mich beim Anblick des Menschen-weibchens unter mir. Ihre Augen sind verschwommen.

Ich weiche zurück; ein Gemisch aus Essenz und Blut klebt an meinem Schwanz. Es quillt zwischen ihren schlaffen Beinen hervor.

Was habe ich getan?

Ich habe schon früher ohne Gnade getötet, aber noch nie auf diese Weise. Säure bildet sich in meinem Magen und brennt in meiner Kehle. Zum ersten Mal in meinem Leben übergebe ich mich. Mein Magen rumort heftig, bevor meine Kybernetik wieder die Kontrolle übernimmt und meine Funktionen reguliert.

Dass ich zu solchem Erbrechen fähig bin, ist schockie-rend. Monrok nehmen nur selten Nahrung zu sich, sie leben von Nährstoffspritzen.

Ich stoße mich von dem widerlichen Gestank der Galle auf dem Boden ab und rapple mich auf, bevor ich meinen schlaffen Schwanz wegstecke. Ich muss dem Weibchen helfen. Sicherstellen, dass sie überlebt.

Ich hebe sie vom Boden auf. Sie stößt ein kaum hörbares Wimmern aus und Erleichterung durchströmt mich. Ich habe sie nicht umgebracht.

Sie ist so leicht, dass ich mich nicht anstrengen muss. Ich berühre sie sanft, weil ich Angst habe, sie noch mehr zu verletzen. Der Geruch ihres Leidens ist so schwach und zerbrechlich wie sie selbst und doch füllt er meine Brust und schnürt mir die Kehle zu, sodass ich mich genauso schwach fühle.

Ich lege sie auf die Untersuchungsliege und überprüfe schnell ihre menschlichen Vitalzeichen. Ihr Puls ist niedrig, ihre Temperatur unzureichend. Ihre blasse Haut ist so dünn und zart, dass die blauen Adern an ihrem Hals und den Handgelenken in scharfem Kontrast dazu stehen.

Langsam blinzelt sie mich aus verschwommenen, feucht glänzenden Augen an. Ich kann ihren Blick nicht lesen.

Es gab Gerüchte über eine Menschenernte. Darüber, dass die Zapex uns züchten wollen. Jetzt weiß ich, dass es wahr ist.

Ich habe noch nie einen Menschen leibhaftig gesehen. Kein Monrok hat das. Nur rudimentäre Videobilder. Seltsame Aufnahmen aus einer Welt, die weit von unserer entfernt ist.

Einige Monrok haben auf dem Handels- und Prostitutionsmond Ak'ba Befriedigung mit anderen Spezies gefunden. Es wird nicht darüber gesprochen, aber einige haben miteinander experimentiert. Unter uns haben wir uns oft gefragt, wie es wohl wäre, sich mit einem menschlichen Weibchen zu verpaaren. Ich glaube nicht, dass die Zapex wissen, dass wir Zugang zu ihren Informationen und Datenbanken über die Menschen haben. Die meisten von uns sehnen sich insgeheim nach einem eigenen Weibchen. Um einen Hauch dessen zu erleben, was uns geraubt wurde, als wir von der Erde entführt wurden.

Das hier habe ich mir jedoch nie ausgemalt.

Ich hatte das Glück, mich mit einem Menschenweibchen zu verpaaren, und ich habe sie fast zerstört. Sie ist alles, was schön ist, und ich habe das Licht, das in ihr strahlte, fast ausgelöscht.

Wegen der Zapex.

Sie haben das getan.

Ich balle meine Hände mit ohnmächtiger Wut an beiden Seiten ihres Kopfes, als ich mich über sie beuge. Sie fängt an zu zittern, Tränen strömen aus ihren Augen und ich rieche ihre Angst, ihren Schmerz und ihre Qual. Ich spüre sie jetzt. Sie durchströmen mich und schüren meine Wut.

Der stechende Geruch von Urin steigt in die Luft, während sie vor Schluchzen zittert. Sie hat sich entleert. In ihrer Angst. Vor mir.

Erneute Galle steigt in meiner Kehle auf, aber ich schaffe es, sie hinunterzuschlucken.

Ich lehne meine Stirn an ihre und spende ihr auf die einzige mir bekannte Art Kraft. „Ich werde für dich Vergeltung für das finden, was hier getan wurde." *Selbst wenn es mein eigenes Ende bedeutet.*

Meine Sinne alarmieren mich, als ich Schritte auf dem Gang wahrnehme. Ich präge mir die Gesichtszüge der Frau genau ein und streiche ein letztes Mal über ihr hauchzartes Haar. „Bis dass der Tod dich erlöst."

Sie zuckt nicht einmal mit der Wimper und versteht die Worte wahrscheinlich auch nicht, die ich ihr zum Trost sage.

Ich weiche zurück und zwinge mein Gesicht zu einer leeren Maske, als drei *Gearan* und zwei Zapex hereinstürmen und die Frau umringen.

Mein Körper erstarrt wie gelähmt.

Einer der Wissenschaftler hat meine innere Fessel aktiviert, und das ist auch gut so. Ich möchte ihnen die Gliedmaßen aus dem Körper reißen und ihnen die Augen aus ihren unbarmherzigen Gesichtern herausquetschen.

Unbeweglich sehe ich hilflos zu, wie sie sie festschnallen und ihr Schmerz- und Beruhigungsmittel injizieren. Sie untersuchen sie zwischen ihren gespreizten Beinen, nehmen Proben und sondieren sie. Ihr Elend ist spürbar und frisst mich auf.

Prinz Kaihan, der oberste *Hadhr* von ihnen allen, tritt ein. Seine Roben wehen hinter ihm her und er begutachtet die Situation. Sein blaues Gesicht verzieht sich vor Abscheu, wahrscheinlich wegen des stechenden Geruchs von Essenz und Urin, der den Raum durchdringt. Er ist unser Schöpfer und unser zweitrangiger Herrscher. Sein Vater, König Thaain, sieht die Menschen als Haustiere an. Obwohl er nicht den wissenschaftlichen Verstand seines ältesten Sohnes besitzt, unterstützt er Kaihans Bestreben, die Menschen zu nützlichen Sklaven der Zapex zu machen. Wenn sich die Gelegenheit bietet, wird Kaihan der Erste sein, den ich töte.

Einer der Wissenschaftler dreht sich um und berichtet. „Der Monrok hat nicht gut auf den verabreichten Hemmungsunterdrücker reagiert."

„Lebt sie?"

„Ja", antwortet der andere Wissenschaftler und zieht eine Sonde aus der Öffnung des Weibchens. Sie zittert vor Angst, aber er würdigt sie keines Blickes. Er wird der Zweite sein, den ich töte. „Leider wurde ihr Brutkanal beschädigt. Wir müssen warten, bis sie geheilt ist, bevor wir versuchen können, sie erneut zu paaren."

„Aber sie wird heilen?", fragt Kaihan.

„Ja, Eure Majestät."

„Ich bin froh, dass sie lebt. Du wirst dafür nicht bestraft werden, Monrok", sagt Kaihan gnädig zu mir. Für ihn ist dies eine großzügige Geste. „Als dieses Experiment vorgeschlagen wurde, hatte ich befürchtet, dass sie nicht überleben würde. Das menschliche Weibchen ist stärker als erwartet. Vielleicht sollten wir weitere Experimente in dieser Richtung durchführen? Ein paar Variablen hinzufügen."

Ich schwöre, er will mich ködern. Ich würde ihn bei seinen Worten am liebsten umbringen, aber ich bemühe mich, meine Miene ruhigzuhalten. Kaihan ist bekannt dafür, uns Monrok gern zu reizen. Um zu sehen, ob wir ausrasten.

Er kehrt mir den Rücken zu und ich stelle mir die Freude vor, wenn ich ihm den Kopf vom Körper reiße. Es wäre eine einfache Sache. „Nächstes Mal sollten wir den Brunstbeschleuniger nur dem Weibchen verabreichen." Er dreht sich noch einmal zu mir um. „Bist du wieder voll leistungsfähig, Monrok?"

Ich sage nichts, Wut schnürt mir die Kehle zu.

„Die Kybernetik sollte es inzwischen aus seinem System gepumpt haben", antwortet einer der bösartigen *Hadhrs*.

„Das hast du gut gemacht. Sehr gut. Selbst ohne deine Sinne ist es dir gelungen, das Weibchen nicht zu zerstören. Wenn wir feststellen, dass sie noch kein Leben in sich trägt, kannst du versuchen, sie erneut zu paaren. Du bist entlassen."

Wer auch immer den Schlüssel zu meiner inneren Fessel hält, befreit mich aus der Starre.

Einen Moment lang denke ich darüber nach, sie alle zu töten. Sie haben den Tod verdient. Genau wie ich auch. Aber ich muss leben, um das Weibchen zu beschützen, und wenn ich sie jetzt töte, wäre dies mein Untergang. Sie würde immer wieder verpaart werden, bis sie trächtig ist. Ich darf nicht zulassen, dass ein anderer ihr so viel Leid zufügt, wie ich es getan habe.

Mit zusammengebissenem Kiefer balle ich meine Faust über meinem Herzen und verbeuge mich, bevor ich den Raum verlasse. Rasende Wut durchströmt mich auf dem Weg zurück zu den Unterkünften.

* * *

Die Unterkünfte sind fast leer, als ich eintrete. Jual liegt auf seiner Matte neben der meinen und wartet auf seine

Schicht. Seine dunkle Haut und sein Haar sind meinen sehr ähnlich, nur gröber. Wir sind gleich groß und haben die gleiche breitschultrige Statur. Meine Muskulatur ist wegen meines höheren Gewichtes etwas ausgeprägter.

Er reißt den Kopf in meine Richtung herum und seine Nasenlöcher beben. Ich weiß, dass er das Weibchen an mir riecht. „Hast du dich gepaart? War es ein Mensch? Wie war es?"

Die Paarung geht mir durch den Kopf. Ich schüttle den Kopf und bin unfähig zu antworten.

Wir beide haben die modifizierten Monrok-Augen, die aufgrund unserer Kybernetik wie blassblaue Tash-Steine leuchten. Er kneift seine misstrauisch zusammen und ich weiß, dass er es nicht darauf beruhen lassen wird.

Wir sind schon seit Jahrzehnten Kameraden. Er kennt mich zu gut.

Ich ziehe mein T-Shirt aus und lasse ihn die Kratzer sehen, die bereits zu verblassen und zu heilen beginnen. Ich trete meine Stiefel ab und ziehe meine Hose hinunter, wodurch der penetrante Gestank von weiblichem Blut, vermischt mit meiner Essenz, freigesetzt wird. Schlieren ihrer roten Flüssigkeit bedecken meine Leisten.

Jual starrt mich perplex an. „Was ist das? War sie jungfräulich? Menstruiert sie?"

„Ich hätte sie fast umgebracht." Ich gehe zum *Bak* und drücke auf das Panel, sodass sich die Tür öffnet.

Er zieht fragend die Stirn in Falten und setzt sich auf. „Was meinst du damit? Sind Menschenweibchen so schwächlich?"

„Sie haben mir ein Serum gespritzt. Es hat meine kybernetischen Funktionen unterdrückt und mich in eine Art Paarungsfieber versetzt." Ich schlucke heftig. „Ich habe sie schwer beschädigt."

„Aber sie lebt?"

Ich nicke ernst. „Sie lebt." Auch wenn ich bezweifle, dass sie sich glücklich schätzen kann.

„Glaubst du, deine Essenz hat sich festgesetzt?"

Mit einem Fuß im *Bak* bleibe ich bei seinen Worten stehen. Ich weiß nicht, warum mich diese Frage überrascht. Ist das nicht der ganze Grund für die Paarung? Aber erst in diesem Moment wird mir bewusst, dass sie meine Lebenskraft in sich tragen könnte.

Ein eiskalter Schauer rauscht durch meine Adern.

Alle Monrok wollen sich verpaaren. Aber ist es das wert, wenn unsere Jungen unser Schicksal erleiden?

„Wir dürfen uns nicht mit ihnen verpaaren", sage ich zu ihm. „Wenn es noch mehr Weibchen gibt, dürfen wir sie nicht schwängern."

Jual schüttelt den Kopf, als ob ich verrückt geworden wäre. „Situs, wenn die Zapex die Menschen ernten wollen, ist es egal, ob wir uns mit ihnen verpaaren oder nicht. Wenn sie wollen, dass unsere Essenz die Weibchen schwängert, werden sie sie sich auf die eine oder andere Weise holen."

Die Wahrheit seiner Worte erfüllt mich einmal mehr mit ohnmächtiger Wut. Ich schließe die Tür des *Baks*, während meine Kybernetik daran arbeitet, die Emotionen, die mir durch den Kopf schießen, auszulöschen. Aber es gelingt mir nicht, das Bild von ihr, wie sie unter mir lag und nicht blinzelte, zu entfernen.

Einen Moment lang glaubte ich, ich hätte sie getötet. Ich hätte es tun können.

Mein Herzschlag beruhigt sich, aber die Scham, ein Gefühl, das ich noch nie erlebt habe, brennt in meiner Brust. Disharmonie beherrscht mich. Ich lasse den Dekontaminationszyklus zweimal durchlaufen.

Wir dürfen nicht zulassen, dass sie uns reproduzieren.

Das weiß ich. Ich weiß nur noch nicht, wie ich die anderen Monrok auf meine Seite ziehen soll. Ich muss es mit Vorsicht angehen. Die anderen dürfen nichts von dem Weibchen wissen, mit dem ich mich verpaart habe, sonst könnten sie sich gegen mich wenden, um ihre eigene Chance auf einen Menschen zu bekommen.

Mein Magen krampft sich bei dem Gedanken zusammen, dass ein anderer mein Weibchen decken könnte.

Und sie ist meine.

Ich muss sie beschützen, *und mich mit ihr verpaaren*, flüstert mein Verstand, aber ich ignoriere den Gedanken an die Fortpflanzung. Ich mag sie in meinen Gedanken für mich beansprucht haben, aber ich werde nicht derjenige sein, der sie schwängert. Nicht nachdem ich ...

Es gibt nur einen Monrok, dem ich ihren Schutz anvertrauen würde. Und wenn wir sie von den Zapex wegbringen können, werde ich sie ihm überlassen. Egal, wie sehr es mich schmerzt. Ich verdiene es, tausend Leben lang dafür zu leiden, dass ich sie fast zerstört habe.

Sie wird mich immer zu ihrem Schutz haben, aber mehr nicht.

Kapitel Zwei

SITUS

„Sie kann unmöglich schon geheilt sein." Es sind erst drei Zyklen vergangen. Und doch wurde ich in die Krankenstation gerufen.

„Du musst gehen. Wenn du nicht gehst, werden sie einen anderen rufen." Jual setzt sich mir gegenüber auf seine Matte. Als ich im letzten Zyklus aus dem *Bak* kam, hatte er meine Kleidung schon entsorgt. Er ist der Einzige, der von dem Weibchen weiß.

Wir sind Monrok. Wir zögern nicht. Emotionen beeinflussen unser Handeln nicht. Und doch überkommt mich zum ersten Mal eine Unentschlossenheit. Ich muss sie beiseiteschieben. „Verpaare du dich mit ihr. Und wenn wir sie von hier wegbringen", sage ich zu Jual, „wirst du sie für dich beanspruchen."

Jual beißt die Zähne zusammen. Sein Gesichtsausdruck verfinstert sich, als er aufsteht. „Meine Anwesenheit anstelle der deinen wird nicht unbemerkt bleiben. Wenn du gefragt wirst, was wirst du auf eine solche Befehlsmissachtung antworten?"

Bevor ich ihm antworten kann, strömen Monrok in die Schlafräume. Beli, Krav, Cyrin und Mudah diskutieren über den besten Weg, *Fenipu*-Biester aufzuspüren und zu jagen. Sie werfen fragende Blicke in unsere angespannte Ecke, sagen aber nichts. Einige gehen zu ihren Matten, andere machen sich auf den Weg zu den *Baks*, um zu duschen.

Kein kommt herein und bleibt in der Mitte des Raumes stehen. Schweigen macht sich breit. Der moschusartige, berauschende Duft von Weibchen und Essenz erfüllt den Raum und fesselt unsere Aufmerksamkeit. Einen Moment lang bin ich erleichtert, dass es nicht der Duft meines Weibchens ist.

Er begegnet den Blicken aller Monrok im Raum. „Die Gerüchte über die Ernte sind wahr. Wir sollen verpaart werden, um Nachwuchs zu zeugen. Meinem Bruder und mir wurde ein Weibchen zugeteilt und es gibt noch mindestens sieben weitere, von denen vier sich jedoch im Kälteschlaf befinden." Viele unserer Kameraden springen bei seinen Worten auf, als wollten sie sich sofort auf die Suche nach den sieben Weibchen machen. Kein hält eine Hand hoch, um ihren Vormarsch zu stoppen. „Wir werden keine Zeit haben, die Weibchen aus den Kältekammern mitzunehmen."

Darüber zu sprechen, diese Weibchen zu entführen, ist gewagt. Wir stehen alle angespannt da und sind zum Handeln bereit.

„Was genau schlägst du vor?", fragt Krav, aber ich bin mir sicher, wir kennen die Antwort alle.

„Der Moment, den wir geplant haben, ist gekommen. Wir werden nicht länger ihre Wachhunde sein", sagt Kein.

„Die Zapex wollen uns zum Fortpflanzen zwingen. Unsere Jungen als Sklaven nehmen. Sie wollen unsere Weibchen jedem zur Verfügung stellen, mit dem sie züchten wollen. Das dürfen wir nicht zulassen."

„Sie werden uns verfolgen."

„Und wir werden zusammenhalten und einen Planeten einnehmen, der sich in der Regeneration befindet. Wir werden für sie bereit sein."

Viele von uns nicken im Einverständnis mit seinen Worten. Die Zapex plündern Planeten für ihre Ressourcen und lassen sie dann Tausende von Jahren unberührt, damit sie sich regenerieren können. Und es klingt, als hätte er einen bewohnbaren Planeten im Sinn.

„Ich gehe dieses Unterfangen nicht leichtfertig an. Und ich schlage es auch nicht nur den hier Anwesenden vor. Unsere Brüder in der ganzen Galaxis wurden informiert. Die, die auf unserem Mond Mehcad leben, stehen hinter uns, ebenso wie die auf den anderen Außenposten. Es ist so weit."

Ich trete vor und erkläre Kein meine Unterstützung. „Eines dieser Weibchen in der Krankenstation trägt vielleicht schon mein Junges in sich. Ich wurde in die Krankenstation gerufen, um mich mit ihr zu verpaaren. Ich bin dabei."

Einer nach dem anderen tritt vor.

„Wie entscheiden wir, wer die verbleibenden Weibchen bekommt?", fragt jemand, und alle Augen richten sich auf Kein, den unausgesprochenen Anführer unseres Aufstandes.

„Um die Sicherheit der Weibchen zu gewährleisten, werden sie nur an diejenigen gehen, die bereit sind, sie zusammen mit einem Partner zu beanspruchen. Für jedes Weibchen sollte es mindestens zwei Monrok geben. Die

15

Weibchen … Ihr Geist ist stark, aber ihre Körper sind schwach. Sie haben keine Abwehr. Sie sind anfällig für Krankheiten. Es wird ihnen kalt. Zu warm. Sie müssen gefüttert und getränkt werden. Und die Paarung …" Er schüttelt den Kopf, als würden ihm die Worte fehlen. „Es ist nicht dasselbe, wie wenn man sich selbst Erlösung verschafft. Euer Rücken ist verletzlich, während ihr fickt. Ihr werdet einen zweiten Mann brauchen."

Der Raum füllt sich mit einem Stimmengewirr, als die Männer Paare bilden. Kein kommt zu mir und klopft mir auf die Schulter. „Hast du einen Partner gewählt?"

Ich wende mich fragend an Jual und er nickt. Zum Zeichen unseres Einverständnisses reichen wir uns die Hände, drücken die Unterarme aneinander und stoßen die Ellbogen aneinander, so wie es in der Jun'pn-Galaxie üblich ist.

„Wenn du gerufen wurdest, musst du zu eurem Weibchen gehen", sagt Kein. „Niemand darf ahnen, was hier passiert. Wir treffen dich auf der Krankenstation. Während du dich paarst, übernehmen wir den Hauptrechner und versiegeln alle Eingänge zur Krankenstation und den Andockbuchten. Das Schiff wird in weniger als einer halben Schicht springen. Wir müssen schnell handeln."

Kein und ich schlagen zum Abschied die Fäuste aneinander und ich nicke Jual zu, bevor ich mit neuem Elan aus den Unterkünften schreite. Sobald ich die widerliche Krankenstation betrete, zieht sich meine Haut bei ihrem sterilen Geruch zusammen. Ein *Gearan* kommt aus dem Laborraum, in den ich geschickt werde.

Vorsichtig weiche ich zurück, als ich etwas in seiner Hand entdecke. Er hält es mir zur Begutachtung hin.

„Pheromone", erklärt er mir. Wie bei allen *Gearan* ist

seine Stimme ein unangenehmes Trällern, das mich mit den Zähnen knirschen lässt.

Um keine Aufmerksamkeit auf mich zu lenken, lasse ich mich von ihm besprühen, bevor ich den Laborraum betrete. Das Licht ist gedämpft und die Tür schließt sich zischend hinter mir. Der gleiche berauschende, moschusartige Duft, mit dem Kein bedeckt war, überkommt mich zusammen mit einer Flut von Emotionen.

Angst, Verwirrung und *sehnsüchtige Begierde*.

Die meisten Wesen wissen von der Fähigkeit der Monrok, Emotionen wie einen Duft in der Luft wahrzunehmen. Alle Wesen, denen ich je begegnet bin, sind in der Lage, ihre Emotionen zu einem gewissen Grad zu blockieren, mehr oder weniger. Dieser verletzliche kleine Mensch ist entweder nicht in der Lage dazu oder weiß nicht wie.

Sie strahlt eine so greifbare Frustration aus, dass es wie eine Vibration ist, die ich spüren kann.

Lange Gliedmaßen und bleiche Haut erfreuen meine Augen. Mein Weibchen. Sie haben ihr das gleiche vulgäre Stimulierungsmittel gespritzt, das sie mir verabreicht haben.

Sie wimmert auf dem Labortisch in der Mitte des Raums und zerrt an ihren Fesseln. Man hat sie mit dem Gesicht nach unten auf eine Liege geschnallt. Ihr nacktes Hinterteil ist nach oben gestreckt, die Beine gespreizt.

Mir läuft bei ihrem Anblick das Wasser im Mund zusammen. Sie haben ihre Körperbehaarung entfernt und nichts versperrt meinen Blick auf ihr nacktes Geschlecht. Ihre pralle Muschi ist glänzend und geschwollen. Und wunderschön. Sie ist das Schönste, was ich je gesehen habe.

Mein Schwanz schwillt in meiner Hose an, aber ich bin so unbeweglich, als wäre meine innere Fessel aktiviert. Aber das ist sie nicht.

Ich zwinge einen Fuß vor den anderen, bis ich an ihrer

Seite bin. Erst jetzt bemerke ich die dunklen Blutergüsse auf ihrer blassen Haut an den Stellen, wo ich sie zu fest gehalten und zu heftig zugestoßen habe. Gewissensbisse überfluten mich erneut. Ich hocke mich neben ihr Gesicht, damit mich der Anblick ihres Geschlechts nicht länger in Versuchung führt, und streiche feine Haarsträhnen aus ihren Augen.

„Bitte, hilf mir." Ihre Stimme hat einen sanften Klang, der ihre Herkunft von der Erde verrät. Ihre Augen sind von den Medikamenten getrübt und so geweitet, dass die helle Farbe, die ich dort zuvor gesehen habe, von ihren Pupillen fast verdrängt wird. Tränen laufen aus den Augenwinkeln und tropfen an ihrer Schläfe hinunter.

Mein Magen krampft sich zusammen. Sie steht in Flammen und leidet unter demselben Fieber, sich zu paaren, wie ich. Aber ich fürchte, dass sie innerlich noch zu beschädigt ist, um den Akt zu vollziehen.

Ich stelle den Tisch in eine flache Position und löse ihre Fesseln. Ihr Körper ist nass vor Schweiß, als ich ihr helfe, sich aufzusetzen. Ich versuche, zu ignorieren, wie weich, zart und verlockend sie sich anfühlt.

Sie klammert sich schwach an mich. Ihre zerrissenen, scharfen Fingernägel kratzen über meine Haut, als sie sich schluchzend an meine Brust drückt und ihren Körper an mir reibt. „Was geschieht mit mir?"

„Sie haben dir ein Serum gespritzt. Du bist im Paarungsfieber."

„K-keine Paarung." Sie versucht, mich wegzustoßen, aber es gelingt ihr nur, in ihrem verwirrten Zustand vom Behandlungstisch zu kippen.

Ich komme ihr zu Hilfe, aber sie hält eine Hand hoch, um mich abzuwehren, und krabbelt zurück. Ihre andere Hand steckt zwischen ihren Beinen und rubbelt heftig. Ich schaue ihr fasziniert zu und mein Schwanz pulsiert schmerzhaft.

Tränen strömen über ihre Wange und ich rieche ihre Angst, als sie den Höhepunkt ihrer Lust erreicht, nur um dann festzustellen, dass das Fieber immer noch in ihr steckt. Wahrscheinlich schlimmer.

Ich kenne den feurigen Griff dieses Bedürfnisses. Ich habe es vor ein paar Zyklen selbst erlebt.

Jeder Muskel meines Körpers ist angespannt und ich falle vor ihr auf die Knie. „Ich kann dir helfen."

Sie wendet ihr Gesicht ab und drückt ihre Hand auf ihren Mund, während sie schluchzt. Sie spreizt jedoch ihre Knie weit, um sich mir anzubieten.

Demütig lasse ich mich nach vorn fallen und strecke mich auf meinem Bauch aus. In dem Moment, in dem mein Mund ihre Hitze berührt, erschaudert sie. Würzige Wärme überzieht meine Zunge. Sie hebt die Hände an meinen Hinterkopf, gräbt sie in mein Haar und hält mich fest. Ich kämpfe gegen den Instinkt an, mich aus ihrer Umklammerung zu befreien und meine Dominanz auszuüben.

Sie ist bereits völlig machtlos und mir ausgeliefert.

Ich schiebe meine Zunge zwischen ihre seidigen Schamlippen und lecke bis zu ihrem kleinen Nervenbündel hinauf. Ich umkreise es mit etwas Druck, bevor ich mit den Zähnen darüber streife, um seine Empfindlichkeit zu testen. Sie stöhnt und schluchzt laut auf, während sie sich meinem Gesicht entgegenstemmt. Ihr Schmerz und ihre Verwirrung sind eins mit ihrer Lust.

Flüssige Hitze strömt gegen mein Kinn und ich erschrecke, bevor mir bewusst wird, dass sie Gleitmittel für die Paarung ausstößt. Meine Kybernetik arbeitet auf Hochtouren, um meinen schnellen Puls zu beruhigen. Ich versuche, mir einzureden, dass es nur das Fieber ist, das ihre Qualen verursacht. Aber der Geschmack und der Geruch ihrer Lust, wenn ihre Muschi mit ihrem Orgasmus zuckt, ergreifen von mir Besitz.

Meine Sicht trübt und klärt sich, während mein Schwanz vor Verlangen pocht. Ich drücke meine Hüfte schmerzhaft auf den Boden und bestrafe meinen Schwanz dafür, dass er mehr will, als ich ihm gestatte.

Mein kleines menschliches Weibchen wimmert erneut, schluchzt und bettelt nach mehr. Es ist fast mein Verderben. Meine Kybernetik muss mein Zittern beruhigen, während ich vorsichtig mit den Fingern in sie eindringe. Ihre perfekte Hitze nimmt meine dicken, vernarbten Finger mit Leichtigkeit auf, aber ich gleite trotzdem langsam hinein. Die Wände ihres engen Kanals dehnen sich aus und ziehen sich zusammen und das Gefühl von ihr bringt meinen Verstand zum Taumeln. Ihre nasse Wärme umhüllt mich.

Sie windet sich auf meinen Fingern und drückt mein Gesicht an ihre Muschi. Mein Unterleib zieht sich zusammen. Mit einem Schrei bäumt sie sich auf und erneute Nässe ergießt sich über meine Hand. Ihr Körper bebt in ihrer Erlösung. Mein Unterleib verkrampft sich und meine Essenz ergießt sich in fast schmerzhaften Stößen in meine Hose. Aber ich sauge und lecke weiter. Ihr Stöhnen hallt in meinen Ohren nach. Sie krallt ihre Finger in mich, aber ich kann nicht aufhören.

Ich kämpfe gegen die Abscheu vor meiner eigenen Schwäche, aber ich will niemals aufhören, sie zu schmecken.

Die Tür hinter mir gleitet auf und ich zucke zusammen. Das Weibchen packt mich fester bei den Haaren und versucht, mich wieder zu sich zu ziehen.

Einen Moment lang starren Jual und ich uns überrascht

an. Er nimmt die Szene auf, öffnet den Mund und schließt ihn wieder. Als er wieder zu sich kommt, winkt er uns weiter. „Wir müssen gehen."

Monrok stürmen an der offenen Tür vorbei, bevor ein Schrei aus dem Flur ertönt. Ich stehe auf und ziehe sie mit mir hoch. Sie stolpert vorwärts, die Feuchtigkeit zwischen ihren Beinen verursacht bei jedem Schritt ein schmatzendes Geräusch. Sie wimmert.

„Gib mir dein T-Shirt, damit ich sie bedecken kann." Ich möchte nicht, dass die anderen durch ihre Nacktheit in Versuchung geführt werden, während sie sich in diesem Zustand befindet.

Jual beäugt mein T-Shirt und auch die Vorderseite meiner Hose, die noch immer feucht von meiner Erlösung ist, und zieht sich dann das T-Shirt über den Kopf aus. Mit einer Zärtlichkeit, wie ich sie noch nie von ihm gesehen habe, streift er ihr das Kleidungsstück über den Kopf und hilft ihr mit den Ärmeln. Mit der gleichen Sorgfalt streichelt er mit den Fingerknöcheln über ihre Wange, bevor er sich entfernt.

„Einer von uns muss sie tragen", sage ich und lasse ihm die Wahl. „Sie haben ihr Medikamente verabreicht und sie ist zu schwach, um zu laufen."

Er lässt seinen Blick erst über sie und dann erneut über die Vorderseite meiner Kleidung schweifen. „Nimm du sie. So wie sie ihre Begierde projiziert, würde ich wahrscheinlich das gleiche Schicksal erleiden wie du."

Ich ziehe eine Grimasse, hebe sie aber in meine Arme.

Wir gehen den Gang entlang und Mudah kämpft hinter uns mit einer Frau. Sie knurrt bösartig und sagt ihm, dass sie seinen Lebensbringer abreißen und ihm damit in den Hals pissen wird. Sie verströmt einen beißenden Geruch von Wut und Hunger nach Gewalt.

Juals Blick begegnet meinem in unausgesprochenem Verständnis. Wir haben Glück mit unserer Frau.

Sie schluchzt ihren Kummer an meine Brust und ich ziehe sie fester an mich. Sie kann so viel weinen, wie sie will, solange sie nicht droht, mich zu verstümmeln.

Ich scanne meine internen Daten und überprüfe die Informationen von Kein, während ich auf irgendwelche Störungen vor uns lausche. Er hat die Koordinaten des Planeten, den wir für uns in Anspruch nehmen werden, zusammen mit einem uns zugewiesenen Shuttle gesendet.

Jedes Shuttle soll eine andere Route fliegen. Diejenigen mit Menschen an Bord werden den direktesten Kursen folgen.

Jual joggt los. Zwei Zapex kommen um die Ecke und reißen die blauen Augen in ihren sonst so ruhigen Gesichtern weit auf. Es kommt zu einem Handgemenge. Jual schaltet sie mühelos aus, indem er ihnen das Genick bricht, bevor einer von ihnen unsere Anwesenheit verraten kann. Er prüft die Gänge vor uns und winkt uns weiter. Ich werfe einen Blick nach unten, als wir an den Leichen vorbeikommen, und stelle fest, dass einer von ihnen der Wissenschaftler ist, der unsere Frau untersucht hat, nachdem ich sie fast zerstört hätte. Er war einer der *Ahehs*, die mich dazu gebracht haben, sie zu misshandeln. Es tut mir leid, dass ich das Leben nicht selbst aus ihm quetschen konnte. Um zuzusehen, wie seine Augen herausquellen und das Blut in seiner Kehle gurgelt. Sein Tod ging zu schnell.

Er hätte leiden sollen.

Der Rest des Weges ist frei und ruhig. So ruhig, dass ich mich frage, ob alle Zapex an Bord beseitigt oder inhaftiert worden sind. Beklemmung durchströmt mich und meine Sinne sind in höchster Alarmbereitschaft.

Wir betreten die Shuttlebucht und gehen direkt zu

unserem Raumschiff, verbinden unsere Kybernetik und öffnen die Luke. Ich steige ein, Jual dicht hinter mir. Wir verschwenden keine Zeit und starten die Triebwerke. Dann prüfen wir den Status unseres *Tash*-Steins, der einzigen Energiequelle des Shuttles.

Vielleicht müssen wir mehrmals springen, um nach Kadeema zu gelangen, wo wir uns alle treffen werden. Der Planet befindet sich am Rand des War'wok-Sonnensystems und gefährlich nah am Territorium der Ko'sars. Wir wollen nicht, dass wir auf halbem Weg ohne Energiequelle dastehen.

Die Schwebesitze erheben sich vor dem Kontrollpult und ich setze mich mit dem Weibchen in meinen Armen hinein. Sie weint immer noch leise, aber sie zeigt ihre Gefühle nicht mehr so stark. Ihre feuchten Wimpern ruhen auf ihren Wangen und ich glaube, sie schlummert. Das Shuttle hebt ab, als Jual uns zu den Zwischentüren der Shuttlebucht navigiert, und ich spüre eine Vorfreude, wie ich sie noch nie zuvor gekannt habe.

Sobald wir dieses Schiff verlassen, verändert sich alles.

Ohne Vorwarnung wird jeder Muskel in meinem Körper steif. Eine Lähmung packt mich. Ich sehe, dass Jual sich in einer ähnlichen Starre befindet. Unsere internen Fesseln wurden aktiviert.

„War ich nicht wohlwollend?"

Kaihan. Seine heuchlerische Stimme schallt um uns herum, als wäre er mit uns im Raumschiff, obwohl er es nicht ist.

Unbeweglich stehen wir vor den Zwischentüren zur Bucht und wissen nicht, von wo aus uns unser Schöpfer verhöhnt oder was gerade passiert. Und doch wissen wir es. Irgendwie haben die Zapex bereits die Kontrolle über das

Schiff zurückerlangt und haben die für sie abgesperrten Gänge durchsprengt.

Leugnung und Flüche schwirren in meinem Kopf herum. Wir hätten mehr Zeit haben müssen.

Juals Gesicht wirkt verkniffen und ist von Wut gezeichnet. Ich weiß, dass seine Gedanken die meinen widerspiegeln. Kein hat versprochen, dass er einen Plan hat. Und als Monrok mussten wir darauf vertrauen, dass er auf alle Eventualitäten vorbereitet ist. Wir sind der Freiheit zu nahe, um an eine Niederlage zu denken.

Das Weibchen bewegt sich. Ihre Augen sind noch immer von den Medikamenten geweitet, als sie erst zu mir und dann zu Jual aufschaut. Sie nimmt die Tatsache wahr, dass wir uns in einem Shuttle befinden.

„Was ist los?" Sie stößt sich von mir ab und klettert von meinem Schoß. Ihre geschwächten Glieder geben unter ihr nach und sie stolpert und fällt auf Hände und Knie.

„Weibchen, du wirst dich verletzen", knurrt Jual sie an, kann aber nicht einmal in ihre Richtung zucken.

Sie verzieht fragend das Gesicht, als sie erst ihn und dann mich anschaut. „Was is los mit'euch?", lallt sie. „Was passiert?" Ich weiß nicht, wie ich unsere internen Fesseln erklären soll. Ich schaue entsetzt zu, wie sie von mir wegkriecht. Ich höre, wie sie gegen die Wände des Shuttles schlägt und hoffe, dass sie nicht herausfindet, wie man die Luke öffnet.

Ein Moment der Stille und dann ihr Stöhnen. Lust und ihr moschusartiger Paarungsduft füllen den Raum um uns herum und lassen meinen Schwanz zu schmerzhaftem Bewusstsein anschwellen.

Jual schaut in ihre Richtung. Er sieht gequält aus.

Kapitel Drei

HANNAH

Ein Mann, den ich noch nie zuvor gesehen habe, beobachtet mich. Seine eisblauen Augen strahlen hell in seinem dunklen Gesicht, sein Körper ist starr. Der andere Mann ist ebenso seltsam in seiner Position verharrt. Sie sind große, massige Biester von Männern und müssten eigentlich furchterregend sein, aber ich bin zu überwältigt, um mich darum zu sorgen. Ein flammendes Inferno wütet in mir. Mein Körper pulsiert und jeder Zentimeter meiner Haut ist überempfindlich.

Weitere Tränen strömen über meine Wangen. Meine Augen waren seit Tagen trocken. Betäubt. Jetzt werde ich von Empfindungen bombardiert und kann nicht aufhören zu weinen.

Ich bin in einer Art Hölle gelandet und kann nicht entkommen.

Es gibt kein Entkommen.

Diese blauen Monster haben mich wieder erwischt und

mir etwas Abscheuliches gespritzt, während ich mich innerlich und äußerlich immer noch geschunden fühlte. Ich lebe in einem Albtraum, aus dem ich nicht erwachen kann.

Ich rubble mit den Fingern wütend zwischen meinen Schenkeln und mein Unterleib krampft sich mit unerfülltem Verlangen zusammen. Ein Knoten der Frustration setzt sich in meiner Kehle fest und ich schreie. Diese kräftigen Männer sind gefesselte Zuschauer und ich wünschte, sie würden sich abwenden.

Bevor ich verheiratet war, habe ich mich spätnachts heimlich berührt, wenn ich eigentlich schlafen sollte. Es hat mich damals mit mehr Scham erfüllt, als ich jetzt zu fühlen imstande bin.

Mein Körper spannt sich an und ich kneife die Augen zusammen, als ich komme. Aber es ist nicht genug. Dieser brennende Schmerz will nicht verschwinden. Ein böser Geist hat Besitz von mir ergriffen.

Mit einem überraschenden Ruck bewegen sich die Männer.

Der Typ mir gegenüber stürzt nach vorn, offensichtlich befreit von den unsichtbaren Ketten, die ihn gehalten haben.

Ich rutsche zurück, spüre jedoch eine Wand hinter mir. Ich sitze in der Klemme. Er steht über mir und zieht mich an der Taille nach unten, bis ich unter ihm liege. Ich habe keine Kraft mehr, um mich zu wehren.

Es tut weniger weh, wenn man stillliegt.

Das war in meiner Ehe so und auch davor ... und ich bete, dass es auch jetzt stimmt.

Und wenn er seine Lust an mir stillt, wird dieser quälende, treibende Hunger vielleicht verschwinden, der durch mich pulsiert.

Mit einem Zischen in der Luft hebt sich sein Gewicht

von mir. Er und der andere Mann ringen miteinander, ihr Aufprall lässt den Boden beben.

„Sie ist bedürftig", knurrt der eine.

„Ich werde nicht zulassen, dass du ihr wehtust", knurrt der andere. Seine Stimme ist düster und traurig und erfüllt mich mit Angst und Verwirrung. Ich kenne diese Stimme.

Er.

Ich kenne ihn.

Er hat mich verletzt.

Weitere Tränen. Sie sind so heiß wie meine Haut und bieten keine Linderung.

Er versprach mir Vergeltung.

Er versprach mir den Tod.

„Tötet mich", hauche ich kraftlos. Meine Stimme ist nicht mehr als ein leises Flüstern, aber sie hören auf, zu kämpfen. Sie richten ihre Blicke beide auf mich. „Bitte. Tötet mich." Ist es eine Sünde, um den Tod zu bitten? Eine Schwäche meines Geistes und meines Glaubens? Gott kann nicht gewollt haben, dass ich auf diese Weise leide. Werde ich bestraft?

Vielleicht bin ich schon tot und dies ist meine Hölle.

Ich bin mir fast sicher, dass ich ins Verderben geschickt wurde. Ich schiebe meine Finger zurück zu dem Teil meines Körpers, der nach Aufmerksamkeit schreit. Ich bin so feucht, dass die Nässe meine Oberschenkel benetzt und sich unter mir sammelt. Ich weiß, dass ich vor Scham verbrennen sollte, aber ich stehe einfach in Flammen.

„Sie weiß nicht, was sie sagt." *Er.*

Ich weiß es genau. Wenn dies das Leben an diesem Ort ist, wäre der Tod eine Gnade.

„Ich werde ihr Erleichterung verschaffen, nicht den Tod." Der andere steht über mir, aber dieses Mal ist seine

Berührung sanft, auch wenn sein Blick alles andere als das ist.

„Sie heilt noch."

„Hör auf. Ich werde ihr nichts antun. Bring uns endlich von diesem Schiff."

Er ballt die Hände zu Fäusten und knirscht so stark mit den Zähnen, dass ich glaube, sie könnten zerbrechen. Er ist offensichtlich unzufrieden mit den Worten des anderen, aber er entfernt sich. Ich stütze mich auf dem Boden ab, als der Raum, in dem wir uns befinden, sich zu bewegen beginnt. Mit zusammengekniffenen Augen schaue ich mich um und blinzle. „W-was is los?", lalle ich.

„Wir bringen dich an einen sicheren Ort."

Spricht er die Wahrheit? Wird er mich nach Hause bringen? Er streicht mir das Haar aus dem Gesicht und schaut scheinbar hypnotisiert zu, wie die Strähnen durch seine Finger gleiten.

Ich glaube ihm nicht, aber seine Nähe lenkt mich ab. Ich kämpfe gegen den Drang an, mich an ihm zu reiben.

„Bitte." Ich weiß nicht mehr, worum ich bitte. Um den Tod. Um Erlösung. Um irgendetwas.

„Lass mich dir helfen." Diese Worte habe ich schon einmal gehört. Von ihm. Und er hat mich nicht verletzt. Nicht dieses Mal. Ich bete, dass dieser andere mir auch nicht wehtut.

Er rutscht an meinem Körper hinunter und drückt meine Knie weit auseinander, sodass er sich mit seiner großen Masse zwischen meinen Schenkeln niederlassen kann. Ich zische vor Lust, als sein Mund mein Innerstes bedeckt und die Begierde, die in mir lodert, gleichzeitig schürt und stillt.

Ich schaue auf und zittere in Erlösung, aber es ist nicht genug. Es ist niemals genug.

Ich komme noch zweimal, erreiche die Glückseligkeit jedoch nie, bevor eine schwarze Flut mich überrollt, die meine Sicht trübt und mich in die Besinnungslosigkeit treibt.

* * *

Meine Ohren rauschen und mein Kopf dröhnt. Ein scharfes Brennen strahlt von meiner linken Schläfe aus. Es hat mich geweckt. Meine Augenlider aufzublinzeln, ist ein Fehler.

Ich kann nichts sehen. Alles ist dunkel. Ich halte mir die Hand vor das Gesicht, aber ich sehe nichts. Heiße Tränen rinnen aus meinen Augen, benetzen meinen Haaransatz und Panik schnürt mir die Kehle zu.

Hände. Sie greifen nach mir. Berühren mich.

Stimmen sagen mir, ich solle mich beruhigen.

„Nein!" Meine Schreie strömen heiser und scharf aus meiner Kehle, während ich gegen die Hände ankämpfe, die mich festhalten wollen.

Ich spüre einen stechenden Schmerz an meinem Hals.

Die Besinnungslosigkeit holt mich wieder ein.

* * *

Stimmen um mich herum. Tief und männlich. Eine schroff, die andere eher sanft. Sie scheinen sich zu streiten. Ich erkenne ihre Sprache nicht. Es ist weder Englisch noch Deutsch, also verstehe ich sie nicht.

Für eine Weile lasse ich mich treiben und höre zu, wie sie sich streiten.

Jonah hat mich als faul bezeichnet, wenn ich herumlag. Aber er konnte immer etwas finden, das es zu kritisieren gab. Es ist die Pflicht eines Ehemannes, seine Frau mit liebevoller Hand zu züchtigen, aber Jonah hatte nichts Liebevolles an sich.

Beim letzten Mal verletzte er mich so sehr, dass ich wusste, er würde mich umbringen, wenn ich bei ihm bliebe.

Bei dem Gedanken an meinen Mann kommt alles in mir hoch und droht, mich zu ersticken.

Ich habe meinen Mann verlassen.

Er wurde verbittert und grausam. Er war nicht ganz richtig im Kopf. Der Teufel hatte von ihm Besitz ergriffen und seinen Geist beherrscht, aber niemand wollte mir glauben. Ich war ein dummes Mädchen, weil ich ihn geheiratet hatte, und noch ein dümmeres Mädchen, ihn zu verlassen. Meine Familie wandte sich von mir ab. Sie hatten keine andere Wahl. Hätten sie mich aufgenommen, wäre ihnen das gleiche Schicksal widerfahren wie mir. Die Kolonie stellte mich vor die Wahl, Buße zu tun und zu meinem Mann zurückzukehren oder *verstoßen* zu werden, ausgegrenzt.

Ich tat, was ich für richtig hielt, aber meine Tapferkeit war pure Dummheit. Ich habe alles verloren. Und, was am schlimmsten ist, Gott hat mich bestraft. Ich bin an einem Ort des Grauens aufgewacht, zu verwirrt, um zu wissen, was passiert ist.

Lieber Vater im Himmel, es tut mir leid, dass ich gesündigt habe. Es tut mir leid, dass ich nicht stark genug war, meinem Mann zu helfen. Es tut mir leid, dass ich dir nicht vertraut habe.

„Wir wissen, dass du wach bist." Seine Worte unterbrechen mein Gebet.

Ich reiße die Augen auf und dieses Mal kann ich glücklicherweise sehen. Zwei kristallblaue Augenpaare starren auf mich herab. Der *Andere* und *Er*. Ihre Augenfarbe wirkt in ihren braunen Gesichtern auf faszinierende Weise fehl am Platz. Sie sind weder Deutsche noch Engländer, aber sie sprechen Englisch wie Amerikaner.

Ich liege wie erstarrt da und warte.

Obwohl sie fremd und dunkelhäutig sind, haben sie ein ungewöhnlich markantes Äußeres. Und sie sind riesig, breitschultrig und muskulös und tragen schwarze Uniformen, als wären sie vom Militär.

Ich möchte sie fragen, aber meine Zunge ist so erstarrt wie mein Körper.

Sie stehen auf beiden Seiten von mir und beginnen, mich von Fesseln zu befreien, von denen ich nicht einmal wusste, dass sie mich hielten.

„Du hättest dich verletzt oder wärst von der Krankenliege gerollt", sagt der *Andere*.

Kaum sind die Fesseln gelöst, reibe ich meine Handgelenke und halte sie dicht an meine Brust gepresst, als ob es die Männer irgendwie abhalten würde.

„Ich bin Jual", sagt der *Andere*. Und dann nickt er in *Seine* Richtung. „Er ist Situs."

Situs. Ich weiche seinem Blick aus. Ich presse meine Beine fest zusammen und ziehe den Saum von dem, was ich anhabe, nach unten.

Ich bin nicht genug bedeckt. Ich bin zu entblößt.

„Erinnerst du dich an irgendetwas?", fragt Situs.

„Nein." Ich schüttle den Kopf und wünschte, das wäre wahr. Mein Gedächtnis ist bruchstückhaft, aber ich erinnere mich an genug, um mir den Tod zu wünschen.

„Du lügst." Er sieht mich stirnrunzelnd an. „Warum lügst du?"

Jonahs Mutter hat mich das Gleiche gefragt, aber damals war ich ehrlich. Meine Ehrlichkeit bedeutete nichts. Sie änderte nichts. „Wo sind wir?", frage ich, anstatt zu antworten. „Bringt ihr mich nach Hause?"

Sie tauschen einen Blick aus, bevor Jual antwortet: „Wir werden bald auf einem neuen Planeten ankommen. Auf einem, auf dem wir leben und uns vor den Zapex verstecken können. Kämpfen, wenn sie zu uns kommen. Für den Moment sind wir in Sicherheit."

Nichts von alledem ergibt einen Sinn. Wer sind die Zapex? Warum müssen wir kämpfen? Ich lasse meinen Blick zum ersten Mal schweifen und ein großes Fenster fällt mir auf. Draußen erstreckt sich der weite Nachthimmel, wie ich ihn noch nie gesehen habe.

„Wo sind wir jetzt?" Ein Kribbeln des Unbehagens, das mir den Rücken hinunterläuft, verwandelt sich in einen Ganzkörperschauder.

Jual öffnet seine Arme weit. „Wir befinden uns in einem Shuttle. Wie wir bereits gesagt haben, werden wir einen neuen Planeten für uns beanspruchen."

Ich starre aus dem Fenster und sehe Dinge, die nicht wahr sein können. Riesige Kugeln, die nicht da sein sollten und ganz sicher keine Sterne sind. „Wir sind im Weltraum?", flüstere ich mehr zu mir selbst, aber er bejaht es.

Seine Worte verschwimmen und verzerren sich in meinem Kopf.

Meine Brust zieht sich zusammen. Die Kehle schnürt sich mir zu. Ich kann nicht atmen. Ich schnappe nach Luft. Ich bin im All. In einem Raumschiff. Ich war noch nie auch nur in einem Flugzeug.

Die Männer ziehen mich in eine sitzende Position, aber ich wehre mich gegen ihre großen Hände und rutsche von der hohen Liege, auf der ich sitze. „Fasst mich nicht an." Meine Beine knicken unter mir ein. Starke Arme fangen mich auf, aber ich wehre mich dagegen. „Lasst mich los." Ich will nicht angefasst werden.

Nie wieder.

Ich krieche zur Wand und lehne mich schwer dagegen, bevor ich auf den Boden sinke. Ich zerre das T-Shirt, das ich trage, über meine Knie, ziehe meine Beine an die Brust und versuche, wieder zu Atem zu kommen.

Tränen strömen über mein Gesicht, aber ich spüre sie kaum. Eine Kälte hat sich über mich gelegt.

Das darf nicht wahr sein. Das ist alles nicht wahr. „Ich will nach Hause", keuche ich.

Jual kommt und hockt sich vor mich. Der Stoff seiner Hose spannt sich über seine prallen Oberschenkel. Die dicken Muskeln seiner Arme und seiner Brust spannen sich und zucken, als er seine Ellbogen auf die Knie stützt. Alles an ihm, vom grimmigen Gesichtsausdruck bis hin zu seinen großen, schwieligen Händen, strahlt Macht und Kontrolle aus. Mein Mann hat auf der Farm gearbeitet, wie jeder andere Mann in unserer Kolonie, aber er war nicht annähernd so groß wie Jual.

Er versucht, meine Wange zu berühren, aber ich schlage seine Hand weg. Er seufzt, seine Miene wirkt matt. „Die Erde ist über neun Monate mit Hyperantriebsgeschwindigkeit entfernt und wird von den Zapex bewacht. Selbst wenn du die Reise überleben würdest, könnten wir deinen Heimatplaneten nicht erreichen."

Ich schüttle den Kopf. „Du lügst." Das kann nicht sein. „Ich bin erst seit einer Woche weg. Vielleicht zwei." Die Tage sind alle ineinander verschwommen.

„Die Zapex haben dich für deine Reise kryogenetisch eingefroren." Situs steht einen Meter entfernt. Er hat die Arme vor seiner starken Brust verschränkt, seine Miene ist düster und bedrohlich. „Sie haben dich nur aus der Schockstarre geholt, weil sie dich zur Brut brauchten."

„Nein." Ich schüttle unablässig den Kopf. „Nicht

möglich. Ich weiß nicht einmal, wovon du sprichst. Du bist verrückt. Durchgedreht."

Die Männer tauschen einen weiteren unverständlichen Blick aus, während ich auf dem Boden hin und her wippe. Wahrscheinlich denken sie, ich sei genauso verrückt. Das ist mir egal. Sie können denken, was sie wollen.

Ich ziehe das T-Shirt hoch und über meinen Kopf. Ich brauche die Dunkelheit zurück. In der Dunkelheit liegt Trost.

Das ist alles nicht wahr.

Es kann nicht wahr sein.

Kapitel Vier

HANNAH

Nach vierzehn Tagen in einem Raumschiff, das wie kleine grüne Marsmännchen im All herumfliegt, kann ich nicht länger leugnen, dass ich tatsächlich entführt worden bin. Das Shuttle, in dem wir uns befinden, ist mit nichts zu vergleichen, was ich mir jemals hätte vorstellen können. Nicht, dass ich mir so etwas überhaupt vorgestellt hätte. Meine Fantasien drehten sich um Babys und einen sanften Ehemann. Diese Träume beinhalteten nie, dass ich von Dämonen gestohlen und in einer fünf mal sieben Meter großen Kapsel eingesperrt werde. Der Innenraum ist nicht eng und die Decken sind hoch genug, sie reichen noch mindestens einen halben Meter über die Köpfe der hochgewachsenen Männer, aber nach Tagen, in denen man nichts anderes als den weiten Raum außerhalb der vorderen Scheibe sehen konnte, beginnen die schwarzen Wände im Inneren, sich eng anzufühlen.

Ich bin mir nicht sicher, ob ich glaube, dass ich schon

seit fast einem Jahr nicht mehr in der Kolonie bin. Wenn das stimmt, dann denkt meine Familie, ich sei tot. Möglicherweise plant Jonah bereits, sich eine neue Frau zu nehmen. Eine, an der er wahrscheinlich genauso viele Fehler finden wird wie an mir.

Zum Glück lassen mir die Männer, oder Monrok – ich weiß immer noch nicht, was das bedeutet – Freiraum, aber sie beäugen mich, als könnte ich jeden Moment in Millionen Stücke zerfallen. Wir schlafen alle auf weichen Matten, aber es gibt keine Decken. Ich habe gemerkt, dass es wärmer wurde, nachdem ich vor Kälte zu zittern begann.

Leider bin ich immer noch nicht richtig bedeckt. Die Männer ruhen nicht oft. Sie brauchen viel weniger Schlaf als ich, aber in den seltenen Momenten, in denen ich sie ausruhen sehe, wechseln sie sich mit ihrem Schlafrhythmus ab und nehmen Matten von der Wand, um sich daraufzulegen.

Jual hat mich dazu gebracht, aufzustehen, herumzugehen und zu duschen, nachdem ich drei Tage lang auf dem Boden gekauert hatte. Er versucht auch, mit mir zu reden. Er erzählt mir zum Beispiel, dass unsere Tage auf den Planeten in der Jun'pn-Galaxie sechsunddreißigstündige „Zyklen" sind, die in zwölfstündige „Schichten" unterteilt sind. Sie sind unabhängig von den Tageslichtstunden. Auf manchen Planeten gibt es überhaupt kein Sonnenlicht, während es auf anderen Planeten nie dunkel wird. Manchmal erzählt er mir Geschichten, die ich nur halb glaube.

Ich wünschte, er würde mich in meinem Elend allein lassen.

Ich habe ihre seltsame Reinigungskabine benutzt, die sie *Bak* nennen, aber es gibt nicht genug Desinfektionsmittel auf diesem Schiff, damit ich mich sauber fühle.

Tränen steigen mir in die Augen und ich schniefe sie zurück. Wenn ich wieder anfange zu weinen, werde ich vielleicht nie wieder aufhören.

Selbst wenn ich nach Hause käme, könnte ich nie mehr in die Kolonie zurückkehren. Ich müsste meine Sünden beichten und würde für immer gemieden werden, eine *Ehebrecherin*. Eine *Hure*.

Ich bete zum millionsten Mal um Vergebung und Kraft, aber ich bin mir nicht sicher, ob Gott mich hört.

„Komm, Gefährtin, wir werden bald landen." Jual führt mich mit sanften Gesichtszügen hinüber. Hoffnungsvoll.

Eine Dunkelheit lastet schwer auf meinen Schultern und hat sich in mein Inneres gegraben. Sie zerrt an meinen Gliedern, während ich darum kämpfe, mich von meiner Matte zu erheben. Die Männer bezeichnen mich ständig als ihre „Gefährtin" und versuchen, mich zu berühren. Zumindest Jual tut das. Selbst jetzt, als ich mich dem vorderen Bedienpult nähere, versucht Jual, einen Arm um mich zu schlingen. Aber ich weiche aus und wende mich von der Enttäuschung auf seinem Gesicht ab.

Situs beobachtet mich und hält wie immer Abstand. Er behält seine Hände für sich.

Seine Reue für das, was er getan hat, ist deutlich spürbar, obwohl ich es verstehe, dass es nicht seine Schuld war. Die Zapex haben ihn auf die gleiche Weise betäubt wie mich, weil Prinz Kaihan, ihr Anführer, Menschen als Sklaven „züchten" wollte.

Sklaven. Ich erschaudere. Genau das sollte ich werden.

Jual erklärte mir dies, während Situs auf einen Punkt weit hinter meiner Schulter starrte. Ich tat so, als wüsste ich nicht, wovon er sprach. Sie sagen, der Prinz sei jetzt tot und wir wären frei. Ich fühle mich nicht sehr frei. Im Moment bin ich wie betäubt. Die Erinnerung, der Schmerz, alles ist stumpf. Ich war nicht ganz wach.

Ich weiß, dass ich mich gewehrt habe. Ich weiß, dass ich geschrien habe, und ich kann mich manchmal an das Gewicht erinnern, mit dem er mich nach unten drückte, aber ich war wie ein Zuschauer an einem Fenster. Es überkommt mich in Gedankenblitzen, so wie etwas, das jemand anderem passiert ist, obwohl ich weiß, dass ich es war.

Ich habe das, was zwischen uns passiert ist, immer noch nicht überwunden. Ich versuche, überhaupt nicht daran zu denken. Nur wenn ich schlafe, kommen diese Albtraumerinnerungen wieder hoch und verwandeln sich in verwirrende Fieberträume aus Sehnsucht und Lust, die so akut sind, dass es schmerzt.

Horror vermischt sich in einer kranken Kombination mit dem Verlangen.

Ungewollt erinnere ich mich an das Gefühl ihrer Münder auf mir. Wie sich ihre Haare in meinen Händen anfühlten, als ich sie an mich drückte und meine Lust auskostete.

Hitze breitet sich in mir aus, teils aus Beschämung und teils aus etwas anderem, als sich mein Magen vor Entsetzen zusammenzieht. Ich starre aus dem Fenster und versuche, mich nicht zu übergeben. Ich traue mich nicht, einen der Männer anzuschauen. Das letzte Mal, als meine Gedanken zu diesen fleischlichen Erinnerungen wanderten, schaute ich zufällig auf. Als ob sie wüssten, dass meine Gedanken einen sündigen Weg eingeschlagen hatten, bekamen beide Männer eine Erektion, die sogar durch den dicken Stoff ihrer Militärhosen sichtbar war.

Ich weinte, als es das erste Mal passierte. Damals kamen sie mir nicht zu nahe und sie kommen auch jetzt nicht näher. Situs hat mir versprochen, dass sie mich nicht anfassen werden, bis ich sie darum bitte.

Als würde ich das jemals tun.

Sie stehen an beiden Seiten neben mir am Fenster und ich wünschte, sie würden zurücktreten. Es ist erdrückend, wenn sie so dicht neben mir sind, als wäre ich zwischen zwei Wänden eingeklemmt. Ich kämpfe gegen den Drang an, mich zu entfernen. Ich war immer das größte Mädchen in meiner Kolonie, oft genauso groß wie die Männer, aber diese Männer überragen mich um einen ganzen Kopf.

In meinem Nacken kribbelt es, als würde ich beobachtet werden. Ich schaue auf und Situs' Blick schweift ab. Seine Schuldgefühle und seine ständige Sorge um mein Wohlergehen sind verwirrend. Er versucht nicht, mich aus der Reserve zu locken, so wie Jual es tut, aber ich kann nicht anders, als zu denken, dass wir miteinander verbunden sind. Manchmal schwöre ich, dass er weiß, was ich denke.

Ich brauchte ein paar Tage mit ihnen, bevor ich darauf vertraute, dass sie mir nichts tun würden. Ich weiche immer noch instinktiv zurück, wenn sie mir näher kommen und sich zu schnell bewegen. Seltsamerweise glaube ich, dass ich bei ihnen relativ sicher bin. Für den Moment. Sie strahlen eine Ruhe aus, die Jonah nie besaß. Er versprühte eine gewisse Energie, die ich einst aufregend fand, jedoch zu fürchten lernte.

Seit Tagen beobachten wir, wie der Planet Kadeema immer näher kommt. Von hier aus betrachtet, ist er riesig. Am ersten Tag konnten wir andere Planeten, drei Monde und zwei in der Ferne strahlende Sonnen sehen. Jetzt sind wir Kadeema so nah, dass die anderen Planeten und Monde nicht mehr sichtbar sind.

Die Männer unterhalten sich in einer Sprache, die ich nicht verstehe. Manchmal sprechen sie auf Englisch oder

Deutsch, vielleicht in der Hoffnung, dass ich etwas erwidere. Vielleicht auch, damit ich mich nicht ausgegrenzt fühle. So oder so blende ich sie aus und versuche, ihre Anwesenheit zu ignorieren. So gut es mir möglich ist, zwei riesige, unauslöschliche Männer zu ignorieren.

Hinter uns erheben sich Sitze, wundersame Dinger, die schweben. Alles auf diesem Raumschiff ist so.

Situs setzt sich in einen Sitz und ich lasse mich in den anderen fallen. Ich schwinge meine Füße heimlich unter dem Stuhl herum, um zu sehen, ob ich Luftströme oder Drähte spüren kann. Ich wippe leicht in meinem Sitz, aber er bewegt sich nicht. Ich sehe, wie Situs mich neugierig aus dem Augenwinkel heraus beobachtet, und erröte. Den Blick nach vorn gerichtet, schlage ich die Knöchel übereinander und lege die Hände in den Schoß, um ordentlich und regungslos zu sitzen.

Jual arbeitet an der irrsinnigen Schalttafel. Er tippt auf Bildschirme, die aus dem Nichts erscheinen, und drückt unsichtbare Knöpfe. Als er fertig ist, dreht er sich um, reißt mich ganz beiläufig aus meinem Sitz und setzt mich auf seinen Schoß. Seine große, schützende Hand schlingt er um meine Taille. Mein Gesicht glüht und mein Körper versteift sich. Als wäre diese allzu vertraute Berührung nicht schon demütigend genug, hat er auch noch eine Erektion. Mein Herz pocht laut in meiner Brust und ich ringe nach Atem.

„Atme." Seine Forderung ist ein leichtes Grollen in der Nähe meines Ohrs. Etwas in mir drängt mich, zu gehorchen. Krampfhaft hole ich Luft.

Mein Körper entspannt sich langsam genug, um mich wegzudrücken. Aber er schlingt seinen Arm fester um meine Taille und hält mich in Position. „Beruhige dich. Du hast nichts zu befürchten", sagt er diesmal auf Deutsch.

Ganz ruhig. „Niemand wird dir etwas tun." Seine Stimme ist ernst.

Wenn ich seine befehlende Stimme in meiner Muttersprache höre, möchte ich gehorchen.

Situs kneift die Augen in stummem Tadel zusammen und ich weiß irgendwie, dass er Jual dazu bringen würde, mich gehenzulassen, würde ich ihn darum bitten.

Erstaunlicherweise beruhige ich mich, als er mir mit wachsamem Blick in die Augen sieht. Vielleicht liegt es daran, dass ich weiß, dass ich unter seinem Schutz stehe. Jual ist entspannt und ruhig, so sicher und doch unnachgiebig, und mir wird klar, dass ich nichts zu befürchten habe.

Ich möchte zurückweichen, lasse mich jedoch von ihm festhalten und versuche, ruhig und gleichmäßig zu atmen. Er macht keine Anstalten, mich intimer zu berühren. Ich schlucke die aufsteigende Panik hinunter, zwinge mich, mich Stück für Stück zu entspannen, und schaue staunend zu, wie wir frontal auf den Planeten zurasen.

Der Druck im Shuttle ändert sich sofort, als wir in die Atmosphäre dieser Welt eintreten. Es fühlt sich schwer und ziehend an. Mein Magen flattert, als wir im Abwärtsflug an den Wolken vorbeirauschen. Ich klammere mich an Juals Arm an meiner Taille und unterdrücke angesichts des Gefühls des Fallens ein Quietschen. Mein Atem stockt in meiner Brust, als wir dem Boden immer näher kommen. Das Land ist ein üppiger Flickenteppich aus grünen Feldern und Wäldern. Dunklere, geschwungene Linien durchziehen die Landschaft. Als wir weiterhin absteigen, wird mir klar, dass es sich um Flüsse handelt.

Es ist der schönste Ort, den ich je gesehen habe.

Ein Schrei bleibt in meiner Kehle stecken, als das Land auf uns zurast. Wir halten an und die Unterseite unseres Schiffes schwebt über dem Boden. Ein blauer Lichtstrahl schießt aus der Vorderseite unseres Shuttles und schneidet in die Erde. Situs' Hände bewegen sich über dem Bedienfeld.

„Was macht er da?" Mit trommelndem Herzen zwinge ich mich, meinen Todesgriff an Juals Arm zu lösen.

In der Ferne stehen andere Monrok, die ich vorher nicht bemerkt hatte.

„Er hebt das Gras an und wird eine Vertiefung für unser Shuttle schaffen, in der es liegen kann. Unsere Tarnvorrichtung verbraucht Energie und kann nicht die ganze Zeit eingeschaltet bleiben, also müssen wir unser Shuttle auf andere Weise unsichtbar machen. Wir werden das Stückchen Erde nehmen und unser Schiff damit abdecken. Vom Himmel aus wird man nur eine Wiese sehen."

Ein perfekt zugeschnittenes rechteckiges Stück aus Gras, Wurzeln und Erde erhebt sich in die Luft, wird zurückgeschoben und hinter dem freigelegten Stück Erde abgelegt. Situs tut all dies vom Schiff aus, als wäre es eine raffinierte, landwirtschaftliche Aufgabe.

Ich frage mich, wie schnell dieses Ding ein Feld bestellen kann.

Er zeigt auf einen kleinen Hang, den ich in der Ferne kaum erkennen kann. „Das ist ein kleineres Shuttle, aber es wird genauso aussehen."

Als unser Shuttle sich in Bewegung setzt und herumschwingt, halte ich mich bei dem plötzlichen Ruck an den Armlehnen fest. Unser Raumschiff schaukelt leicht, als es auf dem Boden aufsetzt.

„Die Luft hier ist stickstoffreich. Mehr Stickstoff als auf der Erde", warnt Situs und erhebt sich von seinem Sitz. „Wir müssen vielleicht ein Mittel herstellen, das dir hilft, dich daran zu gewöhnen. Bis dahin könntest du dich träge fühlen, wenn du längere Zeit draußen verweilst." Er starrt mich mit einem nicht lesbaren Blick von der Luke aus an. Sein entwaffnend attraktives Gesicht, das normalerweise eine leere Maske trägt, wirkt streng und unnachgiebig. „Du musst stets in unserer Nähe bleiben. Vieles mag wie deine Erde aussehen, aber das ist es nicht. Und es gibt unverpaarte Monrok, die dich begehren werden."

Jual steht auf und stellt mich auf die Beine. „Öffne die Luke und lass sie ein wenig von der Welt sehen, die wir für uns beansprucht haben." Auf seinen tadelnden Ton hin wird Situs' Miene ein klein wenig weicher.

Der frische Duft von süßem Gras weht mir mit einer Brise entgegen und umhüllt mich, als die Luke sich öffnet.

Schwindelerregende Neugierde sprudelt in mir auf. Bevor ich weiter darüber nachdenken kann, trete ich vor und bleibe neben Situs stehen, um nach draußen zu sehen. Wogende grüne Felder mit kleinen weißen und gelben Blumen gesäumt von einem Wald begrüßen mich. Der Himmel ist so strahlend blau, dass mir fast die Augen wehtun.

Vor Ehrfurcht vor der Schönheit dieses Ortes schlage ich mir die Hand vor den Mund. Tränen der Freude brennen in meinen Augen.

Eine Handvoll Monrok stehen in der Gegend herum. Ihre strenge, schwarze Militärkleidung ist in einer so reinen Landschaft völlig fehl am Platz, aber selbst ihre Anwesenheit kann diesen Moment nicht ruinieren.

Als ich aus dem Shuttle steige, unterdrücke ich ein aufgeregtes Kichern, als ich das Gras zwischen meinen Zehen spüre. Mein Herz singt in meiner Brust. Ich atme tief ein, bis meine Lunge von der herrlichen frischen Luft fast platzt.

Ich bin versucht, auf die Knie zu fallen und den Boden zu küssen. Tagelang schwebte ich im Weltraum herum und hätte nie gedacht, dass ich so etwas jemals wiedersehen würde.

„Willkommen in deiner neuen Welt, meine kostbare Gefährtin", sagt Situs und seine Stimme ist voller Emotionen. Er streichelt sanft über meinen Kopf und schreitet davon, bevor ich reagieren kann. So nah ist er mir nicht mehr gekommen, seit ich vor ein paar Tagen das erste Mal im Shuttle aufgewacht bin.

Hinter mir treibt Jual mich an, bis ich Situs wie ein begieriges Hündchen hinterherlaufe. Ich genieße das Gefühl der warmen Sonne auf meiner Haut und der kühlen Erde unter meinen Füßen. Mein Tempo verlangsamt sich erst, als ich Augen auf mich gerichtet spüre. Ein paar Monrok, so groß und imposant wie Jual und Situs, beobachten mich mit gierigen Blicken.

Als sie sich nähern, verstecke ich mich hinter Jual. Situs' frühere Warnung hallt in meinen Ohren nach.

Mein Magen zieht sich zusammen und mein Herz rast. Der Glanz dieses neuen Tages wird ein wenig getrübt.

JUAL

Situs glaubt, dass unser Menschenweibchen, Hannah, sowohl geistig als auch körperlich zerbrechlich ist. Also versuche ich, sie nicht zu sehr zu berühren. Ich lasse ihr Freiraum. Ich habe versprochen, sie zu uns kommen zu lassen, wenn sie bereit ist, sich zu paaren, auch wenn ich glaube, dass sie widerstandsfähiger ist.

Als Baza, Yhunk und Aryl kommen, um uns zu begrüßen, kann ich ihre Angst spüren. Sie tritt näher und hinter mich, sodass ich ihren Körper mit meinem abschirme. Sie zeigt bereits Überlebensinstinkte und wendet sich zum Schutz an ihre Gefährten. Das freut mich sehr.

Aryl hört plötzlich auf, die beste Technik zu erklären, um den Bodenbelag in einem Stück über das Shuttle zu ziehen, und seine Gesichtszüge verhärten sich. „Euer Weibchen trägt euren Geruch nicht." Seine Nasenflügel beben, als er Hannah anstarrt, die sich hinter mir versteckt. Seine Augen glänzen mit einem raubtierhaften Schimmer. „Ihr habt euch nicht mit ihr verpaart."

Um seine Anschuldigung zu unterstreichen, weht eine Brise von der anderen Seite der Wiese zu uns hinüber. Sie trägt den Duft von Belis und Mudahs Essenz. Ihre Gefährtin steht dort und streitet sich mit ihnen.

Unsere Essenz ist das einzige Unterscheidungsmerkmal, das wir Monrok in uns tragen, und ich verfluche mich, dass ich nicht daran gedacht habe, was das Fehlen unseres Geruchs an unserer Gefährtin bedeuten würde.

Situs' Schultern verspannen sich und seine Fäuste sind zum Kampf bereit. „Sie wurde innerlich verletzt. Wollt ihr, dass wir ihr durch die Paarung noch mehr schaden? Sie ist unsere Gefährtin." Sowohl er als auch ich würden für sie töten.

„Ihr habt sie für euch beansprucht und benutzt sie nicht einmal?", beschwert sich Yhunk.

„Ich habe einen Partner und wir fordern dich um das Weibchen heraus", sagt Baza und tritt vor.

Hannah wählt diesen Moment, um nach meiner Hand zu greifen. Sie schiebt sich unter meinen Arm und presst sich zur Sicherheit an meine Seite. Sie zittert und hat die Augen weit aufgerissen. Ich möchte jedem dieser *Ahehs* den Kopf abreißen. „*Hsst.* Könnt ihr nicht spüren, wie sehr ihr alle *unser* Weibchen verärgert? Wie sehr sie jeden von euch fürchtet? Fordert uns heraus, solange ihr wollt.

Es wird nichts daran ändern, dass sie unsere Gefährtin ist."

„Trägt sie euer Kind in sich?"

„Das spielt keine Rolle. Sie gehört zu *uns*", brüllt Situs und tritt vor Hannah und mich. Von überall her drehen sich Köpfe zu uns um. Alle anderen Aktivitäten stoppen.

Ich ziehe unser Weibchen noch fester an meine Seite und wende mich in Richtung Shuttle. Situs gibt mir Rückendeckung. Zu viele andere beobachten uns, als dass diese *Hadhr*-Arschlöcher etwas versuchen könnten.

Gemurmelte Drohungen, uns herauszufordern, tönen hinter uns. Aber die Situation ist vorerst entschärft. Ich hebe sie durch die Luke, folge ihr hinein und schließe die Klappe hinter uns.

„Was ist los?", fragt sie zitternd und mit vor Sorge verkniffenem Gesicht.

„Sie wissen, dass wir unseren Anspruch auf dich nicht erhoben haben."

„Das habt ihr doch. Ihr habt es gerade eben getan." Sie zieht die Stirn in Falten und ihre Augen funkeln verärgert. Unsere süße, unschuldige Gefährtin versteht es nicht.

„Wir haben uns nicht mit dir verpaart. Du trägst den Duft unserer Essenz nicht in dir." Ich packe meine Lebensbringer durch meine Hose, um meine Aussage zu verdeutlichen.

Sie reißt die Augen weit auf.

„Bis wir das nicht getan haben, wird uns jeder nichtverpaarte Monrok herausfordern."

„Heißt das, wir müssen ... kopulieren?" Sie weicht zurück. Ihr Körper ist angespannt und sie hat die Hand leicht erhoben, als wolle sie mich abwehren. „Ich kann nicht. Bitte zwinge mich nicht."

Frustriert fahre ich mir mit der Hand durch die Haare.

Wir hatten solche Fortschritte gemacht. „Beruhige dich. Wir werden uns etwas einfallen lassen."

„Was bedeutet es, dass sie euch herausgefordert haben?"

„Wir müssen kämpfen." Ich begegne ihrem Blick und hoffe, dass sie versteht, in welcher Gefahr sie schwebt.

„Und wenn ihr verliert?"

Meine Haut kribbelt und in meiner Brust steigt Empörung über ihr mangelndes Vertrauen in uns auf. „Man würde dich dazu zwingen, dich deinen neuen Gefährten zu unterwerfen." *Die wahrscheinlich nicht so geduldig sein werden wie wir.* Aber dazu wird es nicht kommen. Situs und ich würden niemals zulassen, dass man sie uns wegnimmt.

Sie hebt ihre zarte Hand, um ihr Schluchzen zu unterdrücken, wie ich es in den letzten Zyklen schon zu oft gesehen habe. Eine dunkle Wolke der Verzweiflung hängt schwer über ihr. Es ist eine Dunkelheit, mit der ich keine Erfahrung habe. Die eines verwundeten Tieres. Wäre sie ein gewöhnliches Tier, würde ich sie von ihrem Elend erlösen, aber sie ist nicht gewöhnlich.

Bei dem Gedanken, sie zu töten, verkrampft sich mein Magen.

Das könnte ich niemals tun.

Der Drang, sie vor fremden Kontrahenten zu schützen, packt mich. Ich würde alles zerstören, was ihr schaden wollte.

„Gott bestraft mich", bemerkt sie.

Ich seufze innerlich. Sie stammt aus einem streng religiösen Volk, dessen Glaube für Situs und mich ein fremdes Konzept ist. Sie glauben an Pazifismus und Widerstandslosigkeit, doch ihr Gott ist ebenso streng wie rachsüchtig. Ich kann es nicht verstehen. „Dein Gott bestraft dich nicht."

„Das tut er. Ich habe meinen Mann verlassen. Meine Familie hat mich verstoßen. Ich bin unrein."

Ich weiß, dass sie damit meint, dass sie im Geiste schmutzig ist, nicht körperlich. Das ist etwas, woran sie glaubt, also streite ich nicht mit ihr. Ich frage nicht, warum sie ihren Mann verlassen hat. Vielleicht war er kein guter Beschützer, wenn sie ihn verlassen musste. Und ihre Familie ist ein Pack von *Hadhrs*, sich von einem so sanftmütigen Weibchen wie ihr abzuwenden. Nein, ich werde nicht zulassen, dass sie sich deswegen schuldig fühlt.

„Dein Gefährte steht vor dir", sage ich zu ihr. Dann zeige ich auf die Luke. „Dein Gefährte steht draußen und arbeitet, um dich zu beschützen."

Sie schüttelt den Kopf. „Ihr seid nicht meine Gefährten. Ihr seid nicht meine Ehemänner."

Ihre Anklage schmerzt, aber ich trete vor, nehme ihre Hände und lege sie genau an die Stelle auf mein Gesicht, wo meine Gesichtsbehaarung dicht gewachsen ist. Wir Monrok sind in der Lage, das Wachstum unseres Bartes mit unseren internen Sensoren zu kontrollieren. Unsere veränderte Follikelstruktur dient dem zusätzlichen Schutz auf Planeten mit extremem Wetter. Ich bin froh darüber, denn in ihrer Kultur lassen sich nur die verheirateten Männer Bärte wachsen. Situs und ich haben unsere Bärte wachsen lassen, um ihr zu gefallen. Ich möchte, dass sie das Symbol der Hingabe spürt, das ich für sie trage.

„Wir haben dich in Zeiten des Krieges genommen und für uns beansprucht. Selbst nach dem Diktat deiner eigenen Kultur macht uns das zu deinen Ehemännern." Ich habe kein schlechtes Gewissen, ihren Glauben gegen sie zu verwenden. Je eher sie ihre neue Existenz akzeptiert, desto leichter wird es sein, sie zu schützen. „Wir werden dich unterbringen, beschützen und ernähren. Du wirst dich uns im Gegenzug unterwerfen und uns gehorchen", sage ich hart und mildere dann meinen Ton. „Wir werden uns deinen Körper nicht mit Gewalt nehmen, das haben wir dir bereits versprochen. Wir wollen, dass du dich uns freiwillig hingibst. Aber du sollst wissen, je länger du wartest, desto schwieriger wird es sein, dich zu beschützen."

Sie schüttelt den Kopf. Ihre Unruhe wächst, während sie mit ausgestreckter Handfläche vor mir zurückweicht. „Ich kann das nicht hinnehmen. Das ist nicht richtig. Ich kann nicht zwei Ehemänner haben, geschweige denn drei." Sie erhebt die Stimme und ihre Augen sind wild. „Ich werde in die Hölle kommen. Gott wird mich bestrafen. Das ist alles meine Schuld." Sie schließt ihre zarten Finger um meine Handgelenke und führt meine Hände an ihre Kehle. „Töte mich. Bitte."

Wütend reiße ich mich los. „Du würdest lieber den Tod wählen, als mich als deinen Gefährten zu akzeptieren?" Ein unangenehmes Gefühl brennt in meiner Brust und verdreht mir den Magen.

Sie schnappt nach Luft und ich bin mir nicht sicher, ob wegen meiner Taten oder meiner Worte. Ich greife nach ihrem Handgelenk und ziehe sie zu den Schwebesitzen. Ich setze mich und klopfe auf meinen Schoß. Sie will sich setzen, aber ich stoße sie zurück. „Leg dich über meinen Beinen auf den Bauch", fordere ich und kann den Zorn in meiner Stimme nicht verbergen.

Ich könnte sie selbst über meinen Schoß ziehen, aber nachdem sie mich als Gefährten abgelehnt hat, will ich ihre Unterwerfung.

„Warum sollte ich das tun?" Ich höre das wilde Rasen ihres Herzschlags und sehe, wie ihr Puls an ihrem Hals rauscht. Sie weiß, warum.

„Dein Verhalten ist inakzeptabel." Ich spüre ihre Angst,

aber ich versuche, meinen Tonfall neutral zu behalten. „Dir selbst etwas antun zu wollen, ist inakzeptabel." Sie soll meinen Unmut in meinen Worten hören und Angst bekommen. „Du wirst unseren Anspruch auf dich nicht verleugnen. Du wirst dich nicht in Gefahr begeben. Wirst du dich deiner Bestrafung unterwerfen?"

Sie schüttelt vehement den Kopf und ich reiße sie nach vorn und werfe sie mit dem Gesicht nach unten über meinen Schoß. Ich schlage ihr hart und stechend auf den Hintern.

Sie erstarrt vor Schreck.

So nah bei mir ist ihr natürlicher Duft so verlockend. Ihre weiche und wohlgeformte Gestalt bildet ein angenehmes Gewicht auf meinen Schenkeln. Mein Schwanz zuckt. Ich verliere fast den Verstand. Der Anblick ihres üppigen Hinterns, der unter dem Saum ihres T-Shirts herausschaut, erinnert mich wieder an mein Ziel. Ein roter, geschwollener Abdruck meiner Hand steht in starkem Kontrast zu ihrem blassen Fleisch und erinnert mich daran, wie empfindlich Menschen sind. Ich will sie nicht verletzen oder bestrafen, aber dies ist die Art ihres Volkes und vielleicht die einzige Möglichkeit, zu ihr durchzudringen.

Ich hebe meine Hand und schlage auf ihre blassen Pobacken, aber dieses Mal mäßige ich meine Kraft. Es gibt ein lautes, klatschendes Geräusch und sie keucht, aber ich spüre vor allem Schock und Verlegenheit. Ich schlage immer wieder mit der Handfläche zu, bis sie sich an mein Bein klammert und vor lauter Reue leise weint. Erst dann richte ich sie vor mir auf. Ihr Gesicht ist vor Scham rosig gefärbt.

Ihre Unterlippe bebt und weitere Tränen ergießen sich über ihre Wangen.

Die Emotionen, die aus ihr strömen, sind ein verwirrendes Durcheinander, das ich nicht verstehe. Sie kreuzt die Beine und reibt ihre Schenkel aneinander. Ich schwöre, dass ich den leisesten Hauch ihrer moschusartigen Erregung riechen kann, aber das kann nicht richtig sein. „Habe ich dich verletzt?" Ich habe nicht zu kräftig zugeschlagen, aber Menschen sind eine zerbrechliche Spezies.

„Nein." Sie schüttelt den Kopf.

Ich wische ihr über das Gesicht und halte ihr meine nassen Finger hin. „Warum tust du das?"

Sie zuckt mit den Schultern. „Du hast mir den Hintern versohlt." Ihr gereizter Ton klingt wie eine Anschuldigung.

„Du hast dich unvernünftig verhalten. Davon gesprochen, dir selbst etwas anzutun." Sie lässt den Kopf sinken und verbirgt ihr Gesicht. Ich rieche ihre Scham und hebe ihr Kinn. „Ich bin dein Gefährte. Es ist meine Pflicht, dich zu beschützen und zu disziplinieren."

„Du bist nicht mein Ehemann."

„Glaubst du nicht?" Ich erhebe mich und schaue von oben auf sie herab. „Wer hat dir gerade den Hintern versohlt?"

Sie reißt die Augen weit auf, weicht einen Schritt zurück und bedeckt ihren Hintern mit den Händen. „Du, Sir."

Sir. Es ist die menschliche Respektbekundung für Männer mit Autorität und lässt meinen Lebensbringer anschwellen. Ich schätze dies aus ihrem Mund, auch wenn sie immer noch nicht zugeben will, dass ich ihr Gefährte bin.

„Du wirst unseren Anspruch auf dich nicht verleugnen." Ich streiche mit dem Finger durch eine Strähne ihres seidigen Haars. Meine Verärgerung darüber, dass sie sich mir verweigert, schwindet. Alles an ihr ist sanft. Sogar ihr Haar. Wie das Glühen der Sonne, die über den Horizont funkelt, ist die Farbe nicht ganz Rot, nicht ganz Gold. „Du musst dieses neue Leben akzeptieren, meine kleine Gefährtin", versuche ich ihr zuzureden. „Zu deinem eigenen Wohl."

Sie schluckt heftig und nickt mit Verständnis. „Ich bin noch nicht bereit für ... du weißt schon." Ihre Augen, die die Farbe von Asche und Flusswasser haben, begegnen meinem Blick und ich kann ihren inneren Kampf sehen. Ich kann ihn spüren.

„Und wir haben dir gesagt, dass wir warten werden." Ich trete zurück und beschließe, ihr Zeit zu geben.

„Wohin gehst du?", fragt sie nervös. „Bitte verlass mich nicht." Obwohl sie das wahrscheinlich sagt, weil ich im Moment ihr einziger Schutz bin, fühlt sich ihre Bitte, bei ihr zu bleiben, wie Balsam für meinen verletzten Stolz an.

„Ich muss Situs helfen, das Shuttle zu bedecken und Nahrung für dich zu besorgen." Unsere Nährstoffspritzen sind fast aufgebraucht. Wir werden auch Wasser finden müssen. Auf unserem Heimatmond Mehcad haben wir zwar Nahrung zu uns genommen, aber es war eher zum Spaß. Dies wird das erste Mal in unserem Leben sein, dass wir nur von aufgenommenen Nährstoffen leben müssen.

„Aber was ist, wenn jemand einbricht?"

„Situs und ich werden immer in der Nähe sein, aber verlasse das Shuttle nicht, es sei denn, es handelt sich um einen Notfall", sage ich als Nachsatz. Bei dem Gedanken, dass sie uns genommen werden könnte, verengt sich meine Kehle wie unter einem Schraubstock.

Sie trägt immer noch mein schwarzes T-Shirt. Es hängt weit an ihrem schlanken Körper, verdeckt ihre wohlgeformte Gestalt jedoch kaum. Ihre langen, blassen Beine schauen kaum bedeckt unter dem T-Shirt hervor.

Mir kommt eine Idee, die meinen Lebensbringer zucken lässt. „Leg dich auf die Matte."

Sie reißt die Augen erneut auf. „Ich dachte, du hättest gesagt ..."

„Ich werde nicht in dich eindringen, aber ich werde dich mit meiner Essenz markieren, damit jeder, der es wagt, unser Shuttle zu betreten, glaubt, wir hätten uns verpaart." Ich winke sie heran, aber sie zögert.

„Du willst mich markieren ... mit deiner ..." Sie deutet auf meine wachsende Erektion, als ob die Worte zu viel für sie wären.

Ich finde ihre Schüchternheit auf seltsame Weise erregend. Vielleicht ist es der Anblick ihrer geweiteten Augen, während sie den Geruch von Angst verströmt, oder das Klopfen ihres schnellen Herzschlags, wie das einer verängstigten Beute, die weiß, dass ihr Ende nah ist. Es erweckt etwas Raubtierhaftes in mir. Es wäre aufregend, meine kleine Gefährtin jagen zu können. Ich kann mir viele Wege vorstellen, sie zu verschlingen.

Ich versuche, mich zu beruhigen und vernünftig zu sein. „Solange du noch nicht bereit bist, ist das der beste Weg, um sicherzustellen, dass du Situs' oder meinen Geruch an dir trägst."

Sie nickt erschrocken, aber es dauert noch zwei Momente, bis sie einen zögerlichen Schritt macht. Dann noch einen und noch einen, bis sie auf der Matte steht. Ohne zu blinzeln, beobachtet sie mich, als sie sich hinsetzt, als könnte ich mich jederzeit auf sie stürzen. Ihre Nervosität ist lebendig und strahlt von ihr aus.

Meine Kybernetik hat zu tun, meinen von Lust angeheizten Geist zu kontrollieren. Sosehr ich sie auch zu Boden werfen und mich zwischen ihre Beine drängen möchte, muss ich sie doch zum Entspannen bringen.

Ich hocke mich hin und streiche mit dem Fingerknöchel über ihre Wange. „Ich werde dir nichts tun." Ich sehe, dass sie gegen ihren Instinkt ankämpft, von mir wegzuzucken, aber sie lässt sich von mir streicheln. Mein Herz wird warm.

„W-w-was soll ich tun?" Ihre Stimme ist atemlos und ich hoffe, dass sie dies nicht so sehr verängstigen wird, dass sie sich niemals verpaaren will. Aber es ist der beste Weg, um sicherzustellen, dass sie geschützt ist.

„Leg dich zurück. Hebe dein T-Shirt bis zu deiner Hüfte hoch und öffne deine Beine."

Sie reißt den Blick zu mir und schüttelt den Kopf, während sie die Knie eng schließt.

„Sieh mich an, Hannah." Ihre Lippen sind zu einer meuternden Linie zusammengepresst und sie blinzelt zu mir auf. „Ich werde dich heute nicht nehmen. Selbst wenn du mich anflehst."

Sie schnappt bei meinen lächerlichen Worten empört nach Luft. Ich knie auf der Matte zwischen ihren Beinen, als sie sich widerwillig vor mir entblößt. Ihr Geschlecht ist wie eine *Ashwana*-Knospe und ich erinnere mich daran, wie sie geschwollen, nass und erblüht für mich aussah. Sie mag unter Drogen gestanden haben, aber ihr reichhaltiger Nektar ist ein Geschmack, der sich für immer in mein Gedächtnis eingeprägt hat. Ein Echo dieses Dufts steigt auf und hüllt mich ein wie Rauchschwaden.

Mein Schwanz, der in meiner Hose bereits länger geworden ist, pulsiert noch stärker, als ich ihn herausziehe. Erlösung zu finden, wird nicht schwer sein.

Sie hat ihre Hände an ihren Seiten geballt und das Gesicht abgewandt.

Ich denke an die ausgelassene Freude, die sie ausstrahlte, als sie zum ersten Mal aus der Luke trat, und ich schwöre mir, dass sie eines Tages die gleiche Freude zeigen wird, wenn es um unsere Paarung geht. Ich freue mich darauf, ihre Erlösung an meiner Zunge und meinen Fingern zu spüren, wieder und immer wieder, bevor ich meinen sehnsüchtigen Schwanz in ihre kleine, enge Muschi schiebe.

„Berühre dich selbst", sage ich zu ihr. Ich will sehen, wie sie ihre Schamlippen befingert und mir vorstellen, dass ich es bin.

Sie schaut mich mit schockiertem Blick an. „Was?"

„Berühre deine Muschi."

Sie zuckt bei meinen Worten zusammen. „Warum?"

Es liegt mir auf der Zunge, ihr zu befehlen, sich mir zu fügen, aber stattdessen erkläre ich es ihr: „Es wird mir helfen."

Sie schaut an meinem Körper hinunter. Ihr Gesicht errötet, als sie meinen tropfenden Schwanz betrachtet, der ganz offensichtlich nicht mehr Hilfe braucht als meine Hand. Aber sie leckt sich über die trockenen Lippen, bevor sie ihre zitternden Finger auf ihren nackten Schamhügel legt. Ich möchte ihre Finger in ihre Hitze treiben, bis sie sich vor Lust krümmt. Ich knurre frustriert.

„Was fühlst du dort?"

„Nacktheit", antwortet sie. „Sie haben mir die Haare genommen."

Angesichts ihrer Empörung spitze ich die Lippen. Menschen sind seltsame Geschöpfe. „Sie haben mir auch meine genommen. Sie haben die Haarfollikel durch verbesserte Sensoren ersetzt, die Krankheitserreger blockieren." Ihr neugieriger Blick wandert hinunter zu meiner Leiste und dann wieder zurück. Ihr Puls und ihre Atemfrequenz erhöhen sich dabei.

Allein ihr Anblick, wie sie errötet und keucht, bringt mich dazu, mich über sie ergießen zu wollen. Ich spüre, wie ihre Nervosität ihre Angst übertrumpft, gemischt mit Verwirrung. Und einem ganz kleinen Hauch von Erregung. Dies macht mir Hoffnung wie nichts anderes je zuvor. Ich gleite durch die Feuchtigkeit an der Spitze meines Schwanzes und streiche sie über die gesamte Länge.

Zartrosa Haut schaut unter ihren schlanken, forschenden Fingern hervor. Ich stelle mir vor, wie sie sie um meinen Schwanz legt und mir hilft, und unterdrücke ein Stöhnen.

„Was du unter deiner Hand spürst, gehört mir." Ich erhebe meinen Anspruch. Meine Stimme ist heiser, während ich mit quälend langsamen Zügen über mein begieriges Fleisch reibe.

Sie schüttelt verneinend den Kopf.

„Doch, das ist es. Es gehört mir. Und was ich in der Hand halte, gehört dir." Wieder schüttelt sie den Kopf. „Sieh mich an", befehle ich ihr. Ihr Blick huscht zu meinen Augen und wandert dann wieder hinunter zu der Stelle, an der ich mir einen runterhole. „Der gehört dir. Du kannst ihn lieben und beherrschen. Und eines Tages wirst du ihn in deinem Körper willkommen heißen und es wird dir nichts als Wohlbehagen und Freude bringen."

Sie reißt die Augen weit auf und versucht, ihre Beine zu schließen, aber ich halte sie mit den Knien offen. Der Duft ihrer Paarungsflüssigkeit liegt in der Luft und ist dieses Mal unverkennbar.

Mein Unterleib spannt sich an und will sich ergießen, aber ich halte mich noch zurück.

„Sag es mir", verlange ich. „Sag mir, dass du willst, dass ich dich mit meiner Essenz markiere. Dich beschütze."

Sie zieht ihre zitternden Finger von ihrem Schamhügel und schließt sie knapp oberhalb meiner Hand um meinen Schwanz. Mit einem kehligen Stöhnen ergieße ich mich und schieße meine Essenz in Strömen über ihren nackten Schoß und ihre Oberschenkel.

Ihr Atem stockt, aber ich halte ihre Hand fest, bis der letzte Tropfen aus meinem Körper geflossen ist. Ich führe ihre Fingerknöchel an meine Lippen und küsse sie zum Dank, bevor ich sie auf ihren flachen Bauch lege, wo meine Nässe sie kühlt.

„Reibe sie hinein", sage ich ihr und bewege ihre Handfläche über ihren Schamhügel und schiebe ihre Finger mit meinem Samen in sie hinein.

Ihr Gesicht färbt sich scharlachrot. Sie tut, wie ihr geheißen und reibt meinen Duft tiefer in ihre Haut und drückt ihn in sich hinein.

Der Anblick lässt mich erneut zum Leben erwachen, obwohl ich soeben Erlösung gefunden habe. Stöhnend stecke ich meinen Schwanz in die Hose, hole ihr ein Tuch zur Reinigung für die überschüssige Flüssigkeit und helfe ihr, ihre Hand abzuwischen.

Ihr Blick huscht immer noch umher. Sie sieht mir zögerlich in die Augen, nur um sich dann abzuwenden und alles andere als mich anzusehen. Ich kann ihre Scham spüren, als sie sich aufrichtet und ihre Beine unter sich verschränkt.

Eine Träne rollt über ihre Wange.

„Nichts von alledem", sage ich und wische ihre Nässe ab. „Das hast du gut gemacht, meine kleine Gefährtin. Ich bin stolz auf dich."

Die Emotionen, die bei dieser Aussage aus ihr sprudeln, sind zu vielfältig, um sie zu entschlüsseln. Ich drücke ihr einen Kuss auf die Stirn und stehe auf, weil ich es nicht ertragen kann, sie zurückzulassen, ohne ein Zeichen meiner aufkeimenden Zuneigung für sie zu zeigen. „Du bist jetzt sicherer, aber du solltest trotzdem im Shuttle bleiben, bis diejenigen, die uns herausfordern, ihre Bemühungen einstellen."

Sie öffnet und schließt ihre blassrosa Lippen, als wolle sie etwas sagen, als die Luke sich öffnet. Ich sehe die Sehnsucht in ihren Augen, nach draußen zu gehen. Aber sie schweigt, als ich aussteige und die Luke hinter mir schließe.

Situs und die anderen Monrok haben die Erd- und Grasschicht bereits über das Shuttle gehoben, sodass es aussieht, als sei es nichts weiter als ein sanfter Hügel, der natürlich in die Landschaft gehört. Situs wirft mir einen fragenden Blick zu und ich schüttle den Kopf. Ich weiß, dass er meine Essenz in der Luft wittern muss. Wir werden später über unsere widerwillige Gefährtin sprechen, aber ich trage jetzt eine Hoffnung in mir, die vor einer Schicht noch nicht da war.

Ich helfe dabei, die Erde an der Vorderseite und den Seiten unseres Shuttles herum festzudrücken, bis unser Erdhügel völlig nahtlos ist. Dabei behalte ich die Luke stets im Auge. Als es an der Zeit ist, zu jagen und Wasser zu holen, entscheidet Situs, auf das Shuttle aufzupassen, während ich widerwillig gehe. Ich hasse es, den Ort aus den Augen zu lassen, an dem sich unser Weibchen aufhält.

Kein war weise, uns zu zweit zu verpaaren. Bis wir unser menschliches Weibchen rechtmäßig für uns beansprucht haben, wird es eine ständige Ablenkung sein, zu verhindern, dass sie von unverpaarten Monrok gestohlen wird.

Mit Wasser und frischem Wild beladen, beschleunige ich meine Schritte zurück zu unserem Liegeplatz. Situs steht von seinem Platz neben dem Shuttle auf, wo er ein Feuer gemacht hat. „Baza und Aryl haben ihre Absicht bekundet, uns herauszufordern. Sie können dies aber erst nach einem weiteren Zyklus offiziell verkünden, wenn Cal und Kein hier eintreffen. Yhunk und sein Partner Jyn fordern uns ebenfalls heraus", sagt Situs zur Begrüßung.

Ich nicke und lege die fetten, kleinen Biester, die ich erlegt habe, zusammen mit den aufgefüllten Säcken voll Wasser ab. Dann drücke ich die Schultern durch. Wir wissen beide, dass eine Ablehnung ihrer Herausforderung so früh in unserer neuen Existenz schwach erscheinen würde. Die anderen Monrok müssen lernen, dass wir uns unsere Gefährtin nicht wegnehmen lassen werden.

„Dann werden sie sterben." Wenn wir um unsere Gefährtin kämpfen müssen, werden wir sie auch gewinnen.

Kapitel Fünf

HANNAH

Die Lichtung vor uns ist voll von Männern. Mir war nicht bewusst, dass so viele von ihnen auf diesen Planeten geflohen sind. Sie alle tragen die gleiche schwarze Militärkleidung wie Jual und Situs.

In den letzten zwei Tagen – oder Zyklen, wie sie es nennen – war ich im Shuttle eingesperrt und durfte nur raus, um mich zu erleichtern. Gierig sauge ich die frische Luft ein. Der Sechsunddreißig-Stunden-Tag der Monrok zerrt an mir und ich kann nur eine gewisse Zeit schlafen, obwohl ich so müde bin wie nie zuvor. Die Männer sagen, dass mein Körper sich an die Luft hier gewöhnen wird.

Ich hasse die Enge fast so sehr wie die Untätigkeit und Einsamkeit. Mein ganzes Leben lang habe ich an der Seite vertrauter Frauen gearbeitet. Zuerst in der Kolonie meiner Familie, dann in der meines Mannes, in der über siebzig Menschen lebten. Es gab immer etwas zu tun.

Als ich hinter Situs herstapfe, stolpere ich über eine

Rille im Boden und Jual fängt mich auf. Ein Schock durchzuckt mich bei seiner Berührung. Hitze steigt an meinem Hals auf und breitet sich auf meinem Gesicht aus. Seit er angefangen hat, mich zu markieren, ruft seine Berührung ein unangenehm sündiges Gefühl in mir wach. Ich trete von ihm weg und er lässt mich los, beobachtet mich aber weiterhin genau.

„Was genau machen wir?", frage ich. Die Männer haben mir nicht komplett erklärt, was los ist, und es macht mir unendlich große Sorgen. Je mehr sie mir sagen, dass ich mir keine Sorgen machen soll, desto mehr Sorgen mache ich mir.

„Wir müssen beweisen, dass du zu uns gehörst", sagt Situs, ohne sich umzudrehen.

„Warum?" Ich greife nach seinem Arm und halte ihn auf. „Werden sie Jual nicht an mir riechen und wissen, dass ich euch gehöre?"

Situs zuckt zusammen und ich bin mir nicht sicher, warum.

„Wollt ihr mich nicht behalten?" Sogar ich kann die Angst in meiner Stimme hören.

Es ist nicht so, dass ich will, dass sie mich wollen. Ich bin nicht glücklich mit meiner Situation, aber wenigstens weiß ich, dass Jual und Situs mir nicht wehtun werden. Sie waren so geduldig und gütig zu mir, wie ich es noch nie zuvor erlebt habe. Sicherlich tun sie das doch nicht, um mich dann an einen anderen weiterzugeben?

„Die Monrok, die uns herausgefordert haben, haben den Verstand verloren." Situs runzelt die Stirn und legt eine Hand auf meine Schulter. Dann zieht er sie weg, als hätte er sich verbrannt. Selbst sein Gesicht zeigt einen schmerzhaften Ausdruck. „Sie werden dich nur dann kampflos als unser

Eigentum akzeptieren, wenn du unser Junges austrägst." Er starrt auf meine Taille, als würde er sich genau das vorstellen, und schüttelt dann den Kopf. „Aber das tust du nicht."

Mein Herz rutscht in meine Kniekehle. Ich war jahrelang verheiratet und wurde nicht mit einem Kind gesegnet. „Oh ... aber es gibt doch sicher einen anderen Weg." Ich werde wahrscheinlich niemals schwanger werden. „Vielleicht, wenn ihr ..."

„*Hst.*" Jual reißt die Hand nach unten und unterbricht mich. „Sie denken, wir hätten keine Ehre. Sie denken, wir hätten dich irgendwie gestohlen. Und ihnen damit ihre Chance genommen, dich zuerst zu bekommen. Sie verstehen es nicht. Sie sind diejenigen, die keine Ehre haben. Deshalb müssen sie sterben."

„Sterben?" Ich schaue zwischen den beiden hin und her. „Ihr wollt kämpfen? Bis zum Tod?" Mein Herz bleibt stehen, bevor es erneut anfängt zu schlagen. „Das könnt ihr nicht machen." Sie können nicht um mich kämpfen und vielleicht sterben. „Das ist falsch. Es muss einen besseren Weg geben."

„Das ist unser Weg", sagt Situs, als würde er sagen, der Himmel sei blau oder das Gras grün. Ich sehe an den entschlossenen Gesichtern der beiden, dass sie ihre Entscheidung getroffen haben.

Es ist zu viel. Ich schreie aus tiefster Lunge. Die ganze Angst und Frustration der letzten Wochen sprudeln aus mir heraus, bis mir die Luft wegbleibt. Mit rasendem Herzen öffne ich die Augen.

Sie starren mich an, als hätten sie mich noch nie zuvor gesehen. So habe ich mich selbst auch noch nie gesehen. Zitternd vor Wut habe ich die Hände zu Fäusten geballt. Ich sollte mich schämen. Ich habe mich noch nie in meinem

Leben so aufgeführt und mein Wutanfall ändert überhaupt nichts. Gar nichts.

Ich stapfe um sie herum und gehe in Richtung Lichtung. Sollen sie mir dieses Mal ruhig folgen.

Mein Zorn zerfällt zu Asche und Staub, sobald ich die Gruppe von Männern erreiche, die mich alle anstarren. Erleichterung durchströmt mich, als Jual und Situs an meiner Seite auftauchen. Da ich spüre, wie mich alle beobachten, lasse ich meinen Blick über die Lichtung schweifen und sehe in die Gesichter der Männer von neulich. Darunter zwei, die ich nicht kenne. Sind das diejenigen, die Jual und Situs herausgefordert haben?

Ich schlucke meine aufsteigende Panik hinunter, greife nach Juals Hand und nähere mich ihm, bis ich fast hinter ihm stehe. Mein Bedürfnis, mich nicht von ihnen berühren zu lassen, erscheint mir jetzt, da sie sterben könnten, töricht. Ich weiß nicht, was ich tun werde, wenn er und Situs verlieren.

Ein gewaltiger Mann, der so groß und breit wie Jual und Situs ist, klopft Situs zur Begrüßung auf die Schulter, bevor sie sich wie beim Armdrücken die Hände reichen und die Ellbogen aneinanderstoßen. Auch mit Jual wiederholt er diesen seltsamen Händedruck, bevor er zurücktritt und die Hände an die Hüfte stemmt.

„Seid ihr sicher, dass ihr diesen Weg einschlagen wollt?", fragt er mit einer Stimme, die so dunkel und bedrohlich klingt, wie sein Aussehen wirkt. „Yhunk und Jyn haben ihre Herausforderung zurückgezogen, aber Baza und Aryl sind immer noch töricht. Ihr müsst es nicht akzeptieren. Die Mehrheit unserer Kameraden ist der Meinung, dass sie kein Recht haben, euch herauszufordern."

Ich möchte Situs und Jual anflehen, diese Herausforderung nicht anzunehmen, aber der intensive Blick des

Mannes richtet sich auf mich. Ich klammere mich noch fester an Juals Hand. Ich muss mit mir kämpfen, um nicht zurückzuweichen. „Was ist mit dir, Gefährtin von Jual und Situs? Bist du mit ihrem Anspruch auf dich einverstanden?"

Ich öffne den Mund und schließe ihn wieder. Ich bin verwirrt, dass ich förmlich als ‚Gefährtin von Jual und Situs' angesprochen werde. Ich nicke dümmlich und bin mir nicht sicher, ob ich noch weiß, wie man überhaupt spricht.

Eine kleine blonde Frau tritt um ihn herum und gibt ihm einen Schubs, der ihn überhaupt nicht bewegt.

„Hör auf, sie einzuschüchtern, du Rohling." Er knurrt sie an, aber sie streckt ihm nur die Zunge heraus.

Ich schnappe überrascht nach Luft, als sie ihre Arme um mich schlingt. Die Berührung dauert nur eine Sekunde, bevor sie zurückweicht. „Hi, ich bin Allyson. Du musst Hannah sein."

Sie ist ein englischsprachiges, amerikanisches Mädchen, diese Allyson. Selbst im schwindenden Licht des Tages, der sich langsam zur Nacht verwandelt, kann ich ihre klaren blauen Augen sehen. Sie ist hübsch und wohlproportioniert und wirkt neben den Männern um uns herum winzig. Mein Kopf reicht kaum zu Juals und Situs' Schultern, aber sie ist fast einen ganzen Kopf kleiner als ich.

Einer der Männer zieht sie mit dem Rücken an seine Brust und sie lächelt zu ihm auf. Sie strahlt eine liebevolle, glückliche Wärme aus und mein Schock über die Begegnung mit der anderen Frau verwandelt sich in Verwirrung. „Bist du auch Monrok?"

Sie kann doch sicher nicht wie ich entführt worden sein.

Verwirrt runzelt sie die Stirn und schüttelt den Kopf. „Nein, ich stamme von der Erde, genau wie du."

„Aber du bist ..." Ich möchte die möglicherweise einzige

andere Frau auf diesem Planeten nicht beleidigen. Ich bin mir nicht sicher, was ich sagen wollte. *Aber du bist glücklich*, vielleicht. Es erscheint mir unverständlich.

Ein weiterer Mann tritt an ihre Seite und ich muss zweimal hinsehen. Die beiden Männer sind in jeder Hinsicht identisch. Dieser neue Mann greift nach ihrer Hand und küsst ihre Finger. Der Blick, den sie ihm zuwirft, ist genauso warm und zärtlich wie der, den sie dem anderen Mann geschenkt hat. Ich bin für einen Moment sprachlos.

Obwohl mir gesagt wurde, Situs und Jual seien meine Gefährten, haben sie mich kaum berührt. Diese Allyson ist so gut wie verheiratet, und zwar mit *zweien* dieser Männer, die sie weggestohlen haben. Sie zeigen ihre Zuneigung auf eine Art und Weise, die mir unbehaglich ist, mich jedoch auch fasziniert. Und sie scheint kein Problem damit zu haben.

Es wird still und einer nach dem anderen beginnen die Männer auf der Lichtung, ihre geschlossenen Fäuste im Gleichklang auf ihre Brust zu schlagen. Einige stampfen im Takt mit den Füßen. Der Klang ist wie ein pulsierender Trommelschlag, der uns umgibt.

Ein Schauer läuft über meinen Rücken und die feinen Härchen an meinem Nacken stehen bei dem unheimlichen, barbarischen Geräusch zu Berge.

„Es ist so weit." Jual löst seine Finger aus meinen und küsst meinen Scheitel. „Cal und Kein werden über dich wachen, bis das hier vorbei ist." Er legt seine Hand auf meinen Kopf, als wäre er ein Priester, der mich segnet, und wendet sich dann zum Gehen.

Situs starrt auf mich herab, als wolle er sich meine Gesichtszüge genau einprägen. Ein Schauer läuft mir über den Rücken. „Mach's gut, kleine Gefährtin. Das alles wird bald vorbei sein." Er macht keine Anstalten, mich zu berühren, sondern starrt mich lediglich einen intensiven Moment lang an, bevor er weggeht.

Seine Worte klingen eher wie das Beschwichtigen eines Kindes als eine echte Beruhigung.

„Situs", rufe ich und er dreht sich keine zwanzig Schritte vor mir um. Die Fackeln, die rund um den Kampfplatz angezündet wurden, tauchen seine Gesichtszüge in ein wildes Licht. „Bitte stirb nicht." Ich bin mir nicht sicher, was mich dazu bringt, das zu sagen.

Auf meine Worte hin steht er noch ein wenig gerader und konzentrierter, wenn das überhaupt möglich ist. Sein Blick verbrennt mich auf unmögliche Weise, er nickt und dreht sich um. Der Schlag der Fäuste verliert seinen Rhythmus und verwandelt sich in ein wildes Gebrüll. Um uns herum erhebt sich eine Vielzahl von kehligen Schreien.

Ich möchte ihn anflehen, es nicht zu tun, aber ich werde vor all diesen Männern keine Schande über mich bringen. Allyson ist bereits zu mir gekommen und hat ihren Arm mit meinem verschränkt. Ich bin dankbar für ihren Beistand.

„Hier geht es nicht so zu wie bei uns auf der Erde, was?", ruft Allyson über den Trubel hinweg. Ich glaube, sie versucht, mich zu trösten.

Mir stehen die Tränen der Angst in den Augen und meine Kehle ist so zugeschnürt, dass ich nicht sprechen kann. Also schüttle ich nur den Kopf.

„Sie verstehen nicht, wie schwer das alles für uns ist", fährt sie fort. „Für Männer, die unsere Emotionen spüren können, sind sie oft sehr schwer von Begriff. Aber ich merke, dass sie dir am Herzen liegen", sagt Allyson und schaut mich besorgt an. Ein bleiernes Gewicht belastet meinen Magen mit Schuldgefühlen. Meine Sorge um ihr Wohlergehen ist absolut egoistisch und ihres Opfers nicht würdig, wenn sie heute Nacht sterben.

Sie tätschelt meine Hand. „Sie werden das schon machen."

„Wie kannst du das wissen?"

„Cal und Kein sagen, dass deine Männer zu den besten Kämpfern im Nahkampf gehören. Die meisten hier halten Baza und Aryl für Idioten, weil sie sie herausgefordert haben." Sie zuckt mit den Schultern. „Außerdem sind sie Monrok. Sie sind wirklich schwer zu töten."

Ich bin mir nicht sicher, ob ich dieses Wissen beruhigend finde. Aber dann fällt mir etwas auf, dass sie gesagt hat. „Was meinst du damit, dass sie unsere Gefühle spüren können?"

Allyson wirft mir wieder einen seltsamen Blick zu. „Nun ... sie sind Monrok. Sie sind nicht wie menschliche Männer. Sie sind ..."

„Außerirdische?", frage ich mit einem entsetzten Schnauben.

„So etwas in der Art." Sie zuckt mit den Schultern. „Sie sind halb Mensch, halb Zapex-Kreation. Sie sind wie echte Cyborgs. Weißt du, was das ist?"

Jetzt bin ich an der Reihe, mit den Schultern zu zucken und den Kopf zu schütteln.

„So etwas wie hoch entwickelte Roboter", sagt sie.

Ich verstehe nicht, wie das sein kann. Sind sie nun Gottes Geschöpfe oder etwas anderes? „Aber sie sehen menschlich aus. Wie können sie es nicht sein?"

Bei meiner Verzweiflung reißt Allyson in die Augen weit auf und scheint in Panik zu geraten. „Sie sind es ... Und sie sind es auch ... nicht. Sie sind besser. Und sie ziehen es vor, Monrok genannt zu werden", beeilt sie sich, zu sagen.

Ich öffne den Mund, um sie um eine Erklärung zu

bitten, aber es wird still und sie deutet auf die Männer. „Ich glaube, sie fangen an.“

Jual und Situs sowie zwei Männer, bei denen es sich um Baza und Aryl handeln muss, stehen in der Mitte des Rings und haben ihre T-Shirts und Stiefel ausgezogen. Allysons Männer stehen zwischen ihnen. Ihre Gesichter wirken wie grimmige Masken.

„Kein hat mir erzählt, dass sie so zu kämpfen lernten, nachdem sie auf Mehcad ausgesetzt wurden“, erzählt Allyson mir. „Der Mondplanet Mehcad ist immer dunkel und die Flammen würden ihre neu integrierten Augen verletzen und ihre sich entwickelnden Sinne verzerren.“

Ich will gerade fragen, was sie mit „integrierten Augen“ meint, aber sie fährt fort: „Sie haben auch nur nackt gekämpft, mit ihren verletzlichen Teilen heraushängend, aber ich glaube, das liegt eher daran, dass sie keine Kleidung bekamen, bis sie älter und bereit waren, in den aktiven Dienst geschickt zu werden.“

Ich schaue die Männer verwundert an. Meine Gedanken rasen. Wie Tiere auf einem dunklen, fremden Planeten ausgesetzt zu werden, und das ohne Kleidung? Wie alt waren sie, als dies geschah? Mein Herz zieht sich zusammen. Welch brutale und harte Kindheit sie gehabt haben müssen.

Einer von Allysons Gefährten hebt die Hand, um alle zum Schweigen zu bringen. Ich bin mir nicht sicher, ob es Cal oder Kein ist, und ich frage mich, ob sie die beiden auseinanderhalten kann.

„Es wird hier auf Kadeema weder Neid noch Missgunst unter uns geben“, sagt Cal oder Kein mit klarer Autorität. Seine Stimme dröhnt über uns alle hinweg, die wir hier versammelt sind. „Dies sind schwache Gefühle, die sich für Monrok nicht gehören. Dies ist der letzte Tag, an dem ein anderer Monrok ohne triftigen Grund um seine Gefährtin kämpfen wird. Es dürfen keine inneren oder externen Waffen verwendet werden. Jeder, der seine Waffen benutzt, wird eliminiert."

„Eliminiert?" Ein Schauer durchzuckt mich. „Heißt das, sie werden getötet? Einfach so?"

Allyson drückt beschwichtigend meine Hand, antwortet aber nicht. Kein und Cal entfernen sich. Einer von ihnen tritt an den Rand der Lichtung, als wolle er im Kampf als Schiedsrichter fungieren, und der andere stellt sich als Wächter neben Allyson und mich.

Es fällt mir schwer, mich damit abzufinden, wie leichtfertig es alle hinnehmen, was hier passieren wird. Sie wurden vielleicht dazu erzogen, Gewalt als einziges Mittel zum Überleben zu betrachten, aber nichts in meiner Erziehung hat mich darauf vorbereitet.

Die Gegner stehen sich in der Mitte des Kampfplatzes wie Gladiatoren aus der Römerzeit gegenüber. Sie ballen die Fäuste und lösen sie an ihren Seiten. Ihre Muskeln spannen sich an und zucken am ganzen Körper, als sie sich kampfbereit machen.

Situs' und Juals Gesichtsausdrücke sind grimmig, ihre Blicke sind auf ihre Gegner gerichtet.

„Weißt du, wer wer ist?", frage ich Allyson.

Sie nickt. „Der Fleischberg vor Situs ist Baza." Er hat einen dicken Kopf und seine Muskeln sind so breit, dass man fast keinen Hals sieht. Ich erinnere mich, wie er mich neulich gemustert hat, und erschaudere bei dem Gedanken, mit ihm zusammen sein zu müssen. „Der andere ist Aryl." Er ist netter anzusehen, aber sein grimmiger Gesichtsausdruck lässt ihn grausam erscheinen, obwohl das im Moment alle betrifft.

Die Männer um Allyson und mich haben steinerne

Gesichter, es ist aber auch ein Hauch von Eifer darauf zu sehen. Sie sind aufgeregt, den Kampf mitzuerleben. Es gibt einen prägnanten Moment, in dem wir morbide darauf warten, wer den ersten Schlag ausführen wird. Ich höre auf zu atmen.

In einer einzigen großen Bewegungsexplosion packt Situs Baza bei seinem dicken Kopf und schleudert ihn mindestens sieben Meter weit, als ob er nicht mehr als ein Holzscheit wiegen würde. Der Boden bebt durch die Wucht, mit der Baza aufschlägt und reißt die Erde auf. Unbeeindruckt springt er wieder auf und stürzt sich auf Situs.

Mit einem Grollen treffen sie in einem heftigen Zusammenstoß von Körpern aufeinander. Fäuste prallen auf Gesichter, Oberkörper, Rippen, Mägen. Ich erschaudere bei diesem Anblick. Sie sind bereits jetzt voller Blut.

Jual und Aryl sind ebenso blutverschmiert. Sie werfen sich gegenseitig herum und ringen um die Oberhand. Ihre Schläge sind so heftig, dass ich das Brechen der Knochen bis hierher hören kann.

Wilde Rufe des Anfeuerns erheben sich. Die Monrok, die den Kampf beobachten, stampfen mit den Füßen und schlagen sich auf die Brust. Sie schreien laut nach Tod und Verstümmelung.

Mir dreht sich der Magen um. Ich glaube, mir wird schlecht. „Ich will das nicht sehen."

Allyson schaut mich besorgt an und drückt meine Hand.

Die Männer fallen wild übereinander her und mir steigen Tränen in die Augen. Ein grässliches Knirschen hallt über die Lichtung und alles wird still. Aryls lebloser Körper fällt zu Boden. Juals siegreiches Gebrüll erfüllt die Luft.

Er hält Aryls Kopf in der Hand.

Den Kopf, den er vom Körper des Mannes abgerissen hat.

Aryls leere, starrende Augen sind direkt auf mich gerichtet.

Mein Magen krampft, als ich auf die Knie falle und mich ins Gras übergebe. Ich spüre, dass alle Augen auf mich gerichtet sind, aber ich schaue nicht auf. Ich würge und erbreche mich weiter. Sanfte Hände streichen mir die Haare aus dem Gesicht und ich weiß, dass es Allyson ist.

„Schon gut, jetzt ist es vorbei", sagt sie und reibt Kreise auf meinen Rücken.

Ich wische mir den Mund mit dem Saum des T-Shirts ab und fühle mich ein wenig gebrochen. Ohne zu überlegen, drehe ich mich um, um zu sehen, was passiert ist. Der Kopf und der Körper sind verschwunden, aber das Gras ist dunkel und nass, wo er gefallen ist. Ich sehe Jual nicht mehr. Situs beobachtet mich mit Sorge. Er macht einen Schritt auf mich zu und ein dröhnender Knall erschüttert plötzlich die Luft um uns herum. Er wird nach vorn geschleudert.

Wie in Zeitlupe sehe ich, wie sein Körper durch die Luft fliegt und mit einem dumpfen Aufprall auf dem Gesicht landet.

Alle setzen sich auf einmal in Bewegung. Baza, der hinter ihm steht, wird zurückgeschleudert und ein lauter Knall lässt die Luft erzittern. Meine Ohren rauschen. Jual und Allysons Gefährten stürmen auf Situs zu. Monrok nähern sich und verdecken meine Sicht, aber ich kann von meinen Knien aus sehen, dass Situs immer noch am Boden liegt.

Unbeweglich.

Er bewegt sich nicht.

„Situs!" Ich schreie seinen Namen, stolpere auf die Füße und stoße die Hände weg, die mich zurückhalten wollen, als ich nach vorn stürme. „Situs! Jual!" Tränen fließen über mein Gesicht.

Ich habe ihn abgelenkt.

Wäre ich doch nur stärker gewesen.

Warum kann ich nicht stark genug sein?

Die Männer weichen auseinander und machen einen Weg frei, der zu Jual führt. Er hält Situs' riesige Gestalt in seinen Armen, als würde er gar nichts wiegen. Sein strenger Gesichtsausdruck wird bei meinem Anblick weicher.

Mit einem Schluchzen drücke ich mir die Hand auf den Mund.

Er sagt nichts, sondern nickt mir nur zu, ihm zu folgen. Benommen schiebe ich meine Finger in den Bund seiner Hose und hänge mich wie ein verlorenes Entlein an ihn. Allysons Gefährten eilen voraus, um die Luke unseres Shuttles zu öffnen. Jual legt Situs mit dem Gesicht nach unten auf eine schwebende Matte. Jetzt sehe ich das zerrissene Fleisch auf seinem Rücken. Da ist Blut, so viel Blut, aber auch etwas Blaues und Glühendes.

Zitternd vor Schock nähere ich mich, um es besser zu sehen, werde aber zurückgerissen. Allyson. Sie schüttelt den Kopf und schlingt einen tröstenden Arm um meinen Rücken. „Lass sie arbeiten. Kein war schlimmer dran als er und Cal konnte ihn retten."

„Ich habe ihn abgelenkt."

Sie schüttelt den Kopf. „Der Kampf war vorbei. Baza hat ihm in den Rücken geschossen."

„Aber wie?" Ich habe nicht einmal gesehen, dass er eine Waffe erhoben hat.

„Die Monrok haben Waffen in ihren Händen. Die Männer selbst sind Waffen. Brillante, allwissende Waffen.

Sie wurden entworfen und geschaffen, um die Zapex vor den Ko'sars zu schützen."

Ich weiß, wer die Zapex sind. Das sind die blauen Männer, die uns irgendwie von der Erde gestohlen haben. Sie haben mich unter Drogen gesetzt. Sie sind diejenigen, vor denen wir geflohen sind. Aber ich weiß nicht, wer diese Ko'sars sein sollen.

Am anderen Ende des Raums höre ich Allysons Gefährten sagen: „Wie viele Zyklen hattet ihr mit eurem Weibchen und ihr habt ihr nicht erklärt, dass wir keine Menschen sind?"

„*Hsst*", beschwert sich Jual von dort, wo sie über Situs arbeiten. Eine Rauchfahne steigt auf und trägt den Gestank von verbranntem Fleisch mit sich. Als ich den Kopf neige, kann ich ein laserartiges, blaues Licht sehen, das aus Juals Zeigefinger kommt, der Situs Rücken zusammennäht.

„Sie sind keine Menschen", murmle ich vor mich hin. Allyson hat mir das gesagt, aber als ich sehe, wie ein Laser aus Fleisch und Knochen strahlt, wird mir ganz schwindlig.

„Wir sind Monrok", antworten Allysons Gefährten gleichzeitig.

Jual dreht sich um und sucht in meinem Blick nach etwas. Ich bin mir nicht sicher, wonach. Er streckt mir seine Hand entgegen. „Komm, meine kleine Gefährtin."

Vorsichtig mache ich einen Schritt nach dem anderen und lege meine Hand in seine viel größere, stärkere. Sein Griff ist leicht, aber beruhigend, was wirklich lächerlich ist. Ein nervöses, von Tränen durchzogenes Lachen sprudelt aus meinem Mund, bevor ich es unterdrücken kann. Er hat mit dieser Hand, die meine so sanft hält, getötet. Ja, er hat sie abgewischt, aber es sind immer noch Schlieren von getrocknetem Blut auf seiner Haut zu sehen.

Aryls Blut.

Situs' Blut.

Und jetzt meine Tränen.

Meine Haut wirkt blass und brüchig in seiner rauen, dunklen Hand. Zerbrechlich. Sieht er mich so? So starrt er mich an. Als würde ich gleich in tausend kleine Stücke zerspringen. So sehen sie mich immer an. Die zerbrechliche Hannah. Und ich habe es ihnen heute Abend bewiesen.

Beschämt senke ich den Kopf.

Jual hebt einen Fingerknöchel unter mein Kinn und zieht mein Gesicht nach oben. „Ich verstehe den Grund für die Emotionen nicht, die du ausstrahlst."

„Kannst du wirklich spüren, was ich fühle?"

Jual nickt. „Verwirrung. Scham. Furcht. Sie strömen von dir aus. Ich kann sie riechen."

„Aber wie?"

Er dreht mich um, um Situs' Rücken zu betrachten. Die Haut ist zerrissen und in groben Streifen über den Rücken gezogen. Sie bedeckt kaum ... das Netzwerk metallisch glühender, blauer Adern, ähnlich wie Drähte, die seinen Rücken überziehen, wo Blut und Sehnen sein sollten.

„Was du dort siehst, ist seine Kybernetik", sagt er. Jual legt seine großen Hände um meine Schultern, während er hinter mir steht. Seine Berührung spendet mir Trost und Kraft, von der ich nicht wusste, dass ich sie brauche. „Wir Monrok haben sie alle. Sie sind ein lebendiges Ding in uns. Sie sind überall in unseren Körpern und erlauben uns, unsere Organe, Gedanken und sogar unsere Gefühle zu kontrollieren. Unsere Körper werden nicht warm oder kalt wie eure. Wir empfinden keinen Hunger oder Schmerz wie die Menschen. Unsere Quantencomputerfähigkeiten ermöglichen es uns, alles im bekannten Universum zu wissen. Wir erhalten das Wissen ganz einfach durch Frequenzen, die unser Verstand kontrolliert. Und wie du sehen kannst, heilen wir viel effizienter."

Ich schnappe nach Luft. Die Haut auf Situs' Rücken wächst direkt vor meinen Augen zusammen.

„Siehst du, sein Körper regeneriert sich schon jetzt. Morgen wird er so gut wie neu sein. Oder zumindest sein altes Ich", scherzt er.

Ich kann daran nichts Lustiges finden. Aus den Augenwinkeln sehe ich, dass Allyson und ihre Männer gehen. Ich hebe nicht einmal die Hand zum Abschied. Meine Gedanken rasen in eine Million Richtungen.

Eigentlich müsste ich diese Männer als Abscheulichkeit empfinden. Sie wurden nicht von Gott erschaffen. Ich sollte entsetzt sein, dass ich möglicherweise für den Rest meines Lebens an solche Wesen gebunden bin. Aber ich kann die Verachtung nicht in mir finden, um sie zu verurteilen.

„Ich bin froh, dass ihr beide noch lebt." Kaum habe ich es ausgesprochen, wird mir bewusst, dass es stimmt.

Eine heftige Flut der Erleichterung überschwemmt mich. Nach allem, was in den letzten Wochen passiert ist, bin ich mir nicht sicher, ob ich es verkraftet hätte, sie zu verlieren. Sie sind mein einziger Schutz in dieser neuen Existenz. Eine Existenz, die mich bereuen lässt, dass ich vor meinem alten Leben weggelaufen bin.

So viel Reue.

Ich halte mir den Mund zu und verschlucke mich an einem Schluchzen. Tränen fließen in heißen Strömen über mein Gesicht.

Jual tätschelt mir vorsichtig und unbeholfen den Rücken. Es ist die tröstliche Geste, die mir noch nie jemand gespendet hat. Es ist offensichtlich, dass Jual und Situs keine Erfahrung mit Frauen haben. Möglicherweise nicht einmal mit Menschen. Sie wissen nicht, wie man tröstet.

Sie sind unsicher in ihrem Umgang mit mir, aber sie haben eine natürliche Güte in sich. Jeden Tag schimmert sie in kleinen Dingen durch, die sie für mich tun.

Meine Familie ist weg.

Alles, was ich je gekannt habe, existiert hier nicht.

Ich habe Situs und Jual für meine Gefängniswärter gehalten. Diejenigen, die von Gott geschickt wurden, um mich dafür zu bestrafen, dass ich meine Familie und meinen Mann verlassen habe. Und das lange bevor ich von den Zapex entführt wurde. Aber sie sind nicht meine Bestrafer, sie sind meine Beschützer.

Vielleicht sogar Engel der Barmherzigkeit, die geschickt wurden, um über mich zu wachen.

Und sie sind alles, was ich habe.

Ich darf sie nicht auch noch verlieren.

Ich lasse meine Hand über Situs' gleiten und verschränke meine Finger mit seinen. Es ist das erste Mal, dass ich ihn freiwillig berühre. Es ist meine Art, ihm einen Olivenzweig zu bieten, obwohl ich mir nicht sicher bin, ob er es zu schätzen wüsste, wenn er wach wäre.

Kapitel Sechs

HANNAH

Zehn lange Tage später.

Auf meinen Knien bete ich.

Ich presse die Hände fest zusammen und zwinge mich, mich zu konzentrieren.

Seit dem Kampf sind wir in eine Art Routine verfallen. Zum Frühstück essen wir normalerweise das Wild, das die Männer in der Nacht zuvor gefangen haben. Nach dem Essen knie ich neben meiner Matte nieder und bitte Gott, mir zu vergeben. Er möge mich zu meiner Bestimmung führen, denn es muss in allem hier einen Sinn geben.

Daran muss ich glauben.

Obwohl sie sich das Recht erkämpft haben, mich für sich zu beanspruchen, lassen sie mich das Shuttle tagsüber nicht verlassen, außer um in der unmittelbaren Umgebung herumzulaufen und mich zu erleichtern. Das Shuttle ist zu meinem Gefängnis geworden und die Untätigkeit und Einsamkeit zehren an mir.

Die Stille auf Kadeema ist anders als auf der Erde und das Summen der Insekten ist eher ein Brummen. Es gibt keine Geräusche von lachenden Kindern. Kein Brummen von Traktoren oder Schritte von Menschen, die in einem ständigen Strom von Aktivität kommen und gehen. All das gibt es nicht.

Ich frage mich, ob die Welt so aussah, bevor Adam und Eva ihren Fuß auf den heiligen Boden setzten. Allein mit meinen Gedanken habe ich unendlich viel Zeit, über diese Dinge nachzudenken. Ich habe jahrelang nach meiner Bestimmung gesucht, als ich kinderlos war und von meinem Mann verachtet wurde. Ich habe mich verlaufen und war mehr als ein paarmal wütend auf Gott.

Jetzt, da ich auf einem anderen Planeten sitze, hinterfrage ich die heiligen Schriften auf eine andere Weise. Ich frage mich, wie Adam und Eva auf die Erde gekommen sind, und hinterfrage meinen eigenen Weg und die Bestimmung hier.

An manchen Tagen frage ich mich, ob ich tot bin und dies mein Fegefeuer ist. Wenn ja, bin ich mir nicht sicher, wie ich Buße tun soll. Zu oft ertappe ich mich dabei, wie ich darüber nachdenke, was ich in meinem Leben hätte anders machen sollen.

Mit gesenktem Kopf versuche ich, die Männer zu ignorieren, aber ich spüre ihre Blicke auf mir. Meine Schenkel krampfen sich in Erwartung zusammen. Ich versuche, das Kribbeln in mir zu unterbinden und die sündigen Gedanken, die meine Gebete überschatten, zu verdrängen.

Gleich wird Jual meine Schulter berühren oder über mein Haar streicheln, so wie er es jeden Tag tut. Dann wird er mir sagen, dass es Zeit ist, und ich werde mich zurücklehnen und mich vor ihm entblößen. Er wird mir sagen, wie sehr ich ihm gefalle, was mich wiederum mehr erfreut, als es das sollte.

An manchen Tagen bittet er mich, mich selbst zu berühren, so wie an jenem ersten Tag. An anderen bittet er mich, ihn zu berühren.

Sein Schwanz ist immer heiß und schwer in meiner Hand. Ich bin von der Art, wie er in meinem Griff pulsiert, fasziniert. Die Art, wie er seine Augen vor Verzückung schließt. Das heiße Spritzen seines Samens, der auf meine Haut trifft. Scham durchströmt mich in der Sekunde, in der er fertig ist, doch nur, weil ich seine Aufmerksamkeit so genieße. Es sollte mich anekeln, wenn er es tut. Aber ich fühle mich ihm dadurch nur noch näher.

Und Gott möge mir vergeben, ich freue mich darauf, wenn er es tut.

Meine Brüste schwellen an, meine Nippel ziehen sich zusammen und ich warte.

Betend.

Die Männer bewegen sich auf unglaublich leisen Füßen um mich herum. Eine weitere Fähigkeit, die sie als Monrok haben. Nach dem Kampf hatten sich kaum blaue Flecken gebildet, bevor sie schon wieder verblassten. Die gebrochenen Knochen waren bereits verheilt, als die Sonne am nächsten Tag aufging.

Die Luke öffnet sich und ich sehe Situs in meinem seitlichen Blickfeld hinausgehen. Er verabschiedet sich nie, wirft jedoch einen flüchtigen Blick über seine Schulter in meine Richtung. Es liegt mir auf der Zunge, ihm einen guten Tag zu wünschen, aber er ist weg, bevor ich den Mut dazu aufbringe. Das ist nichts Ungewöhnliches. Ich weiß nicht, warum ich nicht mit ihm reden kann. Jedes Mal, wenn ich in seiner Nähe bin, werde ich nervös und verkrampfe mich. Aber ich muss es versuchen.

Logisch betrachtet weiß ich, dass er aus Rücksicht Abstand zu mir hält, aber es fängt an, wehzutun. Ich fühle mich zu ihm hingezogen, aber ich weiß nicht, warum. Ich glaube, es sind seine Schuldgefühle. Mir gefällt der Gedanke nicht, dass er meinetwegen diese Dunkelheit mit sich herumschleppt. Er hasst sich für seine Taten, aber die Zapex haben ihm Medikamente gespritzt.

Sie haben ihm seinen Willen genommen, so wie sie es auch mit mir getan haben.

Oder vielleicht stört es ihn, mich hier zu haben, denkt ein schwermütiger Teil in mir.

Jual macht Anstalten, Situs zur Tür hinauszufolgen, und ich protestiere mit schwerem Herzen. „Warte! Wo willst du hin?"

„Ich bin zum Graben der Sicherheitstunnel eingeteilt."

Soweit ich weiß, handelt es sich bei den Tunneln, an denen die Männer arbeiten, eher um unterirdische Bunker, die miteinander verbunden sind.

„Willst du mich nicht markieren?" Ich zucke verlegen über meinen verzweifelten Tonfall zusammen.

Er scheint abgelenkt und schüttelt nur leicht bedauerlich den Kopf. „Situs wird dich heute markieren, kleine Gefährtin. Er ist gegangen, um die Fallen zu prüfen. Er wird gleich zurück sein."

„Aber Situs hasst mich." Ich weiß, ich klinge launisch.

Jual schüttelt den Kopf und schaut mich mit seltsamem Blick an. „Er mag es nicht, wie sehr er dich begehrt." Und damit ist er weg. Es kostet mich all meine Willenskraft, meine Bitte, er möge zurückkommen, zurückzuhalten.

Mich zu mögen und mich zu begehren sind zwei verschiedene Dinge. Jonah begehrte mich, aber er hat mich überhaupt nicht gemocht. Ich bin verrückt, weil ich mich nach ihrer Aufmerksamkeit sehne, aber die ständige

Einsamkeit ist mein einziger Begleiter geworden. Jedes Mal, wenn sie zur Tür hinausgingen, fühlte es sich an wie verlassen zu werden.

Jetzt fühlt es sich wie eine Zurückweisung an.

Es mag sündhaft sein, dass ich mich nach unserer gemeinsamen Zeit sehne, aber diese Momente, in denen Jual mich markiert ... Er betet mich mit seinen Augen an und behandelt mich, als wäre ich das Schönste auf der Welt. Niemand hat mich jemals so angesehen und mir ein Gefühl gegeben, wie er es tut.

Besonders zu sein.

Und ich bin es nicht gewohnt, untätig zu sein. Es fühlt sich auch sündhaft an, nicht in irgendeiner Weise etwas beizutragen. Nichts zu arbeiten. Ich bin dankbar für ihren Schutz, aber die Frustration nagt an mir. Ich hasse es, dass sie nicht sehen, dass ich in der Lage bin, so viele Dinge zu tun. Hilfreiche Dinge, wie Körbe zu flechten und Gartenarbeit.

Eine kleine Stimme in mir sagt, dass ich egoistisch bin, aber ich möchte allein hinausgehen. Es ist wahr. Ich werde es nicht leugnen. Ich kann nicht noch einen weiteren Tag in diesem Shuttle bleiben. Ich weigere mich.

Jual geht mit langen Schritten über die Wiese, die ich als unseren Hof bezeichne, und bald ist er über den Hügel verschwunden. Plötzlich bemerke ich, dass er die Luke offengelassen hat. Das tun sie normalerweise nur, wenn einer von ihnen zurückgeblieben ist, damit ich etwas Zeit im Freien verbringen kann. Aber ich sehe Situs nicht.

Mutig stecke ich den Kopf aus der Tür und schaue erst nach rechts und dann nach links. Situs ist nirgends zu entdecken. „Hallo?" Ich erhalte keine Antwort.

Ohne dass einer der Männer in der Nähe war, habe ich noch nie einen Fuß aus dem Shuttle gesetzt. Ich spüre einen kurzen Moment der Beklemmung. Eines dieser Schmetterlingswesen von der Größe eines kleinen Vogels fliegt vorbei. Ich trete mutig aus dem Shuttle und atme tief aus.

Ich habe es geschafft. Ich bin draußen.

Das seltsame Summen der Insekten und der wilden Tiere ist hier draußen noch viel stärker.

Die Welt umhüllt mich und ich kämpfe gegen den Wunsch an, wieder hineinzurennen. Also drücke ich meine Schultern durch und genieße die Brise auf meinem Gesicht. Kadeema riecht herrlich nach süßem Gras und Klee. Dies ist mein neues Zuhause. Der Tag scheint voller Möglichkeiten und die Morgenluft ist noch frisch, wird jedoch später am Nachmittag mit aufsteigender Wärme schwerer werden. Niemand ist zu sehen, aber Situs könnte jeden Moment zurückkommen.

Schwindelerregende Vorfreude steigt in mir auf, als ich mich um die Seite des Shuttles schleiche. Ich werde allein zum Fluss gehen. Am Waldrand angekommen, wird meine Aufregung ein wenig gedämpft. Die Sonne scheint durch die Bäume und strahlt auf den Weg, den die Männer geebnet haben, aber normalerweise werde ich von Situs oder Jual getragen.

Ich schaue auf meine nackten Füße hinunter und wackle mit den Zehen. Dann schaue ich wieder auf den Weg.

Ich werde einfach aufpassen müssen, wo ich hintrete.

* * *

Es ist befreiend, allein hier draußen zu sein, und meine Füße sind weniger empfindlich, als ich es befürchtet habe. Es erinnert mich an die Zeit, in der ich als Kind barfuß auf dem Bauernhof herumlief. Das plätschernde Rauschen des Wassers wird allgegenwärtig, bevor ich den Fluss vor mir sehe. Ich atme den erdigen, frischen Geruch von Bäumen und Wasser tief ein und breite meine Arme aus.

Es scheint, dass ich an einen Teil des Flusses gekommen bin, der viel tiefer ist als der, zu dem Situs und Jual mich normalerweise bringen.

Ich gehe an den Rand, lasse mich auf die Knie fallen und schaue in die Tiefen. Die Strömung bewegt sich hier schnell, was bedeutet, dass das Wasser trinkbar ist, also schöpfe ich eine Handvoll der kühlen Flüssigkeit und hebe sie an meinen Mund.

„Das würde ich an deiner Stelle nicht tun."

Erschrocken falle ich fast hinein.

Am Ufer steht eine große, wohlgeformte Frau mit langen, schwarzen Haaren. Sie trägt eine grobe Lederhose und ihre Brüste werden von einer kleinen, sehr engen Lederweste gerade so bedeckt, die mit groben, braunen Lederbändern zusammengehalten wird.

Ein wahres Kunstwerk von Tätowierungen bedeckt ihre Arme und zieht sich an ihrem Hals hinauf. Etwas, von dem ich vermute, dass es sich um handgefertigte Messer handelt, ziert den behelfsmäßigen Gürtel an ihrer Taille.

„Wer bist du?", frage ich und ziehe die Augenbrauen bis zum Haaransatz hoch. „Ich habe dich noch nie hier gesehen."

„Kein Wunder", sagt sie und schlendert auf mich zu. „Deine Männer lassen dich ja auch nicht allzu oft aus seinem Gefängnis."

Ich winde mich unbehaglich. Es scheint, dass diese Frau, die allein unterwegs ist, etwas über mich weiß, während ich nichts über sie weiß. Obwohl ihr Akzent und

85

ihr selbstbewusstes Auftreten deutlich machen, dass sie Amerikanerin ist.

„Wissen die Pfadfinder, zu denen du gehörst, dass du dich aus dem Staub gemacht hast?", fragt sie. Sie steht mit an die Hüfte gestemmten Händen über mir.

Sie strahlt vor Vitalität. Ihre Haut ist makellos und ihr dunkles Haar fällt in Wellen um ihre Schultern. Sie ist wahrscheinlich sogar jünger als ich, aber ihre dunkelbraunen Augen wirken irgendwie alt.

„Was stimmt mit dem Wasser nicht?", frage ich, ohne auf ihre Frage einzugehen. Wenn sie meine Frage nicht beantwortet, warum sollte ich dann ihre beantworten?

Sie lächelt und streckt mir die Hand hin. „Ich bin Raina." Ich nehme ihre Hand und sie hilft mir auf. „Und das Wasser ist zum Trinken sicher. Du solltest dich nur nicht in seiner Nähe aufhalten." Sie greift nach einem großen Stein und wirft ihn ans Wasser.

Etwas mit langen schwarzen Stacheln durchbricht die Oberfläche. Ich schreie auf und weiche zurück. Raina nickt. „Da ist Scheiße drin, von der selbst Freddy Krüger Albträume kriegen würde."

Ich versuche, bei ihren vulgären Worten nicht zusammenzuzucken. „Wer ist Freddy Krüger?"

Raina wirft mir einen verwirrten Blick zu. „Du weißt schon, der Film *Nightmare – mörderische Träume?*"

Ich schüttle den Kopf. Wo ich herkomme, waren Fernseher nicht erlaubt, aber aus irgendeinem Grund will ich nicht, dass sie weiß, dass ich aus einer religiösen Kolonie stamme. In diesem Moment möchte ich eine ganz normale Frau sein, die einen Spaziergang macht.

„Nun, er war ein gruseliger Kerl und dort drin gibt es noch gruseligere Sachen." Sie deutet auf das Wasser.

„Deine Jungs wissen nicht, dass du hier draußen bist, nicht wahr?"

Ich zucke mit den Schultern.

Sie mustert mich von oben bis unten. „Gut für dich, Süße. Ein bisschen Rebellion ist gut für die Seele." Sie zieht eins ihrer Messer von ihrem Gürtel und reicht es mir.

Ich starre es dümmlich an. „Wofür ist das?"

„Verdammte Scheiße." Sie schüttelt angewidert den Kopf. „Schätzchen, wenn du das fragen musst, brauchst du es dringender, als du denkst." Sie winkt mir damit zu und dieses Mal nehme ich es. Es ist leicht und aus einer Art Stein gefertigt. Der Griff ist mit einem rauen, braunen Lederband umwickelt.

„Du musst dich vor den Tieren in Acht nehmen und damit meine ich die Perversen, die glauben, sie hätten hier das Sagen. Es gibt aber auch wirklich seltsame Kreaturen, um die ich an deiner Stelle einen großen Bogen machen würde."

Sie wendet sich zum Gehen, aber ich bin noch nicht bereit, sie weggehen zu lassen. Es ist schön, eine andere Frau zum Reden zu haben. Selbst eine einschüchternde, etwas furchteinflößende Frau wie Raina.

„Gehst du oft allein hinaus?", frage ich und versuche, das Gespräch in die Länge zu ziehen.

Sie hält inne und dreht sich halb um. „Ja, ich schätze, ich bin auch ein wenig rebellisch." Sie wackelt mit den Augenbrauen und geht los.

„Ich bin übrigens Hannah", rufe ich ihr nach.

„Es freut mich, dich kennenzulernen", sagt sie, ohne stehen zu bleiben.

„Danke für das Messer!"

Sie hebt anerkennend den Arm und verschwindet wieder im Wald.

Ihre Warnungen hallen in meinem Kopf nach und mein Blick huscht mit plötzlicher Vorahnung über die Lichtung, als hätte ich mich zu weit aus der Sicherheit gewagt. Ich drücke meine Schultern durch und schüttle das Kribbeln ab, das mir meine neugewonnene Freiheit zu rauben droht.

Ich umklammere das Messer fester in meiner Hand und stoße es vor mich, um es zu probieren. Es fühlt sich unbeholfen an. Ich habe noch nie etwas getötet.

Ich rümpfe die Nase.

Noch nicht einmal Vieh.

Die beiden Sonnen steigen höher an den Himmel und ich frage mich, ob einer der Männer bemerkt hat, dass ich weg bin. Ich sollte wahrscheinlich zurückgehen, damit sie sich nicht so große Sorgen machen.

* * *

Ich werde nicht in Panik verfallen.

Aber ich habe mich verlaufen.

Ich habe innegehalten, um meine Blase zu entleeren, und mich irgendwie gedreht. Ich befinde mich auf einem Weg, aber es ist nicht der richtige Weg. Die Ironie dessen ist mir nicht entgangen. Ich hätte nicht ohne einen der Männer hinausgehen sollen, oder zumindest nicht so weit. Ich bin schon so lange unterwegs, dass ich schon längst wieder bei unserem Shuttle sein müsste. Ich zucke zusammen, als ich auf einen weiteren Zweig trete. Meine Fußsohlen sind inzwischen bereits aufgeschlitzt, also kommt es auf einen weiteren Zweig nicht an. Ich beiße die Zähne zusammen und gehe weiter, während ich versuche, die unheimlichen nackten Stellen an den Bäumen zu ignorieren.

Es ist leicht, zu vergessen, dass wir auf einem anderen Planeten sind, bis ich so etwas sehe. Während die kahlen Stellen auf der Erde so hellbraun sind, dass sie fast weiß wirken, sind diese hier so dunkelrot, als würde der Baum bluten.

Vielleicht ist das aber auch nur meine Fantasie, die mich übermannt. Ich habe das Gefühl, dass ich beobachtet werde. Ich höre ein Rascheln im Gebüsch und zucke zusammen. Das unheimliche Zirpen und Summen von Insekten und Vögeln, die eigentlich gar keine Vögel sind, scheint in meinen Ohren verstärkt zu sein.

Ich erlaube mir, Angst zu haben, obwohl ich es nicht sollte.

Ich hole tief Luft und nehme mein Tempo wieder auf.

Es geht mir gut, wiederhole ich immer wieder.

Hier draußen gibt es nichts, was mich erwischen könnte ... Ich lasse meinen Blick zu den Ästen der Bäume schweifen und halte nach dem außerirdischen Äquivalent zu Schlangen Ausschau. Ich bin mir nicht sicher, ob es hier so etwas wie Schlangen gibt, aber das hält mich nicht davon ab, einen langen, stabilen Stock zu greifen und beim Gehen auf den Boden zu klopfen, nur für den Fall. Ich erinnere mich, dass mein Vater uns Kindern früher immer erzählt hat, dass die Vibrationen sie verscheuchen würden.

In der Nähe höre ich deutliche Schritte. Dann ein Rascheln von Blättern. Mit meinem Messer in der Hand drehe ich mich um, aber ich sehe nichts.

„Situs?", rufe ich. „Jual?"

Hinter mir ertönt ein leises fauchendes Knurren. Ich zucke zusammen und drehe mich um. Ein Schrei entspringt meiner Kehle. Ich schleudere mein Messer, verfehle das Ding aber um Längen.

Die Kreatur stürzt sich auf mich und hackt mit ihren

Klauen nach mir. Das Ding hat einen Körper, der einem Dachs ähnelt, und schwarze, wilde Knopfaugen. Ich schreie erneut auf, als seine lange, krallenartige Klaue eine blutige, brennende Spur auf meiner Wade hinterlässt.

Ich versuche, es mit meinem Stock zurückzuschlagen, aber das bringt es nur dazu, mit erneuter Wut zu knurren und zu fauchen.

Ein viel tieferes, lauteres Knurren dröhnt um uns herum. Sowohl die Kreatur als auch ich erstarren. Die Haare auf meinen Armen stellen sich auf. Etwa sieben Meter entfernt steht eine Mischung aus Bär, Löwe und Albtraum. Das dunkle, zottlige Haar des Tieres hängt in wirren Knäueln um seinen massiven Kopf und seine Schultern. Selbst auf allen vieren muss es so groß sein wie ich.

Ich kriege keine Luft.

Sein raubtierhafter Blick fixiert meine Augen. Speichel tropft an seinen langen Reißzähnen hinunter, als es erneut knurrt.

Horror füllt meine Adern mit Eis, als die Bestie zum Sprung ansetzt.

SITUS

Ich kann unsere Gefährtin nicht im Shuttle finden. Als ich ihren Namen rufe, erhalte ich keine Antwort. Ich stapfe durch das dichte Laub des Waldes hinter unserer provisorischen Behausung, ohne dass meine Füße ein Geräusch machen. Meine inneren Sensoren arbeiten daran, meinen Herzschlag zu beruhigen. Aber ein Gefühl der Dringlichkeit lässt meinen Puls immer wieder in die Höhe schnellen.

Mein Körper gibt weder einen Geruch noch eine

Wärmesignatur ab. Nicht so der meiner Gefährtin. Zweige knacken, Laub raschelt. Ich halte inne, um an der Luft zu schnuppern, und gehe in die entgegengesetzte Richtung.

„Hannah?"

Ein Schrei zerreißt die Luft und ich stürme mit Höchstgeschwindigkeit los. Ich spüre ihren Schrecken, bevor ich ihre schlanke Gestalt mit dem Rücken an einen Baum gepresst sehe. Sie trägt immer noch unsere T-Shirts, das eine als Oberteil, das andere als Rock. Sie hat den Kragen bis zur Taille gedehnt, und die Arme hinter sich zusammengebunden. Der Saum des Rocks ist zerrissen und ein lang gestreckter *Yhgl* mit kurzen Beinen knurrt vor ihren Füßen. Sie wehrt ihn mit einem Stock ab.

An ihren Beinen klebt bereits Blut.

Knurrend trete ich auf den *Yhgl* zu und er versucht, zu fliehen. Ich packe ihn bei seinem struppigen Genick und breche es. Sein Körper erschlafft und ich schleudere ihn zur Seite.

Mit tränennassem Gesicht lehnt Hannah schwer an den Baumstamm und starrt über meine Schulter. Sie zittert. Ihr Herz hämmert so laut, dass der Schlag in meinen Ohren widerhallt und meine Kybernetik versucht, das Geräusch zu dämpfen.

Blutige Schrammen und Kratzer verunstalten ihre Haut von den Füßen bis zum Gesicht. Sie umklammert immer noch einen mickrigen Stock.

„Situs." Mein Name klingt erstickt aus ihrem Hals. Mit einem zitternden Finger deutet sie hinter mich.

Ich drehe den Kopf. Ein riesiges *Vaynka* stürzt sich mit gezogenen Krallen und tiefem Gebrüll auf mich. Ich strecke meinen Arm aus und schieße, um nicht zerfetzt zu werden. Die Bestie wird zurückgeschleudert. Mit einem Jaulen schlägt das Tier auf dem Boden auf, kommt aber knurrend wieder hoch.

Ich aktiviere meine Kybernetik und stelle meinen eingebauten Blaster auf höchste Stufe. Die zweite Schockwelle erledigt das Biest, bevor es wieder aufstehen kann. *Vaynkas* sollten in der warmen Jahreszeit nicht so weit im Norden sein. Normalerweise würde ich mich an der Herausforderung erfreuen, eine solche Kreatur mit bloßen Händen zu besiegen. Aber jetzt entscheide ich mich für die Effizienz meiner internen Waffen. Ich schieße erneut und noch einmal, bis ich kein Leben mehr in ihm spüre.

Ich gehe zu dem am Boden liegenden Wesen hinüber und durchtrenne seine Wirbelsäule mit meinem Laser, um sicherzugehen, dass es am Boden bleibt. Ich brauche keinen weiteren Überraschungsangriff, während ich mich um meine Gefährtin kümmere.

Mit weit aufgerissenen Augen lehnt sie immer noch zitternd an dem Baum, an dem ich sie gefunden habe.

Ich möchte schreien und brüllen, schaffe es aber nur, ein „Was machst du hier draußen?" hervorzubringen.

„Ist-ist es tot?" Sie hat den Blick immer noch nicht von der Stelle gelöst, wo das Tier am Boden liegt.

„Natürlich ist es tot." Die Augen des *Vaynka*s sind ausdruckslos, seine Zunge hängt zur Seite heraus und baumelt am Boden. Hat sie nicht gesehen, wie ich es getötet habe? „Ich habe dich gefragt, warum du allein im Wald bist."

Als würde sie wieder zu sich kommen und in ihre Umgebung zurückfinden, bewegt sie sich unbehaglich. Sie öffnet den Mund und schließt ihn ein paar Mal, bevor sie spricht. „Ich musste ... nach draußen gehen. Die Natur hat mich gerufen." Ihr Gesicht verfärbt sich bei ihren Worten.

„Wie kann die Natur dich rufen?" Ich verstehe es nicht.

„Du gehst nicht hinaus, egal wie sie dich ruft. Nicht ohne Jual oder mich."

„Ich musste meine Blase entleeren", quietscht sie.

Ich kann die Lüge in ihren Worten riechen, und trotzdem wird sie rot. Ich schüttle den Kopf. Die Tatsache, dass sie das Entleeren als peinlich empfindet, ist eine weitere Sache, die ich an unserer Gefährtin nicht verstehe. „Warum hast du nicht Jual oder mich aufgesucht?"

Ich dachte, sie wüsste es besser, als auf eigene Faust loszuziehen.

Trotzig hebt sie ihr Kinn. „Ich musste mich erleichtern. Und ich bin nicht weit gegangen. Ich dachte, es wäre in Ordnung."

Ich verschränke die Arme vor der Brust und deute erst auf das kleine tote Biest und dann in die Richtung des großen Tieres. „Das sind zwei der vielen Gründe, warum du nicht allein hinausgehst."

Sie errötet erneut. „Der wütende Dachs kam aus dem Nichts und dieses Ding ..." Sie zeigt auf das *Vaynka*. „Ich wusste nicht einmal, dass es so etwas gibt."

Ich erkläre ihr nicht, dass Tiere wie das *Vaynka* und der *Yhgl* der Grund sind, warum Jual und ich sie begleiten, wenn ihre Natur sie ruft. Ich weise nicht einmal auf die Eigennamen der Tiere hin. Ich scanne meine internen Daten nach einem Dachs und stelle fest, dass er dem *Yhgl* in vielerlei Hinsicht ähnlich ist. Er ist zwar klein, aber dennoch eine wilde Bestie, die sie in Stücke gerissen hätte.

Und sie glaubt, dass sie zurechtgekommen wäre.

Ohne nachzudenken, trete ich näher. Meine Sensoren arbeiten, um mich wieder zu beruhigen. Ich bin wütend, dass sie sich in Gefahr begeben hat. „Du bist hier *niemals* sicher. Verstehst du das nicht?"

„Du bist übervorsichtig", sagt sie schüchtern und dennoch trotzig.

So nah bin ich ihr seit unserer Landung nicht gekommen und erst jetzt bemerke ich die Hitze ihres Körpers. Ich sehe den wilden Puls am Ansatz ihres Halses. Ich hebe meine Finger und spüre den wilden Schlag unter meinen Fingerspitzen. Nehme ihren Duft wahr. Flusswasser, Erde und etwas Weiches und Einzigartiges, das nur zu ihr gehört. Eine Spur von Angst. Es macht mich wütend, auch wenn es meinen Lebensbringer erweckt. „Ich könnte dich jetzt vergewaltigen, einfach so." Ich dränge mich noch näher. „Du solltest die Gefahren besser als jede andere kennen." Sie zuckt und ich trete fast zurück. Ihre zarte Haut muss über die raue Rinde des Baumes kratzen. Aber dann denke ich daran, dass jeder Monrok sie hätte überfallen und benutzen können. Ich denke an all die Tiere auf diesem Planeten, die sie in Stücke reißen könnten.

„Ich habe keine Angst vor dir." Sie hebt ihr Kinn einen weiteren Zentimeter, was mich überrascht. Aber ihre Pupillen sind geweitet und sie riecht nach Angst.

Törichtes Weibchen.

Sie sollte Angst haben.

„Glaubst du, dass der Gott, zu dem du betest, dich vor mir retten wird? Dich vor den anderen retten wird?" Mein Schwanz schmerzt vor Verlangen nach ihr. Genauso wie er jeden Tag und jede Nacht schmerzt, wenn ich sie beim Beten niederknien sehe. Sie ist so naiv und unschuldig und denkt nicht an all die Möglichkeiten, wie ich sie ausziehen und in sie stoßen möchte.

Sie schluckt schwer. „Du würdest mir nicht wehtun."

Sagt die Frau, die ich fast zerstört hätte. Aber sie hat recht. Ich würde sie nie wieder wissentlich auf diese Weise verletzen. Das heißt aber nicht, dass ich sie für ihre unüber-

legten Entscheidungen nicht bestrafen werde. Entscheidungen, die sie hätten umbringen können.

Ich reiße sie nach vorn und beuge sie vor. Ich will
unsere Gefährtin nicht disziplinieren, aber sie hat mir keine
andere Wahl gelassen. Ich schlinge einen Arm um ihre
Taille und gebe ihr mit der freien Hand einen Klaps auf
den für mich präsentierten Hintern. Ihr Körper spannt sich
an, aber ich spüre nur Schock, keinen Schmerz. Also
schlage ich mit der Handfläche so fest zu, dass es brennt.

„Situs", keucht sie. „Du kannst mich nicht versohlen!"

Sie schiebt und drängt und strampelt mit den Beinen,
aber ich lasse meine Hand wieder und wieder kräftig auf
ihren Hintern sinken. Ihre Schreie erfüllen die Luft, kombi-
niert mit dem Klatschen meiner Hand. Sie wehrt sich gegen
meinen Griff. Aber ich versohle ihren kleinen, immer noch
nach oben gestreckten Hintern so lange weiter, bis ihr
Körper erschlafft und sie bitterlich zu weinen anfängt.

Ein seltsamer Duft erfüllt meine Sinne. Zum ersten
Mal riecht sie nicht nach Jual. Jeden Tag klebt sein Geruch
an ihr und verhöhnt mich. Anstatt von ihrem sauberen
Geruch beruhigt zu sein, werde ich wütend. Jual und ich
haben gekämpft und getötet, um sie zu beschützen. Am
liebsten möchte ich sie für ihre Unachtsamkeit erneut
versohlen.

Ich stelle sie auf die Beine und sie schnieft ihre Tränen
zurück. Sie wischt sie weg und weigert sich, mich anzuschauen.

„Such dir eine Rute aus", sage ich zu ihr.

Ihre rot umrandeten Augen starren mich an und ich
wehre mich gegen die Emotionen, die von ihr ausstrahlen.
„Was?"

„Eine Rute zur Bestrafung. Das macht man auf der
Erde doch so, oder?"

Sie öffnet den Mund und schließt ihn wieder. „Ja, schon, aber nur mit Kindern. Ich habe meine Lektion gelernt."

„Ich werde dir sagen, wann du deine Lektion gelernt hast. Jetzt suche dir eine Rute aus." Ich hebe eine kleine, handgefertigte Klinge auf, die vor meinen Füßen liegt und reiche sie ihr. „Oder ich werde eine für dich finden."

Sie starrt auf das Messer und dann wieder zu mir. „Du meinst es ernst."

Ich nicke einmal.

Mit zitternder Hand nimmt sie die Klinge und umklammert sie so fest mit ihrer Faust, dass ich mich einen Moment lang frage, ob sie sich damit schneiden wird. Ihre Füße knirschen laut im Laub, obwohl sie leichtfüßig geht. Ich bemerke ihr leichtes Hinken. Die zarten Fußsohlen sind von ihrem Ausflug in den Wald wahrscheinlich aufgeschnitten. Auch dafür werde ich sie bestrafen. Sie hat eine eklatante Missachtung ihrer Sicherheit an den Tag gelegt.

Sie geht zu einem jungen Baum hinüber und wirft mir dabei besorgte Blicke über die Schulter zu. Sie wählt einen dickeren Ast, der jedoch trotzdem nicht breiter als mein Daumen ist, und müht sich ab, ihn vom Baum zu schneiden.

Ich könnte den Ast für sie abbrechen, aber ich warte mit vor der Brust verschränkten Armen, bis sie fertig ist. Sie gibt den Kampf auf und schneidet stattdessen einen dünneren Ast von dem Baum, wirft ihm aber einen säuerlichen Blick zu.

Als sie sich wieder umdreht, lodert ein Feuer in ihrem Blick.

Ich strecke ihr die Hand entgegen.

Sie weigert sich, mir in die Augen zu sehen, und funkelt mich trotzdem an, als sie mir die Rute und die Klinge in die

Hand legt. Während sie zuschaut, schneide ich alle über-
flüssigen Blätter ab, bis der Ast eine glatte, etwa sechzig
Zentimeter lange Rute ist, die sich zu einer dünnen Spitze
verjüngt.

Ich mache einen Probeschlag und höre ein angenehmes
Zischen. „Dreh dich um und geh in Position."

Ein Teil des Feuers in ihren Augen verblasst und sie
runzelt erneut die Stirn, aber sie dreht sich um. Ihr Hintern
ragt nach oben, als sie sich nach vorn beugt und ihre Hände
auf den breiten Baumstamm vor sich stützt. Meine Kybernetik verstärkt ihr rasendes Herz. Ein wilder Schlag pulsiert
an meinen Ohren und ruft mein inneres Raubtier wach.

„Entblöße dich." Ich weiß nicht, was mich dazu bringt,
das zu sagen. Die Worte sind heraus, bevor ich darüber
nachdenken kann.

Ihr fassungsloser Blick begegnet meinem über ihre
Schulter, bevor sie sich wieder nach vorn dreht. Ich glaube
nicht, dass sie es tun wird, aber dann greift sie nach unten,
reißt ihren Rock hoch und zieht ihn über die Hüfte. Sie
entblößt ihre langen Beine. Als sie sich nach vorn beugt,
sammelt sich der überschüssige Stoff in der Mitte ihres
Rückens und fällt um ihre Taille herum ab.

Einen Moment lang stockt mir der Atem und die Zeit
steht still.

Ihr wohlgeformter kleiner Arsch ist rot von meinem
Versohlen. Aber was mich in seinen Bann zieht, ist der
Anblick ihres geschwollenen Geschlechts. So wie sie jetzt
entblößt ist, kann ich ihre Erregung sehen und riechen. Sie
ist nicht so stark wie unter dem Einfluss der Medikamente,
aber sie ist trotzdem da. Und natürlich.

Ich trete näher an ihre Hüfte und kämpfe gegen den
Drang an, mit meinen Händen über ihre Flanken zu streichen. Meine Kybernetik beruhigt das Zittern in meinen

Händen und verdrängt meine Gedanken. Aus dieser Nähe wird mir bewusst, dass sie den Duft der Essenz ihres Gefährten nicht trägt. Ich werde an all das erinnert, was ihr hätte passieren können, wenn sie von einem anderen überrascht worden wäre.

„Verstehst du, warum du bestraft wirst, Hannah?"

„Ja", stößt sie hervor und ich höre die bockige Rebellion in ihrer Stimme.

„Denkst du nicht, dass du es verdient hast?"

„Ist das wichtig?" Sie presst die Lippen zu einer festen, wütenden Linie zusammen und sieht mich an, bevor sie sich abwendet. Sie weiß, dass sie es verdient hat.

„Es ist wichtig, meine kleine Gefährtin. Es ist sehr wichtig", sage ich leise.

Als sie mich dieses Mal ansieht, wirkt ihr Gesicht einen Moment lang zerknirscht, bevor sie ihre Lippen erneut zusammenpresst. „Ja", stößt sie hervor. „Ich weiß, dass ich es verdient habe."

Auf ihr Eingeständnis hin reiße ich die Rute herunter. Mit einem scharfen Schlag trifft sie ihr Fleisch.

Sie zuckt nach vorn und gibt einen quietschenden Laut von sich, beißt sich jedoch auf die Lippe und bewegt sich in die perfekte Position zurück. Ihr schmaler Rücken ist lang. Ihr hübscher Hintern für meine Bestrafung präsentiert. Es mag ihr nicht gefallen, dass sie bestraft wird, aber sie nimmt es wunderbar hin.

Obwohl ich ihre willige Unterwerfung erwarte und fordere, erfüllt es mich mit unerwarteter Befriedigung, dass sie sie mir so freiwillig gewehrt.

Sofort bilden sich Striemen auf ihrer zarten Haut und ich bemühe mich, nicht noch einmal dieselbe Stelle zu treffen. Zweimal lasse ich die Rute noch herabrauschen. Jedes Mal zuckt sie mit einem Schrei zusammen und bewegt sich zurück in ihre Position. Aber mit jedem Schlag wird der Duft ihrer Erregung stärker und mein Schwanz dicker. Ich peitsche sie härter, treibe ihre Bestrafung weiter, als ich es beabsichtigt habe, und ihr Körper zittert, aber nicht vor Angst.

Schmerz. Lust. Verwirrung. All diese Gefühle strahlen von ihr aus.

Mein Schwanz drückt unangenehm gegen meine Hose und ich werfe die Rute beiseite. Wie ein Außenstehender beobachte ich meine Hand, die die Streifen nachzeichnet, die ich verursacht habe.

Ihr Atem stockt.

Meiner ebenfalls.

Ihre Haut ist heiß. Geschwollen. Ich gleite mit der Hand tiefer, bis meine Finger über ihren Schlitz streifen.

Nass.

Geschmeidig.

Sie hält still und versteift sich, als ich mit einem Finger durch ihre Hitze wirble, jedoch kaum in sie eindringe. Mein Körper fleht mich an, meinen Finger in ihre Tiefen zu schieben. Um zu sehen, ob sie so seidig heiß ist, wie ich sie in Erinnerung habe. Aber stattdessen streiche ich an ihrem Schlitz entlang bis zu dem Nervenbündel an der Spitze ihres Geschlechts. Ich kreise und drücke.

Während ich wie gebannt dastehe, fließt ihr Paarungs-nektar heraus und bedeckt die Ansätze ihrer Schenkel. Benetzt meine Hand.

Sie wimmert. Alles in mir erstarrt.

Farbige Punkte schwimmen vor meinen Augen, bevor meine Kybernetik meinen Herzschlag ausgleicht. Mein Blutfluss wird neu verteilt. Trotzdem will ich mir die Hose aufreißen und in sie stoßen.

Ich balle meine Hand zu einer Faust, die von ihrer

Hitze nass ist, und versuche, mich zu beherrschen. Schwer-atmend lasse ich den Stoff ihres provisorischen Rocks langsam hinuntergleiten, bis sie wieder bedeckt ist. Aber ich kann meine Füße nicht dazu bringen, zurückzutreten.

Sie richtet sich auf und dreht sich langsam um. Ihr Körper reibt dabei gegen meinen. Sie zuckt zurück, als würde sie plötzlich begreifen, was sie tut, und verschränkt schützend die Arme vor der Brust.

„Komm. Bringen wir dich zurück zum Shuttle." Meine Stimme kommt heiser und holprig heraus. Ich strecke die Hand aus.

Sie starrt auf meine pralle Erektion und verströmt einen Geruch von Angst, der kurz zuvor noch fehlte. Sie schüttelt den Kopf und weicht zurück, aber der Baum hindert sie daran, weiterzugehen.

Ich seufze.

Wie oft habe ich mir vorgestellt, wie es wäre, ein Weib-chen zu haben. Aber ich habe nicht bedacht, wie frustrie-rend es tatsächlich sein würde.

Ich ziehe sie hoch und über meine Schulter, ignoriere ihren Protestschrei und hebe den *Yhgl* auf, da ich weder das Fleisch noch das Fell verschwenden will. Ich werde zurück-kommen müssen, um mich um das *Vaynka* zu kümmern.

Als wir das Shuttle erreichen, hat meine Kybernetik sowohl meinen Kopf als auch meinen Schwanz beruhigt, aber ich bereue es nicht, sie gezüchtigt zu haben. Sie darf ihre eigene Sicherheit nicht vernachlässigen. Ich schließe die Luke und stelle sie sanft vor mir auf die Füße.

Über meiner Schulter hat sie stille Tränen geweint. Mit verletztem Gesichtsausdruck reibt sie sich den Po.

„Weinst du, weil ich dich berührt habe, oder weil ich dich bestraft habe?"

Mit zitternder Unterlippe verschränkt sie die Arme, dieses Mal mit einem trotzigen Neigen ihres Kinns.

Ich verschränke meine eigenen Arme. Wenn sie es mir nicht sagen will, dann ist es eben so. „Ich bin nicht zufrieden mit dir."

„Du bist nie zufrieden mit mir", sagt sie mit mehr Vehemenz, als ich ihr zugetraut hätte.

Ich fühle ihren Schmerz. Ihre Wut. Aber besser ihr Schmerz als ihr Tod oder ihre Gefangennahme. „Verstehst du nicht, in welche Gefahr du dich begeben hast? Jede Bestie oder jeder Monrok hätte dich schnappen können. Du trägst nicht einmal Juals Geruch."

„Er hat gesagt, du würdest mich heute markieren", sagt sie defensiv.

Verdammter Jual und seine Versuche, sich einzumischen. Er hat mich gedrängt, sie genauso zu beanspruchen, wie er es tut. So, wie ich mich danach sehne, auch wenn ich sie nicht richtig begatten kann. Damit sie nach mir riecht …

Ein hohler Schmerz macht sich in meiner Brust breit. Ich habe kein Recht, Dinge von meiner Gefährtin zu verlangen, die ich nicht verdiene.

„Er weiß, dass ich das nicht kann."

„Dass du es nicht kannst oder nicht willst?"

Ihre Irritation überrascht mich. Ich studiere ihre Gesichtszüge. Sie hat den Mund zu einer dünnen Linie gepresst und sieht genauso wütend aus wie ich. Ich bin mir nicht sicher, ob es daran liegt, dass ich sie nicht markieren will oder weil ich sie bestraft habe, nachdem sie das Shuttle allein verlassen hat. Sie kann unmöglich den Wunsch hegen, meinen Duft zu tragen, so wie sie Juals Duft trägt.

Ich wende mich ab und gehe zur Shuttletür. Jual sollte bald hier sein und ich muss auf die Jagd gehen. Die anderen in der Gruppe sind wahrscheinlich schon ohne mich losgezogen.

„Wohin gehst du?"

„Das tote *Vaynka* holen und dann jagen."

„Willst du mich nicht markieren, bevor du gehst?" Hannahs Enttäuschung und ihr Gefühl des Verlassenwerdens liegen schwer in der Luft. Ich schwanke unbehaglich und wünschte, dass Menschen wüssten, wie sie ihre Gefühle vor anderen Wesen abschirmen können.

Ich schüttle den Kopf. „Du musst ins *Bak*, um deine Schürfwunden zu sterilisieren", sage ich als Entschuldigung. Außerdem muss sie ihren Paarungsduft abwaschen. Er hängt schwer in der Luft und füllt meinen Schwanz mit Leben und Hoffnung.

„Ich sehe doch, wie du mich beobachtest. Ich weiß, dass du dich zu mir hingezogen fühlst." Sie macht einen Schritt nach vorn. Ich weiche einen Schritt näher an die Luke.

„Brauchst du Hilfe? Manchmal lässt Jual sich von mir berühren ... und es hilft ihm", sagt sie zögerlich und mein ganzer Körper erstarrt.

Ich werde Jual umbringen. „Wo lässt er sich von dir berühren?" Ich weiß nicht, warum ich das frage. Ich quäle mich nur selbst.

Ihr Gesicht errötet und sie schaut zu meiner Leiste hinunter, wo mein Schwanz gegen meine Hose drückt und nach ihr bettelt. Ich weiß genau, wo Jual sich anfassen lässt. Dieser verdammte *Hadhr*. Einen Moment lang kann ich nicht atmen. Ich stelle mir vor, wie sie ihre Hände um meinen Lebensbringer schlingt, während sie nackt unter mir liegt und sich von mir markieren lässt. Aber das Bild wandelt sich wieder zu ihrem erschlafften Körper und ihrer blutigen Geschlechtsöffnung.

Meinetwegen.

Ich schüttle den Kopf, um das Bild zu vertreiben. „Das wird nicht nötig sein", sage ich schärfer als beabsichtigt. Meine Kybernetik trägt nicht dazu bei, die Sehnsucht zu vertreiben, die meine Brust füllt.

„Du magst mich nicht." Ihre Aussage klingt nach Unsicherheit.

Ich werde Jual langsam dafür umbringen.

Ich begehre sie mehr als alles andere im Universum. „Jual sollte jeden Moment zurück sein. Er wird dich zu Cal und Keins Gefährtin bringen. Sie wünscht sich Decken und wir haben ausgezeichnete Tiere zum Jagen gefunden." Ich versuche, nicht an die Monrok zu denken, die ein paar Zyklen nach uns ankamen und stets nach der Lust ihres Weibchens riechen.

Hannah runzelt die Stirn, als wollte sie widersprechen, fragt aber stattdessen zaghaft. „Darf ich auch Decken haben?"

„Natürlich." Sie kann alles haben, was sie will. „Ich werde das größte Tier selbst töten, wenn das dein Wunsch ist."

Sie lässt die Schultern sinken und wird weicher. Sie strahlt so widersprüchliche Gefühle aus. Ich würde ihr gern über die Wange streichen, wenn sie so ist. Aber ich verkrampfe meine Hände, um sie nicht auszustrecken. Für diesen Zyklus habe ich sie schon genug berührt.

„Ich möchte, dass die Dinge anders werden."

Ich hatte mich umgedreht, um zu gehen, halte bei ihren Worten jedoch inne.

„Ich brauche einen Job. Oder eine tägliche Aufgabe. Ich muss jeden Tag draußen sein." Ihre Worte kommen überstürzt heraus, als hätte sie Angst, dass ich sie unterbrechen könnte. „Nicht nur ein paar Meter vor dem Shuttle, sondern ganz draußen. Ich bin gut darin, Dinge anzubauen und Sachen mit meinen Händen herzustellen. Ich könnte einen Garten anlegen, damit wir etwas anderes als Fleisch zu essen haben. Ich habe die Nase so voll von diesem Fleisch. Ich könnte Gräser sammeln und Körbe flechten ..."

Ich kann ihre Sehnsucht in ihren Worten riechen und ärgere mich, dass mir das nicht schon früher aufgefallen ist. Ich schaue mich in dem beengten Shuttle um. Sie kann ihre Tage nicht hier drin verbringen. Wir haben sie nicht besser behandelt als die Zapex und sie in einem Käfig gehalten.

„Bitte", fleht sie.

Ich drehe mich um und nicke. „Ich werde mit Jual sprechen. Du darfst deine Tage draußen verbringen."

Ihre Augen werden feucht und sie hüpft vor Freude auf ihren Zehenspitzen. „Ich danke dir, Situs." Sie verschränkt ihre Hände vor dem Körper und ich stelle mir vor, wie sie ihre Arme um mich schlingt, wie ich es bei Cals und Keins Gefährtin gesehen habe. Aber so sollen die Dinge für uns nicht sein.

„Wir würden alles für dich tun, meine kleine Gefährtin. Du musst uns nur darum bitten." Ich trete an die Luke und hebe den toten *Yhgl* vom Boden auf, der mich an ihren Ausflug erinnert. Ich zeige damit in ihre Richtung. „Wir werden alles für dich tun, aber wenn du dich noch einmal in Gefahr begibst, werde ich dir den Hintern so fest versohlen, dass du in den nächsten drei Zyklen danach nicht mehr sitzen kannst."

Hannah nickt vehement und drückt ihre Hände auf ihren Hintern, als könnte sie das irgendwie schützen. Ich trete durch die Luke hinaus.

Jual kommt auf mich zu, als ich das Shuttle verlasse, und ich unterdrücke den Drang, meinem Paarungspartner eine reinzuhauen.

Kapitel Sieben

JUAL

Situs' Miene ist unheilvoll, als er an mir vorbeistürmt. Besorgt, dass er unsere Gefährtin verärgert hat, beschleunige ich meinen Schritt zum Shuttle. Hannah steht in der Tür. Ihre Augen sind rot umrandet, aber ein Lächeln liegt auf ihren Lippen. Ich spüre, wie sich ein erwiderndes Grinsen auf meinen Lippen ausbreitet.

Dann rieche ich es.

Ich bleibe in der Tür stehen, als wäre ich gegen eine Wand gelaufen.

Der berauschende Geruch ihrer Erregung hängt schwer in der Luft. Und auch der nach Blut. Ich mustere sie genau. Ihr Haar ist ein unordentliches Gewirr, ihre Kleidung schmutzig, ihr provisorischer Rock zerrissen.

Blutige Kratzer zieren Hände und Beine.

„Ich werde meine Tage draußen verbringen", sagt sie zur Begrüßung.

Ich deute auf ihre Kratzer. „Es sieht so aus, als wärst du

bereits draußen gewesen und als wäre es nicht gut gelaufen."

Ihre Wangen färben sich rot und sie schwankt. „Ich bin allein losgezogen."

Das erklärt Situs' Unmut. Ich bin überrascht, dass sie sich in eine solche Gefahr begeben würde.

„Bist du böse auf mich?", fragt sie mit leiser Stimme. Sie ist besorgt. „Situs hat mich bereits dafür bestraft."

„Hat er das?" Dieser Tag ist voller Überraschungen.

Sie nickt, schluckt nervös und errötet noch mehr. „Mmhmm."

„Was hat Situs sonst noch gemacht?" Eine bloße Bestrafung hat doch ganz sicher ihren Paarungstrieb nicht geweckt.

„Das ist alles", stottert sie und ich frage mich, warum sie lügt. Ihr Herzschlag beschleunigt sich. Sie verschränkt die Hände vor ihrem Körper. „Er war verärgert, dass du mich nicht markiert hast."

„Da bin ich mir sicher." Ihm wäre es lieber, wenn ich die Qualen erleiden würde, meine Essenz über sie zu spritzen. So nah an dem Ort, in den ich stoßen möchte.

Es ist inzwischen fast schmerzhaft geworden, sie nicht zu berühren. Sie nicht festzuhalten und zuzustoßen, bis ich mich in ihr ergieße. Ich verbringe meine Tage damit, mir vorzustellen, wie sich ihre Hitze anfühlen wird, wenn sie meinen Schwanz umhüllt. Morgens ist ihr Rock oft bis zur Taille hochgerutscht und ich stelle mir vor, wie ich sie so nehme. Schlaftrunken und zerzaust. Ihr Körper ist so geschmeidig und einladend, anstatt steif und nervös.

Ich weiß nicht, was ihre Erregung verursacht hat, aber mein Gefühl sagt mir, dass ich es nicht war.

„Jual? Hörst du mir zu?"

Sie quasselt vor sich hin, aber ich registriere ihre Worte kaum.

Ich ignoriere ihre Frage und erkundige mich stattdessen: „Wie hat Situs dich bestraft, kleine Gefährtin?"

„Oh ... nun ..." Sie weicht einen zaghaften Schritt zurück und wippt von einem Fuß auf den anderen. „Er hat mir den Hintern versohlt." Sie drückt eine Hand auf ihren Hintern und ich frage mich, ob sie sich an die Züchtigung erinnert. „Danach hat er mich mit einer Rute ausgepeitscht", gibt sie mit leiser Stimme zu.

„Hat es wehgetan?"

Sie reißt die Augen weit auf und nickt nachdrücklich. Der Duft frischer Erregung umhüllt mich.

Mein Herz schlägt heftig und meine Kybernetik arbeitet daran, es zu beruhigen. „Zeig es mir."

„Was meinst du?", fragt sie und zieht verwirrt ihre zarten Augenbrauen nach unten.

„Dreh dich um und zeig mir deinen Hintern."

Sie zögert und ich frage mich, ob sie gehorchen wird. Unzählige widersprüchliche Emotionen strömen aus ihr, als sie sich umdreht. Aber sie macht keine Anstalten, ihren Rock anzuheben oder auszuziehen.

Mit zwei Schritten bin ich da und reiße ihr das Kleidungsstück an der Taille hinunter, sodass es zu ihren Füßen auf den Boden fällt.

Sie schreit auf und will fliehen, aber ich halte sie am Arm fest und ziehe sie mit einem Ruck zurück. Mein Blick bleibt an den roten Streifen auf ihrem Hintern haften, die einen auffälligen Kontrast zu ihrer blassen Haut bilden. Mein Schwanz pulsiert bei diesem Anblick.

Es scheint, als hätte Situs sie auf eine andere Weise markiert.

Ich fahre mit meinen Fingern über die leicht geschwollenen Striemen und sie wimmert. Aber die Emotionen, die von ihr ausstrahlen, verraten sie. Da sind Schmerz und Angst, aber ganz deutlich und spürbar ist ihr Verlangen. Ich hole tief Luft und drücke auf eine der geschwollenen Stellen. Sie stößt einen Schrei aus, aber Schmerz und Lust perlen von ihr ab.

Ich reiße die Hand weg.

In meinem Kopf kreisen viele Fragen. Mein eigenes Begehren. Ich möchte sie vornüberbeugen und sehen, ob sie nass von ihrem Verlangen ist. Ich erinnere mich noch daran, wie ihre Feuchtigkeit ihre Schenkel beschmierte und sie um Erlösung bettelte, als wir auf der Flucht waren. Obwohl sie betäubt war, hege ich die Hoffnung, dass sie eines Tages auch so sehr nach uns verlangen wird.

Könnte ihr Körper bereit sein, richtig beansprucht zu werden?

„Jual, du machst mir Angst." Ihre Stimme ist ein leises Flüstern, als würde sie nach Worten ringen, aber ich höre sie. Ich reibe mir mit der freien Hand über das Gesicht und versuche, die Lust aus meinen Gedanken zu vertreiben. „Du solltest dich im *Bak* waschen, bevor sich deine Wunden infizieren." Ich schaffe es, die Worte herauszuwürgen, aber es dauert einen weiteren Moment, bis ich meine Hand öffnen und sie loslassen kann.

Die Tür zur Reinigungskabine öffnet sich, aber sie dreht sich um, bevor sie hineingeht. „Wirst du noch da sein, wenn ich rauskomme?"

Ich nicke, der Kloß im Hals sitzt zu fest, um zu sprechen.

Sie starrt auf meine Erektion hinunter und dann wieder auf mein Gesicht. „Ich bin noch nicht so weit."

„Dein Körper schon", stoße ich hervor.

Sie zieht den losen Stoff ihres T-Shirts enger um sich,

wendet ihr errötetes Gesicht ab und schlägt unbeholfen die Beine übereinander.

„Du kannst dein Bedürfnis nicht vor mir verbergen. Dein Paarungsinstinkt ist erwacht. Ich kann es riechen." Ich pirsche mich näher an sie heran. „Wenn ich deine Beine öffnen und das T-Shirt hochziehen würde, könnte ich es sehen."

Ihre rosa Wangen werden blass. „Das heißt aber nicht, dass ich bereit bin ... dass du ... dass du ..."

Ich schüttle den Kopf. „Nein, offensichtlich nicht. Aber es bedeutet, dass du es brauchst." Ich ziehe mein T-Shirt über den Kopf und anschließend meine Stiefel aus, bevor ich mich meiner Hose entledige.

„Jual, was machst du da?"

Völlig nackt pirsche ich mich an sie heran. „Ich kümmere mich um meine Gefährtin." Sie weicht rückwärts ins *Bak* und ich folge ihr. Mit einem Drücken auf das Panel schließt sich die Tür hinter mir.

Ich dränge mich in ihren Raum und stütze meine Hände an beiden Seiten ihres Kopfes an der Wand ab. Der Reinigungszyklus hat begonnen. Sie hat ihre empfindlichen menschlichen Augen gegen den Sprühnebel geschlossen, aber ich behalte meine offen und genieße es, wie das T-Shirt, das sie trägt, jetzt an ihrer Haut klebt.

Langsam schiebe ich den Stoff hoch, während sie krampfhaft versucht, ihn hinunterzuziehen.

„Bitte, nein, Jual", weint sie.

Ich packe ihr Haar leicht mit einer Hand und knurre an ihrem Ohr: „Beruhige dich. Ich werde dir nicht wehtun oder etwas nehmen, das du nicht freiwillig gibst." Egal, wie sehr mein Körper danach verlangt. „Hast du das verstanden?"

Sie nickt und lockert ihren Griff um den Stoff. Kaum ist

das T-Shirt ausgezogen, hebt sie die Hände, um sich zu bedecken, während der Zyklus des *Nhu*-Öls beginnt, dessen angenehmes Aroma sich mit dem verlockenden Duft ihrer immer noch gegenwärtigen Erregung vermischt.

Ich nehme ihre Hand und schiebe sie zwischen ihre Beine, wo ich ihre Finger gegen ihren Schamhügel presse. „Berühre dich selbst."

Sie schüttelt den Kopf. Ich drücke ihre Finger in ihre feuchte Hitze, bis ihr Kopf mit einem leisen Stöhnen nach hinten fällt. „Du brauchst es, Gefährtin. Wenn du nicht willst, dass ich dich berühre ... vergnüge dich selbst", verlange ich barsch und bewege ihre Finger, bis sie die Kontrolle übernimmt. Ich habe sie angewiesen, ihre Muschi zu berühren, aber ich habe sie nicht gezwungen, sich selbst zu befriedigen. Ich sehne mich danach, ihr Gesicht zu sehen, wenn sie zum Höhepunkt kommt.

Der Trockenzyklus bläst über uns, aber er übertönt die Geräusche ihres bedürftigen kleinen Wimmerns und Keuchens nicht und auch nicht das schmatzende Geräusch ihrer Muschi, wenn sie ihre Finger durch die Feuchtigkeit bewegt.

Ich möchte an ihren geschwollenen Brustwarzen saugen, ihren Mund mit meinem bedecken und ihr Stöhnen auffangen. Aber ich zwinge mich, sie nicht zu berühren, um den Bann nicht zu brechen.

Ihr Körper spannt sich an. Sie öffnet den Mund zu einem lautlosen Schrei und reißt die Augen weit auf. Sie begegnet meinem Blick, als sie ihre Erlösung findet.

Ich streichle ihr wunderschönes Gesicht und nehme ihre Hand, die noch warm und klebrig von ihrer Muschi ist, und lege sie um meinen Schwanz, wobei ich meine Länge gegen sie stoße. Ich streiche mit meinem Daumen über ihre geöffneten Lippen und tauche ihn hinein. Sie schließt den

Mund um den Finger. Ein Stöhnen entspringt meiner Kehle, als sie leicht saugt.

„Ich will deinen Mund auf mir spüren, Geliebte", sage ich und bewege mich in ihrem Griff. „Ich möchte dich ficken und dann zwischen deine weichen Lippen stoßen, damit du dich an mir schmecken kannst."

Ihr Atem stockt und sie schließt die Faust fester um mich. Ihr Blick wandert zwischen uns hinunter zu meinem Schwanz in ihrer Hand, als würde sie genau das in Erwägung ziehen. Mein Sack zieht sich bei ihrem neugierigen Blick zusammen. Ihre Wangen erröten und sie öffnet die prallen Lippen zu einem leichten Stöhnen.

Meine Schenkel zittern, als ich in ihre Hand stoße.

„Gefällt dir die Idee, meine kleine Gefährtin?", knurre ich. „Deinen Mund um mich zu schließen? Mich zu kosten, so wie ich dich gekostet habe?"

Mit großen Augen starrt sie mich überrascht an. So unverblümt habe ich noch nie mit ihr gesprochen. Ich kann ihren Schock, aber auch ihre Lust spüren.

Ich beuge mich hinunter und flüstere in ihr Ohr: „Ich würde dich jeden Morgen mit meinem Gesicht an deiner Muschi wecken, wenn du mich lässt."

Ihr Kopf fällt zurück und sie schließt die Augen, als ob sie schon erleben würde, wie ich ihren süßen Nektar lecke und sauge. Ein Zittern geht durch ihren Körper. Dieses Beben lässt meine Essenz in schmerzhaften Spritzern über ihren Bauch und ihre Brüste strömen. Ich stöhne meine Erlösung heraus und sie reibt weiter mit der Hand, bis meine Beine nachzugeben drohen. Meine inneren Sensoren arbeiten daran, meinen Herzschlag zu beruhigen und meine Atemzüge auszugleichen.

„Genug." Ich halte ihre Hand fest, obwohl ich noch nicht gesättigt bin. Das werde ich erst sein, wenn ich meine widerstrebende Gefährtin ordentlich durchgefickt habe.

„Ich denke, du solltest mich nicht mehr markieren." Ihre Stimme ist ein Flüstern, als ihr Gesicht an meiner Brust ruht, aber die Worte hallen laut in meinem Kopf wider.

„Du lügst." Ich beiße den Kiefer vor Frustration zusammen. Ich verstehe die menschliche Logik nicht und es ist unmöglich, der ständig wechselnden Flut ihrer Gefühle zu folgen. Wo gerade noch Lust war, strahlt sie jetzt Angst und Verwirrung aus.

In Wahrheit brauche ich sie wahrscheinlich nicht mehr zu markieren, aber ich liebe es, meine Essenz auf sie zu schmieren. Die Art und Weise, wie ihr Mund vor Überraschung leicht aufspringt, wenn ich mich ergieße. Ein tief verwurzeltes Bedürfnis, sie meinen Duft tragen zu lassen, treibt mich an. Also werde ich sie weiter markieren.

„Nein, es ist zu viel." Sie schüttelt den Kopf und zieht sich vor mir zurück. Aber es ist ihre Angst, die spricht, nicht ihr wahres Verlangen.

Ich drücke meine Hände an beide Seiten der Wand hinter ihr und schließe sie ein. „Wir sind Gefährten. Ich werde dich markieren und dir dabei zusehen, wie du dich selbst befriedigst, bis du mich anflehst, dich wirklich zu der meinen zu machen, meine Geliebte." Der Gedanke daran, in die einladende Hitze zwischen ihren Schenkeln zu sinken, lässt die Essenz aus meinem Schwanz tropfen. „Dann werde ich dich bis zur Erschöpfung ficken, wieder und immer wieder, bis der Tod mich holt."

Wie kann sie das nicht verstehen?

HANNAH

. . .

Jual sieht mich mit intensiven, kristallblauen Augen durchdringend an. Ich bin nicht bereit für die Begierde, die aus ihnen strahlt. Er hat mich *Geliebte* genannt und ich hasse es, wie das auf mich wirkt. Wie es mich ihn begehren lässt. Ich spüre eine heiße, klebrige Spur an meinem Bauch und als ich nach unten blicke, sehe ich, dass er immer noch hart zwischen uns ist.

Meine Haut ist angespannt, mein Magen kribbelt und doch pocht ein Puls zwischen meinen Beinen, sehnsüchtig und leer. Jede Bewegung reibt die nassen Schamlippen meines Geschlechts aneinander ...

Die Dinge, die er gesagt hat. Was er von mir will ... Mein Verstand stockt. Ich möchte weglaufen und mich verstecken, aber ich kann nirgendwohin. Nur wenn ich in diesem Shuttle eingeschlossen bin, bin ich jemals wirklich allein.

Er streckt eine Hand aus und ich weiche aus einem alten Instinkt heraus zurück. Ich sehe seinem Gesicht die Verärgerung über meine Reaktion an und greife schnell nach seiner Hand, um seine Handfläche an meine Wange zu drücken. Er hat versucht, zärtlich zu sein, und ich kann etwas Zärtlichkeit gebrauchen.

Mein wunder Hintern strahlt noch immer auf eine verwirrende Art und Weise Hitze aus, die ich ebenso erregend wie demütigend finde. Und jetzt wissen Situs und Jual, dass mein Körper auf eine solche Bestrafung reagiert.

Ich lehne meine Stirn wieder an die Mitte seiner Brust, damit ich seinem wachsamen Blick nicht begegnen muss, während er versucht, mich wie ein Puzzle zu analysieren, das er nicht ganz lösen kann.

„Das hast du gut gemacht", sagt er leise. Er streichelt mit dem Daumen liebevoll über meine Wange.

Meine Brust zieht sich zusammen und meine Kehle ist

plötzlich wie zugeschnürt, denn sein Lob hat eine tiefgreifende Wirkung auf mich.

„Du bist stark hier drin." Er tippt an meine Schläfe. „Das glaube ich und ich weiß so viel mehr als du."

Das ist so arrogant und doch wahr, dass es mir ein Lachen entlockt, auch wenn mir die Tränen über die Wangen laufen.

„Wir sollten uns anziehen", sagt er und überrascht mich damit. „Wir müssen die Lederhäute gerben. Wenn du mir helfen willst, haben wir viel zu tun, um uns auf die Rückkehr der Jäger vorzubereiten." Er drückt mir beruhigend den Arm und ich wische mir die Tränen ab, als die Tür des *Baks* aufschwingt und er hinaustritt.

Alles, was heute geschehen ist, hat mich aus dem Gleichgewicht geworfen. Ich bin bereit, mich in jede Arbeit zu stürzen, die meine fiebrigen Gedanken von den beiden Männern ablenkt, die für meinen pulsierenden Hintern und diese schreckliche neue Sehnsucht zwischen meinen Schenkeln verantwortlich sind.

Kapitel Acht

Einen Monat später

HANNAH

„Du bist der Wahnsinn!" Allyson hüpft begeistert mit dem Stapel neuer Pelze und Decken herum, den ich ihr in die Arme lege. Als ich vor der Luke meines Shuttles stehe, schaue ich mich um und bemerke, dass sie allein ist. „Wo sind deine Männer?" Allein hinauszugehen war ein Fehler, den ich nur einmal gemacht habe, und ich habe Allyson noch nie ohne ihre Gefährten draußen gesehen.

„Sie trainieren und ich hatte keine Lust, ihnen zuzusehen, also bin ich im Shuttle geblieben." Ich kann es ihr nicht verdenken. Die Männer kämpfen täglich miteinander und das Ergebnis sind oft blutige Gliedmaßen und gebrochene Knochen. „Sie wissen nicht, dass ich weg bin." Die hübsche Blondine zwinkert mir verschwörerisch zu und ich spüre einen Anflug von Eifersucht auf ihr Glück. Sie teilt eine unkomplizierte und offene Zuneigung mit ihren Gefährten, um die ich sie beneide. Ich habe sie schon mehr als einmal mit Cal oder Kein in der Öffentlichkeit beim Ehevollzug erwischt.

Und es war überhaupt nicht so wie die Zusammenkünfte, an denen ich während meiner Ehe beteiligt war.

Wenn ich mir vorstelle, dass Jual oder Situs dieselben Dinge mit mir machen könnten, die Allysons Gefährten mit ihr gemacht haben, wird mein Gesicht ganz heiß. Es ist nicht schwer, sich das vorzustellen. Jual markiert mich nicht mehr, ohne mir in allen Einzelheiten zu erzählen, was er mit mir anstellen will. Es weckt eine Sehnsucht in mir. Es schmerzt vor Lust, aber auch vor der Begierde nach der ungezwungenen Zuneigung, die für mich unerreichbar zu sein scheint.

Jonah nahm seine ehelichen Rechte im Dunkeln wahr. Es war unangenehm, aber immer schnell vorbei. Ich empfand dabei kein großes Vergnügen und meine Zeit auf dem Schiff der Zapex ist eher eine verschwommene Erinnerung.

Mein sexuelles Verständnis hat sich auf unangenehme Erfahrungen beschränkt. Ich glaube, dass es mit Jual anders wäre. Wenn ich meine Angst überwinden könnte. Allein der Gedanke an ihn lässt die Hitze zwischen meinen Beinen pulsieren. Mein Magen zieht sich zusammen, aber ich breche nicht länger in kalten Schweiß aus, wenn ich mir vorstelle, mit ihm zu schlafen. Ich weiß, dass er mich nicht zu mehr drängen wird, als ich bereit bin zu geben, aber ich habe Angst, seine Hoffnungen zu wecken, indem ich vorschlage, es zu versuchen.

Als wüsste er, in welche Richtung meine Gedanken gewandert sind, wirft Situs mir von „unserem Garten", also von der Wiese vor dem Shuttleplatz aus, einen wilden Blick zu. Ich erröte noch mehr, dann huscht sein Blick so schnell weg wie ein verängstigtes Kaninchen. Ein verängstigtes Kaninchen mit breiten, steifen Schultern und schlechter Laune.

Jeden Tag arbeitet er an dem Leder und jeden Tag helfe ich ihm oder arbeite in meinem Garten. Manchmal arbeiten wir schweigend nebeneinander her und manchmal plaudere ich über alles und nichts.

Er hat noch nie selbst ein Gespräch mit mir angefangen und meistens grunzt er nur oder gibt einsilbige Antworten. Aber ich glaube, er genießt meine Gesellschaft. Zumindest möchte ich das glauben. Mir ist bewusst geworden, dass Situs einem wilden Tier gleicht. Ich habe ihm Futter hingestellt und obwohl er sich mir genähert hat, ist er immer noch nicht bereit, sich von mir streicheln zu lassen.

Aber ich erinnere mich immer noch gut an seine heftigen Schläge, gefolgt von seiner forschenden sanften Berührung. Wie sie mich in Brand setzte. Den hungrigen Blicken nach zu urteilen, die er mir zuwirft, glaube ich nicht, dass er so unberührt ist, wie er vorgibt, zu sein.

Ich sammle unsere zärtlichen Momente wie Fetzen von Zuneigung, nach denen ich mich sehne. Ich spüre seine Blicke jeden Abend auf mir, wenn ich im Gebet niederknie und Gott um Vergebung und Führung bitte. Ich schwöre, dass ich spüre, wie Situs sich zu mir hingezogen fühlt, wann immer er sich mir nähert. Ich spüre es genau wie seine allgegenwärtige Schuld. Es ist wie eine Mauer, die er zwischen uns aufgebaut hat, auch wenn ich ihn schon längst nicht mehr als den Mann ansehe, der mich verletzt hat. Das tue ich schon seit einer ganzen Weile nicht mehr. Es ist schwer vorstellbar, dass er es jemals getan hat. Er ist Situs, mein Beschützer ... mein Gefährte.

So seltsam es auch erscheinen mag, betrachte ich beide Männer inzwischen als meine Gefährten. Meine Ehemänner. Wie sollte ich es auch nicht, bei allem, was sie für mich tun?

Er geht zurück und hängt und spannt Tierhäute auf ein Gestell. Beim Anblick der großen Häute ziehe ich eine Grimasse. Wir haben auf Kadeema eine ziemlich beängstigende Tierwelt. Es gibt ein Herdentier, das ich Gnu nenne, obwohl es das nicht ist. Es ist wie eine riesige Kreuzung aus einem Wollhaarmammut und einem Säbelzahntiger.

Er hat sein Wort gehalten und einen Weg gefunden, wie er und Jual auf mich aufpassen und sicherstellen können, dass ich meine Tage draußen verbringen kann. Wenn sie nicht gerade trainieren oder beim Bau der Sicherheitszone helfen, gerben sie Tierhäute. Und sie haben mir geholfen, Wurzelgemüse und Pflanzen zu finden, die wir essen können. Ich habe meinen Garten angelegt und hoffe, dass er eine anständige Ernte abwirft.

Er ist immer in der Nähe und hilft mir bei der Gartenarbeit. Er folgt mir, wenn ich spazieren gehe und alles erkunde. Ich spreche mit ihm und plaudere, aber er ist immer still. Wachsam.

Jual redet auch nicht viel, aber wenigstens zeigt er sich interessiert. Er beantwortet meine Fragen. Er stellt mir Fragen, die mich zum Nachdenken anregen. Ich fühle mich zu beiden Männern hingezogen, aber ihm fühle ich mich viel näher.

Ich habe entdeckt, dass die Männer ein Panel am Arm haben, das sie öffnen und mit dem sie Bilder und Hologramme projizieren können. Manchmal zeigt mir Jual „Videos" von ihrem Mondplaneten Mehcad und den seltsamen Tieren, mit denen sie aufgewachsen sind. Wenn er mit der Bildanzeige fertig ist, schließt sich das Panel nahtlos, als wäre es nie da gewesen. Ich durfte mindestens zehn Minuten lang das offene Panel an seinem Unterarm berühren. Die Haut fühlt sich so echt an und er sagt, das liege daran, dass es echte Haut sei, nur eben anders als mein rudimentäres menschliches Fleisch. Ich bin mir nicht sicher, was das bedeutet. Wenn man mit diesen Männern in einer so primitiven Welt wie Kadeema lebt, vergisst man leicht, dass sie keine Menschen sind.

Ich neige den Kopf zurück und lasse die Sonne einen Moment lang mein Gesicht wärmen. Wenn der Tag, an dem ich mich allein in den Wald gewagt und den Hintern versohlt bekommen habe, irgendetwas Gutes hatte, dann war es das. Draußen an der frischen Luft zu sein. Ich weiß nicht, wann oder wie ich die Frage sonst gewagt hätte. Ich war einfach so frustriert und allein. Ich fühle mich immer noch allein, aber es ist nicht mehr so schlimm.

In mancher Hinsicht ist es besser als das Leben in der Kolonie. Weniger Regeln und Urteile von anderen. Nicht zum ersten Mal frage ich mich, ob dies vielleicht gar nicht meine Strafe von Gott ist, sondern eine Mission. Vielleicht war ich schon immer dazu bestimmt, hier bei diesen Männern zu sein.

Ich habe Raina seit meinem einsamen Ausflug nicht mehr gesehen, aber wir alle haben sie und ihre Gefährten gehört. Sie genießen die körperlichen Aspekte ihrer Beziehung regelmäßig. Lautstark.

Mein Gesicht wird heiß. Allyson sieht, dass ich rot werde und in welche Richtung ich starre. Sie kichert. „Das Mädchen ist ein Glückspilz."

Ich lächle flüchtig, denn sie ist die einzige Quelle weiblicher Gesellschaft, die ich habe. Insgeheim ist es mir auch peinlich, dass ich nicht mit meinen Gefährten kopuliere. Allyson genießt die körperlichen Aspekte ihrer Verbindung mit ihren Ehemännern offensichtlich sehr und ich bin mir nicht sicher, ob sie es verstehen würde. Außerdem ist es wahrscheinlich das Beste, wenn niemand erfährt, dass wir unsere Partnerschaft immer noch nicht vollzogen haben.

Auch wenn Jual und Situs nicht noch einmal herausgefordert wurden, habe ich trotzdem Angst, dass einer der alleinstehenden Monrok mich stehlen und das verlangen wird, was Situs und Jual mir gnädigerweise nicht abverlangt haben. Mehr als einmal habe ich Augenpaare gesehen, die nicht zu meinen Gefährten gehörten und mich wie Beute verfolgten. Zum Glück waren Situs oder Jual immer in der Nähe und haben sie abgewehrt.

Meine Gefährten haben geduldig darauf gewartet, dass ich mich ihnen hingebe. Ich habe ihre heißen Blicke gesehen. Ich weiß, was sie von mir wollen. Oder zumindest was Jual von mir will. Die Männer geben mir Freiraum, aber ich habe angefangen, mich nach mehr als nur ihrem Trost zu sehnen.

Manchmal liege ich auf meiner Matte wach und höre ihr gleichmäßiges Atmen im Hintergrund. Ich erinnere mich an das Gefühl ihrer Münder auf mir, als ich unter Medikamenteneinfluss stand. Ich höre Juals anzügliche Fantasien in meinem Kopf. Sie tragen jetzt beide Vollbärte. Bärte, die sie sich für mich haben wachsen lassen, um zu zeigen, dass sie meine Ehemänner sind. Ich frage mich, wie sie sich an meinem nackten Fleisch anfühlen würden.

Jonah hat mich manchmal dort unten geleckt, um mich feucht genug zu machen, damit er mich nicht verletzt, aber ich habe noch nie den überwältigenden, allesverzehrenden Rausch erlebt, den ich bei Situs und Jual gespürt habe. Und das Gefühl von Jonahs Bart an meinen Schenkeln war ein wenig irritierend. Kratzig.

Nicht zum ersten Mal frage ich mich, wie es wohl wäre,

wenn Jual und Situs mich wieder so intim küssen würden. Würde ich es genießen, wenn ich nicht unter Medikamenteneinfluss stehe? Würde das Kratzen ihrer Bärte auf meinem nackten Geschlecht wehtun?

Meine Gedanken stocken. Allyson beobachtet mich mit einem merkwürdigen Grinsen, als wüsste sie, woran ich gedacht habe.

„Können Situs und ich dich zu deinem Shuttle zurückbringen?", frage ich.

Allyson kichert, ein fröhliches Klimpern, als sie den Stapel der Lederdecken und Felle ablegt. „Nein, einer meiner Männer wird gleich nachkommen." Sie lehnt sich gegen unseren Shuttlehügel und zupft am Gras herum. „Weißt du, Cal hat gesagt, dass sie anfangen werden, Häuser zu bauen, sobald die Sensoren installiert sind. Echte Häuser."

Die Monrok haben überall auf dem Planeten Geräte installiert, die sie über ihre internen Sensoren alarmieren, wenn jemand in unseren Luftraum eindringt. Es wird eine große Erleichterung für die Männer sein, dass sie jetzt funktionieren. Seit wir hier angekommen sind, haben sie ständig zum Himmel geschaut. Unsere Zeit draußen ist für mich befreiend, aber die Männer sind ständig auf der Hut und warten.

„Sie haben keine Werkzeuge, wie wollen sie denn Häuser bauen?", frage ich etwas ungläubig. Aber die Vorstellung, dass sie Häuser bauen wollen, wärmt mich von innen. Auch wenn es mich schmerzt, dass Situs und Jual mit mir nie über solche Dinge gesprochen haben. Diese Männer haben nie ein Zuhause oder eine dauerhafte Bleibe gekannt. Ich bin froh, dass sie so etwas für sich selbst schaffen, aber ich frage mich, was meine Männer mir sonst noch verschweigen.

„Ich glaube, sie haben die Werkzeuge dafür. Du weißt schon ... in sich", sagt sie. „Sie sind wie lebende, atmende, Schweizer Armeemesser."

„Warum bin ich nicht überrascht?" Ich habe festgestellt, dass die Monrok außerordentlich fortschrittlich sind. Sie sind wie Pfadfinder, Raketenwissenschaftler und Navy SEALs in einem. Was sie bereits geschafft haben, ist einfach erstaunlich.

Abgesehen davon, dass sie unsere Shuttles so versteckt haben, dass sie sich nahtlos in die Landschaft einfügen, dass sie Nahrung suchen und unterirdische Sicherheitstunnel für den Fall eines Angriffs angelegt haben, haben sie aus den Teilen des riesigen Schiffes, das die Monrok beschlagnahmt hatten, nachdem sie rebelliert und den Besitzer, Prinz Kaihan, getötet hatten, bereits ein Waffenarsenal gebaut. Sie benutzen Dinge wie ihre selbstgefertigten Speere, um auf die Jagd zu gehen, aber ich weiß, dass sie auch mit ihren internen Waffen töten können. Ich habe den seltsamen Blaster gesehen, mit dem Situs das riesige Biest im Wald getötet hat.

„Ich hoffe auf Sanitäranlagen und eine Badewanne", sagt sie und reißt mich aus meinen Gedanken.

Ich stöhne bei dem Gedanken an ein heißes Bad. „Ich vermisse Badewannen und fließendes Wasser." Und bequeme Betten. Und Kissen. Selbst in der Kolonie hatten wir viel mehr Annehmlichkeiten als hier.

Ich mag es nicht, das *Bak* zu benutzen, das einen mit einem scharfen Desinfektionsmittel und Öl einnebelt. Und in den kalten, flachen Stellen des Flusses zu baden, während Jual oder Situs Wache stehen, ist nichts, was ich vermissen würde, wenn es Sanitäranlagen in Gebäuden gäbe. Zu Hause waren kalte Bäder eine Form der Bestrafung. Hier sind sie gang und gäbe.

. . .

Ich kann mir vorstellen, dass es für ein Mädchen, das in der modernen Welt gelebt hat, sogar noch schwieriger ist. „Denkst du manchmal daran, nach Hause zu gehen?"

Sie zuckt mit den Schultern, schüttelt dann den Kopf und blickt einen Moment lang zum Himmel. „Die Menschen wissen es vielleicht noch nicht, aber die Erde ist im Moment nicht der sicherste Ort. Und ich bin lieber da, wo meine Jungs sind." In einer geistesabwesenden Geste legt sie ihre Hand auf die untere Wölbung ihres Bauches. Ich frage mich, ob sie schwanger ist.

Ich verkrampfe meine Hände, um meinen eigenen Unterleib nicht zu berühren. Situs beobachtet mich immer noch und ich weiß nicht, was er fühlen würde, wenn er von meinem Verdacht wüsste.

So wie er sich von mir fernhält, könnte er ein Baby als die größte Erinnerung an seine Tat betrachten. Wenn ich recht habe, wächst sein Kind vielleicht jetzt schon in mir heran. Der Gedanke, schwanger zu sein, lässt Hoffnung in meiner Brust aufblühen. Egal, wie es entstanden ist, wäre ein Baby der größte Segen.

Ich versuche, Jonahs Stimme in meinem Kopf auszublenden, der mir in aller Ruhe sagt, dass ich der Grund dafür bin, dass Gott uns kein Kind geschenkt hat. Manchmal entschuldigte er seine Wut damit, dass er die Sünden aus mir herausprügeln musste.

Seiner Logik zufolge hat es vielleicht endlich funktioniert.

Ein rachsüchtiger Teil von mir wünscht sich, er wäre hier, wenn ich mit dem Kind meines neuen Mannes rund werde. Damit er weiß, dass mit mir alles in Ordnung ist, und dass er mich niemals wieder verletzen kann. Aber die

Scham über meine boshaften Gedanken überkommt mich sofort. Wahrscheinlich hatte Jonah eine Geisteskrankheit und ich habe Mitleid mit jeder neuen Frau, die er heiraten wird. Wenn er auf mich losgegangen ist, hatte es nie einen logischen Grund.

Ich könnte mich auch irren und meine monatliche Periode übersprungen haben, aber ein Baby ...

„Langsam habe ich das Gefühl, dass das *hier* unser Zuhause ist", sagt Allyson und unterbricht damit meine Gedankengänge. Sie klingt so zufrieden und sicher, wenn sie das sagt, dass mich einmal mehr ein wenig Neid überkommt. Ich wünsche mir die gleiche Zufriedenheit für mich und meine Gefährten.

Ich blinzle und hebe eine Hand, um die Sonnenstrahlen abzublocken. Die Wärme fühlt sich gut an, aber meine helle Haut fängt wahrscheinlich bereits an, sich zu röten.

Die Männer haben erwähnt, dass gerade Sommer ist, und ich bin dankbar dafür, wie mild die Temperaturen sind. Es gibt zwei Sonnen, drei Monde – einer davon ist so nah, dass man ihn sowohl tagsüber als auch nachts sehen kann – und zwei Hemisphären. Ich war noch nie in der anderen, aber ich weiß, dass es dort ähnlich wie in den Regenwäldern auf der Erde sein soll. Ironischerweise war ich auch dort noch nie.

Ich lächle vor mich hin. Ich bin das Mädchen, das nie die Welt bereist hat, aber jetzt auf einem anderen Planeten lebt. Ich frage mich, ob ich jemals um diese Welt reisen werde. Ich glaube nicht, dass es mir viel ausmachen würde, wenn wir die sanften Hügel und Wälder unserer Gegend nie verlassen würden.

„Nun", sage ich, „wenn man von den fliegenähnlichen Insekten absieht, die blau leuchten" – ich schlage nach der besagten blauorangefarbenen Fliege – „von den vogelgroßen Schmetterlingskreaturen und den furchterregenden Tieren, könnte man fast so tun, als wäre dies eine unbewohnte Erde."

Allyson lacht schnaubend. „Außerdem müssen wir die Tatsache ignorieren, dass wir in all diesem Leder wie Statisten in einem Conan-der-Barbar-Film gekleidet sind."

Ich beuge mich vor und flüsterte verschwörerisch: „Ich hätte nie gedacht, dass ich es einmal vermissen würde, meine eigenen Klamotten aus billigem Stoff zu nähen." Das entlockt ihr ein weiteres Lachen. Ich lächle und fühle mich so leicht wie schon lange nicht mehr. Vielleicht könnte ich hier auf Kadeema so zufrieden sein wie Allyson.

Vielleicht könnte ich mit der Zeit mit meinen Gefährten das haben, was sie mit ihren teilt.

Ich sehe Jual zusammen mit Allysons Gefährten über die Anhöhe kommen – ich weiß nicht, welcher es ist – und stoße sie mit dem Ellbogen an. Ich nicke mit dem Kinn in ihre Richtung.

„Ah, da ist Kein ja", sagt sie und ich bin verblüfft, wie sie die beiden unterscheiden kann. Sie beeilt sich, nach ihrem dicken Bündel zu greifen, und wir schlendern über die Wiese, um die Männer zu treffen.

Keins Gesichtsausdruck ist grimmig, als er sich nähert, und ich kämpfe gegen den Drang an, sie zurückzuziehen und sie vor ihm zu schützen. Ich weiß, dass meine Männer mich nie so verletzen würden, wie Jonah es getan hat. Selbst wenn Situs und Jual mir den Hintern versohlt haben, geschah es mit Bedacht und verletzte meinen Stolz weit mehr als meinen Körper. Ich kenne Allysons Gefährten nicht so gut.

Aber meine Sorge ist unbegründet. Sie schlendert glückselig auf ihn zu und streckt ihm die Decken entgegen.

Er schüttelt den Kopf, als sie ein seltsames, wortloses Gespräch führen.

„Du steckst in Schwierigkeiten, meine freche, kleine *Zepka*", sagt er und dreht sie um. Er hebt den hinteren Teil ihres selbst genähten Lederrocks an, der viel kürzer ist als meiner, und schlägt ihr auf den Hintern. Direkt vor unseren Augen. Ein Teil von mir ist entsetzt, auch wenn bei diesem Anblick unangenehme Hitze in mir aufsteigt.

Allyson begegnet meinem schockierten Blick und zwinkert mir zu. Ihre Lippen sind zu einem Grinsen verzogen, ein klares Zeichen dafür, dass sie mit sich selbst zufrieden ist und das Ergebnis erreicht hat, das sie sich erhoffte.

Kein nimmt ihr den dicken Haufen ab, als sie gehen. Ich kann einen schwachen, roten Abdruck seiner Hand auf ihrer Pobacke sehen, wo ihr Rock nicht ganz hinuntergezogen ist.

Röte steigt in meiner Brust bis zu meinem Gesicht hinauf, während sich weiter unten entsprechende Wärme breitmacht. Mein Hintern kribbelt bei der Erinnerung an die Schläge, die ich erhalten habe. Ich wende meinen Blick Jual zu, der den Austausch ebenfalls beobachtet hat. Er schaut stirnrunzelnd in ihre Richtung und ich komme nicht umhin, die beeindruckende Erektion zu bemerken, die sich in seiner Hose abzeichnet.

Obwohl ich sie jeden Morgen sehe, wenn er mich markiert, atme ich bei seinem Anblick tief ein. Die winzige Bewegung lenkt seine Aufmerksamkeit auf mich.

Mit angespanntem Körper starrt er mich durchdringend an und zieht die Stirn in Falten, was ich nur als Frustration deuten kann. Dann stürmt er an mir vorbei. Ich habe keine Ahnung, was seine Wut ausgelöst hat, aber ich kann es mir denken. Er begehrt etwas, von dem ich nicht sicher bin, ob ich es ihm geben kann. Wieder einmal höre ich Jonahs

Stimme in meinem Kopf, die mich wegen all meines Versagens verhöhnt, und meine eigene Stimme, die mir sagt, dass ich das Glück, das Allyson hier gefunden hat, vielleicht nicht verdiene. Ich weiß, dass es falsch ist. Völlig irrational sogar. Aber ich fühle mich plötzlich in jeder Hinsicht unzulänglich.

Meine Kehle zieht sich zusammen und meine Augen brennen. Ich habe seit Tagen nicht mehr geweint. Ich dachte, ich hätte die Tränen hinter mir gelassen.

Ich habe mich geirrt.

JUAL

In dem Moment, in dem ich gehe, rieche ich Hannahs Qualen. Ich bleibe stehen und bin plötzlich wütend. Ich stapfe zu ihr zurück. Ich brauche sie nicht umzudrehen, um zu wissen, dass sie weint. Der salzige Geruch ist mir vertraut.

„Du bist *meine* Gefährtin." Ich zeige mit dem Daumen auf meine Brust. „*Meine.*" Auch wenn ich mich noch nicht mit ihr verpaart habe. Ich habe mich in der törichten Hoffnung, dass sie zu mir kommen wird, wenn sie bereit ist, zurückgehalten. „Wie kannst du es wagen, für einen anderen Monrok erregt zu sein?", füge ich hinzu. „Bedauerst du, dass er bereits verpaart ist?"

Ich spüre, wie der Schock in ihr aufsteigt. „Wovon sprichst du?"

„Ich konnte deine Erregung riechen. Wahrscheinlich konnte er es auch. Sie ist von dir ausgeströmt, genauso wie von seiner eigenen Gefährtin."

Mit einem finsteren Blick stürmt sie an mir vorbei und

stapft den ganzen Weg zurück zum Shuttle. Ich rieche ihre Wut, ihre Verlegenheit, ihre Frustration, aber keinerlei Schuld.

Meine sinnlose Wut verfliegt, aber mein Magen zieht sich immer noch mit einem ungewohnten Gefühl zusammen, gegen das ich machtlos bin.

Ich kann akzeptieren, wenn Situs ihren Paarungsinstinkt erweckt. Er ist mein Partner und auch ihr Gefährte, aber der Gedanke, dass sie sich uns verwehrt, weil sie einen anderen begehrt ... Meine Gedanken vernebeln sich vor Wut und meine Kybernetik versucht, mich zu beruhigen.

Frustriert knirsche ich mit den Zähnen und laufe ihr nach. Jeden Tag, wenn ich sie markiere, verhöhnt mich der Duft ihrer Erregung. Fleht mich an, mehr zu nehmen. Wenn ich mich für sie ausziehe, betet sie mich mit hungrigen Augen an und saugt jeden Zentimeter meines muskulösen Körpers mit ihren Augen auf. Ihr Herzschlag beschleunigt sich. Ihr schlanker Körper errötet vor Verlangen.

Ich warte weiter darauf, dass sie mir sagt, dass sie bereit ist. Aber sie scheint zufrieden zu sein, so wie es ist.

Inzwischen ist es mehr als quälend.

Situs wirft einen besorgten Blick in unsere Richtung und ich möchte ihn wegpusten. Das ist alles seine Schuld und er hat nichts getan, um die Sache voranzutreiben. Jedes Mal, wenn er in der Nähe unserer Gefährtin ist, knistert die Luft vor Anspannung. Er mag seine Selbstgeißelung genießen, aber ich bin nicht von masochistischer Natur.

Im Shuttle finde ich sie auf ihrer Matte ausgestreckt. Sie hat das Gesicht in den verschränkten Armen vergraben und weint. In manchen Nächten tut sie das, wenn sie von schlimmen Träumen geweckt wird, und es frisst mich auf. Ich, eines der mächtigsten Wesen im Universum, bin machtlos, wenn es darum geht, diesen kleinen Menschen zu heilen.

Ich lasse mich neben ihr auf die Matte sinken und rücke näher an sie heran, weil ich es leid bin, mir zu verweigern, sie zu berühren. „Ich verstehe dich nicht, Gefährtin." Ich streiche ihr das Haar aus dem Gesicht, aber sie versteckt sich weiter. „Ich kann spüren, dass du dich nach etwas sehnst, das ich nicht verstehe. Es ist dasselbe, wenn Situs sich von dir entfernt. Du brauchst uns nur zu bitten und wir würden dir alles geben."

Während ich spreche, hört sie auf zu weinen und schaut mich endlich an. Das Gefühl der Sehnsucht ist wieder da. Und auch eine nicht zu entziffernde Emotion.

Sie wendet sich ab, steht auf und blickt auf mich herab. Sie wirkt so verletzlich, als läge sie unter mir. Ich versuche, mich nicht an das letzte Mal zu erinnern, als sie unter mir lag, während ich sie markierte, aber mein Schwanz zuckt trotzdem.

„Ich möchte eine Umarmung", sagt sie schüchtern. „Und eine Entschuldigung." Letzteres sagt sie mit mehr Selbstvertrauen. „Du hast mir etwas vorgeworfen, das nicht sehr nett war."

Ich stelle mich vor sie hin und schlinge meine Arme um sie. Ich drücke fest zu.

„Nicht so fest", quietscht sie.

Ich lasse meine Arme sinken.

Sie schluckt und legt ihre Arme in einem leichten, aber sicheren Griff um mich. Ihren Kopf lehnt sie an meine Brust. „So."

Obwohl sie viel größer ist als Keins und Cals Weibchen, reicht ihr Kopf kaum bis zu meiner Schulter.

Ich hebe die Arme und versuche es noch einmal mit der Umarmung. Sie umarmt mich etwas fester und ich spüre, wie ihre Gefühle aufflammen. Ihr Herz fängt an, wild in ihrer Brust zu schlagen.

Sie genießt das.

Ihr schlanker Körper schmiegt sich weich und geschmeidig an meinen und mein Schwanz wird an ihren weichen Bauch gedrückt. Auch ich genieße es. Zufrieden seufzend lege ich meine Wange auf ihren Scheitel. Mein Lebensbringer pulsiert ungebeten, wie immer, wenn sie in der Nähe ist. Aber ich lasse sie nicht weg und sie beruhigt sich.

„Und warum muss ich meine Reue ausdrücken?"

Sie hebt eine ihrer Hände an meine Brust und zupft am Stoff meines T-Shirts. „Kein hat mich nicht erregt."

„Aber ich habe dich gerochen."

„Es waren seine intimen Handlungen ... mit seiner Gefährtin." Sie gibt es schüchtern zu, behält ihr Gesicht jedoch immer noch an meine Brust geschmiegt. „Es war mir peinlich, aber ich schätze, es hat auch andere Dinge bewirkt. Ich weiß nicht, warum mein Körper so reagiert hat."

Ich schon. Sie spürte beim Anblick von Kein, der seine Gefährtin bestraft, genau wie ich, Verlangen nach mehr. Es erregt sie nicht nur, selbst bestraft zu werden, sondern auch, wenn sie sieht, wie ihre Freundin zurechtgewiesen wird. Der Duft ihrer Erregung steigt auch jetzt zwischen uns auf und die Hoffnung in meiner Brust schwillt an.

Ich lasse meine Hände auf ihrem Rücken auf und ab gleiten und schiebe sie in die lockigen Strähnen ihres Haares. „Weiß ihr Weibchen, dass wir uns noch nicht richtig verpaart haben?"

„Nein", sagt sie und schüttelt den Kopf.

„Gut." Obwohl es nicht dieses Weibchen oder die verpaarten Monrok sind, die mir Sorgen bereiten. Es sind die anderen Monrok, die ihre Augen misstrauisch zusammenkneifen, wenn sie sich am Rand unseres Geländes aufhalten, um die ich mir Sorgen mache. Sie schnüffeln an der Luft und beobachten unsere Interaktionen allzu aufmerksam. „Je länger du unverpaart bleibst, desto schwieriger ist es für uns, dich zu beschützen."

Auf dem Planeten wimmelt es jetzt von unverpaarten Monrok und obwohl sie meine Kameraden sind, haben sie nicht alle Skrupel. Wenn sie wüssten, dass wir sie nicht offiziell zu der unseren gemacht haben und dass sie unsere Jungen nicht austrägt, würden sie nicht zögern, sie für sich zu nehmen, ob sie nun will oder nicht.

Jeden Morgen markiere ich sie in der Angst, dass ein einzelner Monrok unsere Farce aufdeckt, aber ich tue es in der Sehnsucht, dass sie Situs und meinen Anspruch auf sie voll akzeptiert. Ich habe sie nie gedrängt. Der Zeitpunkt war einfach noch nicht reif. Aber wenn sie sich nicht bald unseren Rechten an ihrem Körper unterwirft, werde ich sie nehmen müssen, ob sie nun bereit ist oder nicht.

„Ich weiß. Ich habe nur Angst." Sie zupft wieder am Stoff meines T-Shirts.

Ich halte ihre Hand fest, hebe ihr Kinn an und warte darauf, dass sie meinem Blick begegnet. „Ich werde dir keinen Schaden zufügen."

„Ich weiß, dass ihr mir nicht wehtun werdet – keiner von euch." Ihr Blick huscht weg. „Ich habe Angst, dass ich in Panik verfalle und du nicht aufhörst." Ihr Puls beschleunigt sich, als sie ihre Augen wieder zu meinen hebt. „Würdest du aufhören?"

„Wir könnten an einen Punkt gelangen, an dem ich das nicht mehr kann", antworte ich ehrlich.

„Oh." Ich spüre ihre Enttäuschung.

„Unsere Schwänze bilden bei der Paarung einen

Knoten, um unsere Essenz in dir zu halten. Wenn der Knoten anschwillt, kann ich nicht mehr aufhören", erkläre ich, füge aber nicht hinzu, dass ich mich wahrscheinlich sowieso nicht mehr zurückhalten kann, wenn ich erst einmal in ihr bin. Ich habe schon so lange darauf gewartet, die Enge ihrer Hitze zu spüren, die mich massiert.

„Oh", sagt sie wieder und ich schaue sie frustriert an. Sie strahlt zu viele Emotionen aus, als dass ich sie klar deuten könnte.

„Aber ich würde dir nicht wehtun. Es wäre nicht ..."

In diesem Moment kommt Situs herein und bleibt stehen, als hätte jemand seine innere Fessel aktiviert. Eines der ersten Dinge, die wir nach unserer Flucht getan haben, war, den Mikrochip von unseren Wirbelsäulen zu entfernen. Außerdem haben wir Hannahs Übersetzer und den Ortungschip aus ihrer Schläfe entfernt.

Er mustert die Szene, zieht die Stirn in Falten und wendet sich zum Gehen.

„Halt, Situs."

Er dreht sich fragend um und ein finsterer Blick verdunkelt sein Gesicht. Obwohl er seine Gedanken und Gefühle abschirmt, weiß ich, dass er jedes Mal Disharmonie und Unzufriedenheit verspürt, wenn er meine Essenz an Hannah riecht. Er wünschte, es wäre seine eigene. Er sagt, er wolle nicht ihr körperlicher Gefährte sein, aber ich glaube nicht, dass das stimmt. Wenn ihm das verwehrt wird, wird sein Verlangen nach Hannah als echter Gefährtin – nach der gleichen Art von Gefährtin, nach der ich mich sehne – unterschwellig brodeln.

Das sehe ich jetzt.

Ich werfe ihm einen herausfordernden Blick zu. „Unsere Gefährtin wünscht sich deine Umarmung und eine Entschuldigung." Es ist sowohl eine Herausforderung als auch ein Befehl.

Hannah erschreckt. „Nun, die Entschuldigung galt nur für dich und er muss mich nicht umarmen – nicht, wenn er es nicht will." Sie verstummt.

Situs nähert sich wie ein unerfahrener Monrok, der zum ersten Mal einen *Fenipu* sieht. Ich lasse sie los, er schlingt zögernd seine Arme um sie und sie erwidert die Umarmung.

Ich hoffe, dass unsere Umarmung nicht so unbeholfen gewirkt hat.

Trotz Situs' Ungeschicklichkeit schmiegt sie sich an seine Brust und seufzt. Ihre Augen beginnen wieder zu tränen, bis sie von Schluchzern geplagt wird. Ich schüttle den Kopf. Sie weint mehr als jedes andere Lebewesen im bekannten Universum. Aber sie riecht nicht nach Kummer, so wie es sonst der Fall ist. Ich wittere ein Sammelsurium von Emotionen, das mit Erleichterung beginnt und mit Sehnsucht endet.

Sie schnieft die Tränen zurück, schaut zu Situs' Gesicht auf und dann zu meinem. Jetzt, da der Moment vorbei ist, trete ich näher an sie heran und streiche mit den Fingern über ihr Haar.

„Ich glaube, ich bin bereit." Sie schaut wieder zu Situs auf. „Ich möchte eure echte Gefährtin sein. Ich will es versuchen. Es ist an der Zeit." Unsere tapfere Gefährtin wirkt unsicher, aber entschlossen.

Situs schneidet eine Grimasse, als ob er Schmerzen hätte.

Ich schwöre, wenn er diesen Moment ruiniert, werde ich ihn töten.

. . .

SITUS

Ihre Worte schneiden mich wie ein Messer. Der hoffnungsvolle Blick auf ihrem Gesicht verdreht die Klinge. Wie kann ich mich mit ihr verpaaren, wenn mich ihre Schreie des Schreckens immer noch verfolgen? Ich möchte ihr Gesicht zu mir ziehen und ihre weiche Wange streicheln. Ich lasse sie los und weiche zurück. „Es tut mir leid, meine süße Gefährtin, aber ich kann dein wundervolles Geschenk nicht annehmen."

Schmerz strömt von ihr aus und macht mich fertig. „Situs, ich vergebe dir." Ihre Lippe bebt. „Warum kannst du dir nicht selbst vergeben? Du hattest keine Kontrolle, als du mich verletzt hast. Sie haben mir dieselben Medikamente verabreicht. Sie zerstören jeden Sinn und Willen. Das Wesen, das mich verletzt hat, war ein Dämon. Eine Hülle eines Wesens. Nicht du."

Sie schlingt ihre Arme um mich und einen Moment lang genieße ich es, wie sie sich an mich drückt.

Jual steht hinter Hannahs Rücken und verbirgt seinen Zorn nicht vor mir. „Du wirst es unserer Gefährtin nicht verwehren", knurrt er.

„Wie kannst du das von mir verlangen?"

„Das tut er nicht. Ich tue es." Ihre Worte klingen voller Schmerz und Enttäuschung.

„Situs will sich selbst bestrafen. Ich denke, wir sollten ihm helfen", sagt Jual und schaut mich bedrohlich an. Er dreht Hannah in seinen Armen um und streicht ihr mit der Hand über die Wange. Seine harten Züge werden weicher, als er auf sie herabblickt. „Er hasst sich selbst für das, was er dir angetan hat. Aber er versteht nicht, welche Freude und welch Vergnügen er dir bereiten kann." Jual wirft mir einen spitzen Blick zu. „Zieh dich aus und leg dich hin."

„Jual", warne ich ihn und sträube mich gegen seine Anweisung.

„Situs, das hier ist für unsere Gefährtin." Sein Ton und sein Blick sind herausfordernd.

Hannah scheint verwirrt zu sein, aber ich habe das Gefühl, dass ich weiß, welche Art von Folter Jual für mich auf Lager hat. Logischerweise sollte ich gehen, bevor die Dinge weiter voranschreiten. Menschliche Weibchen schütten bei Intimitäten Bindungshormone aus und es wäre äußerst unklug, unserer kleinen Gefährtin zu erlauben, eine emotionale Bindung zu mir aufzubauen. Wenn ich jetzt gehe, ist sie vielleicht enttäuscht, aber es wäre das Beste so.

Stattdessen greife ich nach meinem T-Shirt, ziehe es mir über den Kopf und werfe es zur Seite. So sehr es mich auch schmerzt, Juals Befehlen zu folgen, so fasziniert bin ich doch von der Art und Weise, wie unsere kleine Gefährtin ihren Blick über meinen nackten Oberkörper schweifen lässt. Ihre Wangen werden rot, als ihre Augen an meiner Taille abwärts wandern.

„Alles", sagt Jual ungeduldig.

Ich werde unter Hannahs Blick hart, aber ich ignoriere meine wachsende Begierde, während ich meine Stiefel und die Hose ausziehe. Hannahs Augen werden groß und sie nimmt den Anblick meiner nackten Gestalt in sich auf. Wieder überlege ich, ob ich gehen soll, aber ich beiße die Zähne zusammen und lege mich auf die Schlafmatte.

Jual zieht Hannah zu sich, gibt ihr einen zärtlichen Kuss auf die Lippen und streicht mit seinen Händen leicht über ihr Haar und ihren Körper. Die Art von Zärtlichkeiten, die ich ihr schon lange geben wollte. Als er sich zurückzieht, hebt sie ihre Finger an die Lippen. Ihre Augen weiten sich vor Staunen und mir wird klar, dass er sie noch nie zuvor geküsst hat. Aus irgendeinem Grund ist die Tatsache, dass Jual sie bis jetzt noch nie geküsst hat, eine Erleichterung. Obwohl ich ihre Intimität nicht geringschätzen sollte. Ich habe mir das für sie gewünscht.

Sie führt ihre Hand zu Juals Gesicht und streicht mit den Fingern über seinen Bart. Sie streichelt ihn und ich würde am liebsten aufstehen und ihre Hand wegreißen. Ich will, dass sie mich mit dem gleichen Blick erforscht, der in ihren Augen strahlt.

Ich gebe ein ersticktes, kehliges Geräusch von mir und Jual schaut mich mit bösem Blick an.

„Jetzt ist unsere Geliebte an der Reihe." Jual nennt sie unsere *Geliebte*, in ihrer deutschen Muttersprache, und ich will, dass sie das und noch viel mehr ist.

Er dreht Hannah zu mir um und zieht ihr das T-Shirt über den Kopf. Ihr Blick schweift nervös durch den Raum. Sie hebt die Hände, um sich zu bedecken, lässt sie dann jedoch wieder sinken, bevor sie sie zu Fäusten geballt an ihren Seiten baumeln lässt.

Ich sollte diesem Wahnsinn Einhalt gebieten, aber der Anblick ihrer nackten Brüste verschlägt mir die Worte. Die festen Knospen ihrer Brustwarzen lassen mir das Wasser im Mund zusammenlaufen. Ich sehne mich danach, die kleinen Hügel zu schmecken und zu zwicken, um ihre Empfindlichkeit zu testen.

Jual zerrt an den Bändern ihres provisorischen Lederrocks. Er öffnet sich und enthüllt langsam verlockende Teile ihres blassen Fleisches. Sobald er locker ist, gleitet er an ihren schlanken Beinen hinunter und fällt zu ihren Füßen auf den Boden. Der Anblick raubt mir den Atem.

Als könnte sie nicht anders, hebt sie ihre Hände und bedeckt erneut ihre Brust und ihr Geschlecht.

Er nimmt ihre Hände und bewegt sie sanft weg. Ich wünschte, es wären meine Hände auf ihrem Körper. „Du bist so wunderschön", sagt er. „Verstecke dich nicht vor deinen Gefährten."

Er drückt seine Lippen an ihren Nacken und ein Zittern bebt durch sie. Ein antwortender Schauer rauscht auch durch mich. Ich wünschte, ich könnte den Geschmack ihrer Haut kennenlernen. Der Duft ihrer aufkeimenden Erregung bahnt sich seinen Weg zu mir und mein Lebensbringer zuckt begierig.

Ich präge mir jeden Zentimeter ihres Körpers genau ein. Sie hat blasse, seidige Haut und lange Beine. Die dunklen Spitzen ihrer Brüste sind nicht groß, aber verführerisch geschwollen. Ich könnte ihre Taille mit meinen Händen umschließen, aber ihre Hüfte ist ausladend und bettelt darum, gehalten zu werden, während ein Mann in sie stößt ...

So wie ich sie gefickt und fast zerstört habe. Die Erinnerung daran hilft, meine Leidenschaft zu kühlen. Ich muss mich daran erinnern, warum ich sie nicht berühren darf. Sie wirkt so zerbrechlich, wenn Juals große Gestalt hinter ihr steht.

Er dreht sie in seinen Armen und verschlingt ihren Mund. Er drückt ihren Hintern mit den Händen und knetet das Fleisch, bis sie sich mit einem bedürftigen Stöhnen an ihn schmiegt. Ich frage mich, ob das meine Bestrafung sein wird. Meine Folter. Zuzusehen, wie er sich mit ihr verpaart. Aber er drückt sie zurück.

Ihre Lippen sind geschwollen und ihr Gesicht von Juals Bart rot aufgescheuert. Sie wirkt benommen, als er sie zu mir hinüberführt. Mein Körper verspannt sich.

„Vertraust du mir, Geliebte?", flüstert er ihr ins Ohr, aber ich bin Monrok. Ich kann alles hören. Alles fühlen. Sie nickt und er reicht ihr die dünnen Fesseln der Kranken-liege. „Schlinge diese um seine Handgelenke."

Sie sind nicht stark genug, um mich zu halten, aber das weiß sie nicht. Und Jual weiß, wenn sie mich fesselt, würde ich eher alles ertragen, als mich zu bewegen.

Sie sieht zögerlich aus, aber sie tut gehorsam, was er ihr sagt. Ohne meinen Blick zu erwidern, befestigt sie die Fesseln erst an einem und dann am anderen Handgelenk und kniet sich neben meinen nackten Körper. Während sie sich daran zu schaffen macht, streift ihr Fleisch aufreizend über das meine und ihr frischer, blumiger Duft füllt meine Nase.

Als sie fertig ist, lehnt sie sich auf die Fersen zurück und schaut zu Jual auf, um auf seine Anweisung zu warten. Er fesselt meine Knöchel auf ähnliche Weise und ich frage mich erneut, was er damit bezweckt. Jual kniet zwischen meinen Beinen und streckt eine Hand nach Hannah aus. Er dreht sie so, dass sie von ihm wegschaut. Er packt sie bei der Taille und setzt sie auf seine Knie, wobei er ihre Beine auf beiden Seiten meiner Hüfte aufspreizt.

Der aufkeimende Duft ihrer Erregung umweht mich. Wenn ich an meinem Körper hinunterschaue, kann ich ihre offene, bereitwillige Muschi sehen.

„Jetzt wirkt er nicht mehr so furchteinflößend, oder?", fragt Jual und streicht mit seinen Händen über ihren Ober-körper und ihre Arme.

Sie schüttelt den Kopf, aber ich kann das wilde Rasen ihres Herzens praktisch hören. Sie hat Angst, aber der Duft vermischt sich mit ihrer Erregung und mein Lebensbringer schmerzt.

Jual schiebt sie nach vorn, bis sie auf meiner Hüfte sitzt. Ihre heiße Mitte drückt gegen meine harte Länge. Ein Zittern geht durch ihren Körper. Sie klammert sich an Juals

Handgelenke an ihrer Taille. Ich kann die Panik in ihren Augen sehen, aber Jual hält sie fest und lässt sie sich an das Gefühl von mir unter ihr gewöhnen.

„Du bist so mutig." Er küsst ihre Schläfe. Ihren Hals. Er streichelt sie, bis ihr Körper weicher wird. Ich schließe die Augen und beiße die Zähne zusammen, als ich ihre Hitze auf mir spüre.

Sie bewegt sich auf mir, zuerst nur sanft. Nur ganz leicht, aber mehr brauche ich nicht, um mich ergießen zu wollen. „So ist es gut, kleine Gefährtin", ermutigt Jual sie. „Du kannst dir nehmen, was du brauchst."

Mit den Händen an ihrer Hüfte lässt er sie vor und zurück gleiten, bis sie ihren eigenen Rhythmus gefunden hat. Sie reibt sich und gleitet mit ihrer nassen Muschi an meinem Schwanz entlang. Ich starre wie gebannt und kämpfe gegen den Drang an, meine Hüfte zu bewegen. Gegen mein Bedürfnis, mich in ihrem herrlichen, erröteten Körper zu vergraben.

Ihre Brüste heben und senken sich mit jedem schnellen Atemzug. Ihre Augen sind glasig, die Lippen geöffnet.

Mein Körper zittert, ist angespannt. Ich möchte an meinen Fesseln zerren.

Über mir schnappt meine kleine Gefährtin nach Luft und ihre Hüfte zuckt wild hin und her. Sie umklammert meine Taille mit mehr Kraft ihrer Schenkel, als ich ihr zugetraut hätte.

Jual hält sie mit dem Rücken an seine Brust gepresst, während sie mit einem Schrei auf meinem Schwanz erbebt, der sich bis in alle Ewigkeit in meinen Träumen wiederholen wird. Meine Leisten verkrampfen sich und ich versuche, mich zurückzuhalten, aber meine eigene Hüfte zuckt hoch, als Ströme von Essenz zwischen uns herausspritzen und meinen Bauch und meine Brust bedecken.

Meine inneren Sensoren arbeiten daran, meinen Herzschlag zu beruhigen, aber mein Schwanz bleibt hart. Hannah rollt sanft mit ihrer Hüfte.

„Genug", keuche ich schmerzerfüllt, als noch mehr Essenz aus mir herausspritzt.

Sie streicht mit ihren Fingern über meinen Oberkörper und reibt die Flüssigkeit über meine Haut. Eine Träne läuft über ihre Wange.

Ich erschaudere bei diesem Anblick. „Bist du verletzt?"

Sie schüttelt den Kopf. „Ich habe mich immer gefragt, wie es wäre, wenn du mich so markieren würdest, wie Jual es tut." Endlich begegnet sie meinem Blick und ich kann ihre Qualen spüren. „Es tut mir leid, wenn du das hier nicht wolltest." Auf allen vieren greift sie über mich und macht meine Handgelenke los. Ich umschließe ihr Gesicht, um sie zu zwingen, mich noch einmal anzusehen.

„Ich will nichts als dich." Ich ziehe ihren Mund auf den meinen. Mir wird beim Gefühl ihrer Lippen und ihrer Zunge ganz schwindlig. Sie stöhnt, als unsere Münder aufeinanderprallen, und es ist das Schönste, was ich je gehört oder gefühlt habe. Mit einem überraschten Keuchen zieht sie sich zurück. Ich blicke über ihre Schulter und sehe, dass Jual sie an seinen Mund gehoben hat und ihre Muschi genauso schmeckt, wie ich ihren Mund.

Ich kann ihre Lust riechen. Sie pulsiert durch ihren Körper, während sie meine Schultern umklammert und ihre Stirn an meine drückt.

Kapitel Neun

HANNAH

Juals Mund auf mir ist verrucht und viel besser als in meiner Erinnerung. Seine Bartstoppeln kratzen über mein geschwollenes Geschlecht und meine feuchten Schenkel, aber es tut nicht weh. Es reizt mich und steigert die Empfindungen, die seine weichen Lippen und seine suchende Zunge hervorrufen.

Ich schaue nach unten und sehe Situs, der mich mit einem zärtlichen Gesichtsausdruck beobachtet. Jual hebt seine Finger und fährt zaghaft durch meine Nässe, bevor er sie in mich schiebt. Ich keuche bei der Dehnung. Niemand war mehr in mir, seit ...

Situs, der meine aufsteigende Panik spürt, streichelt noch einmal mein Gesicht und fährt mit den Händen über meinen Rücken und meine Hüfte, um mich zu beruhigen.

„Geliebte", sagt Jual. „Weißt du noch, was ich dir gesagt habe, als ich dich das erste Mal markierte?" Er streichelt mit einer Hand über meinen Rücken und bewegt die andere in mir, bringt mich zum Schmelzen.

Ich nicke, dann keuche ich, als er mit der Hand auf meinen Po schlägt. „Benutze deine Worte, Geliebte."

Der Kosenamen rollt über seine Zunge wie Rauch und Honig. Ich erröte und seine geschäftigen Finger machen es mir schwer, zu sprechen. „Ja, Sir", gelingt es mir zu sagen.

„Wem gehört das?" Seine Finger gleiten in mich hinein und lassen keinen Zweifel daran, worauf er sich bezieht. Mit dem Daumen reibt er über meine Klitoris und ich unterdrücke ein Schaudern.

„Dir", keuche ich und schaue auf Situs hinunter, der mich scheinbar fasziniert beobachtet. „Dir und Situs." Sein strahlend blauer Blick bohrt sich in meinen. Es fühlt sich seltsam, aber trotzdem irgendwie natürlich an, mit beiden Männern hier zu sein. Auf dem einen zu liegen, während der andere mich streichelt. Mich liebt.

„Und der?", fragt er, als er seinen heißen Schwanz wie ein Brandzeichen gegen mein Bein drückt. Er fühlt sich so groß und schwer an, dass mein Verstand einen Moment lang stockt.

„Der gehört mir", sage ich.

„Und er wird dir nur Lust bereiten, meine kleine Gefährtin. Bist du bereit für mehr Lust?"

Schüchtern schaue ich zu Situs hinunter, der mich immer noch beobachtet. Jual hat doch sicher nicht die Absicht, mich so zu nehmen? Über Situs ausgestreckt. Ich sauge meine Unterlippe zwischen meine Zähne und nicke.

Das scharfe Stechen seiner Hand auf meinem Hintern lässt mich erneut keuchen und eine überraschende Hitze durchströmt mich dabei. „Worte, kleine Gefährtin."

„J-ja, bitte." Mein Herz klopft wie wild in meiner Brust,

als ich spüre, wie er sich an meiner Muschi ausrichtet. Langsam stößt er hinein und dehnt mich.

„So eine brave, kleine Gefährtin", sagt er. „Ich bin schon fast ganz drin."

Ich vergrabe mein Gesicht an Situs' Hals. Er hält mich fest, während Jual sich von hinten in mich schiebt. Ich bin noch nie in dieser Position genommen worden und er ist so groß. Fast zu groß.

„Fühlt es sich gut an, Geliebte?"

Ich antworte nicht, sondern ziehe mich fest um ihn zusammen und wimmere. Er stöhnt. Er ist unangenehm groß und ich habe Angst, dass es wehtun wird.

„Du bist so eng." Er klingt angestrengt. „Ich kann deine Angst riechen, Kleines. Du musst dich entspannen." Er bewegt sich nicht und ich weiß, dass er sich meinetwegen zurückhält. „Keine Angst. Nur Lust, weißt du noch?"

Ich nicke und seine Hand schlägt auf meinen nach oben gestreckten Hintern. Es raubt mir den Atem und lässt Hitze in mir aufsteigen.

„Jual." Situs knurrt die Warnung, aber ich lege meine Finger an seine Lippen.

„Noch mal", flüstere ich unverschämt an Situs' Ohr, aber es reicht, dass Jual es hört. Mit der Hand schlägt er wieder und wieder zu. Die Lust schießt durch meinen Körper. Er zieht seinen Schwanz bis zur Spitze heraus und schiebt ihn in kontrollierten Stößen wieder hinein, während er mir weiter den Hintern versohlt.

Mein Atem stockt, als er sich tief in mir vergräbt und aufhört. Mit seiner großen Hand greift er um meine Hüfte an meine Klitoris. Er lässt die schwieligen Finger kreisen und drückt nach unten. Es ist alles zu viel. Zu intensiv. Ich schreie an Situs' Brust. Mein ganzer Körper verkrampft sich.

Jual stößt hart und schnell zu und klatscht dabei laut gegen meinen wunden Arsch und meine Schenkel. So etwas habe ich noch nie gespürt. Ich versuche, mich nach hinten zu stemmen und mich freizuwinden, aber Situs hält mich fest an seine Brust gedrückt. Für jeden keuchenden Schrei, der aus meiner Kehle dringt, gibt er ein Knurren von sich.

Jual packt meine Hüfte mit brutaler Kraft und schwillt an, bis ich jede seiner Erhebungen und Dellen in mir spüre, bevor mich flüssige Hitze bis zum Überlaufen füllt. Sie tropft an meinen Beinen hinunter.

Meine zitternden Muskeln geben nach, aber Jual hält mich fest. Er ist immer noch tief in mir vergraben. „Ich bin so stolz auf dich, meine Kleine", sagt er und drückt meine Hüfte, aber ich kann meinen Blick nicht von Situs abwenden. Sein unerschütterlicher Blick verbrennt mich. Er streicht mit einem Fingerknöchel über meine Wange. Ich schließe die Augen, als ich mich in seine Berührung schmiege.

Jual beugt sich vor und küsst meine Schulter, meinen Rücken. Situs hält mich an sich gedrückt. Ich habe mich noch nie so wertgeschätzt gefühlt wie in diesem Moment. Ich klammere mich an Situs' breite Schultern und will nicht, dass sie beide mich jemals loslassen.

SITUS

Sie zittert an meiner Brust. Ihr Körper ist so winzig und zart in meinen Armen. Ich streiche ihr das Haar aus dem Gesicht, als ihr Atem langsamer wird, und genieße es, sie so festzuhalten, wie ich es schon lange tun wollte. Mein

Schwanz tropft und bettelt darum, ihre enge Hitze zu spüren, aber ich werde sie jetzt nicht nehmen. Vielleicht niemals.

Monrok fürchten normalerweise nichts, aber ich habe entdeckt, dass es Ängste jenseits von Leben, Tod und Schmerz gibt. Die Angst, dass ich sie nicht so mühelos befriedigen kann, wie es Jual zu gelingen scheint. Die Angst davor, sie zu begatten und sich in ihren Albtraum zu verwandeln. Die Angst, dass sie sich verändert und zu meinem Albtraum wird.

Nach langen Momenten rutscht Jual aus ihr heraus und lässt sich neben uns fallen. Er streichelt ihren Rücken. Sein Gesichtsausdruck wirkt selbstgefällig, er ist offensichtlich zufrieden mit sich selbst. Wir konnten beide riechen und fühlen, wie sehr sie seinen Schwanz genossen hat, so wie wir jetzt ihre Zufriedenheit spüren.

„Jetzt bist du an der Reihe, unsere Gefährtin richtig einzufordern", erinnert Jual mich.

Ich lasse Hannah zwischen uns gleiten, löse meine Fußfesseln, stehe auf und sammle meine zur Seite geworfenen Kleidungsstücke ein. „Ich habe versprochen, heute Nachmittag in den Tunneln zu helfen."

Sie bleibt still und schaut mir zu, als ich mir die Hose hochreiße. Aber ich kann ihren Schmerz riechen und es zerfrisst mich innerlich.

„Dann werde ich sie wohl genug für uns beide beanspruchen müssen", spottet Jual.

„Jual", quietscht sie. Ich drehe mich um und sehe, dass er sie rittlings auf sein Gesicht gehoben hat.

„Ich will dich mit meiner Essenz gefüllt schmecken", knurrt er.

Ich öffne die Luke und sie wirft mir einen verletzten Blick zu. *Bitte geh nicht.* Ihre Stimme ertönt in meinem

Kopf. *Bitte geh nicht, Situs.* Ich schüttle den Kopf, um zu vertreiben, was mich ergriffen hat.

Als ich zu ihr zurückschaue, hat sie die Augen geschlossen. Sie greift in Juals Haar und presst sich auf seinen Mund.

Ich stürze mich aus dem Shuttle und versuche, nicht daran zu denken, wie sie mit meiner Essenz gefüllt schmecken würde. Wie sie sich nackt und rittlings auf *meinem* Gesicht anfühlen würde, die gleiche feuchte Hitze, die sie gegen meinen Schwanz gepresst hat, um sich selbst zu befriedigen, aber an meinem Mund.

Anstatt direkt zu den Tunneln zu gehen, lande ich im Wald. Bruchstückhafte Bilder von Juals Gesicht zwischen Hannahs Schenkeln und die Schreie ihrer Lust verfolgen mich. Es ist, als würde ich alles, was sie fühlt, hautnah miterleben. Akute Lust ergreift mich. Ich reiße meine Hose auf und umschlinge meinen Schwanz. Ich reibe ihn auf und ab, bis ich auf den Boden spritze, aber es verschafft mir keine Erleichterung. Ich schreie vor Wut und spritze noch zweimal ab, bevor die Bilder aus meinem Kopf verschwinden.

Als ich an den Tunneln ankomme, arbeite ich härter als je zuvor. Wir haben zwei weitere Höhlen gesprengt und noch viel zu tun, bevor wir die Wände dieser unterirdischen Gänge und Räume verstärken können. Wir haben immer noch keinen *Tash*-Stein gefunden. Obwohl wir unsere Sensoren und Monitore auf Solarenergie umgestellt haben, benötigen unsere Shuttles diesen besonderen Stein, der vor über zweitausend Jahren auf Kadeema im Überfluss vorhanden war.

Hannahs anhaltender Geruch steigt in meine Nase und quält mich. Ich hätte unsere gemischten Gerüche abwaschen sollen, bevor ich hierherkam.

„Dein Gestank bringt mich dazu, mein Weibchen ficken zu wollen", sagt Mudah hinter mir. Er, der den Geruch seines Weibchens stets stolz trägt.

„Du musst dich beschweren."

Er gluckst. „Ich habe mich gesäubert, bevor ich zur Arbeit kam. Unsere unverpaarten Kameraden verdienen diese Folter nicht."

Er greift nach meiner behelfsmäßigen Schaufel und mustert mich eingehend. Mudah ist einer der größten von uns Monrok, weit über zwei Meter groß und vollgepackt mit harten Muskeln. „Geh und reinige dich. Ficke dein Weibchen vielleicht noch einmal. Du greifst die Erde an, als wäre sie dein Feind."

Ich lasse die Schaufel los und stapfe den Tunnel entlang zur Leiter. Wäre es ein anderer gewesen, hätte ich ihm eine reingehauen, aber Mudah ist einer der wenigen, die mich mit einem Schlag umhauen könnten.

Ich weiß, dass ich zurück zum Shuttle gehen und mich Hannah stellen sollte. Stattdessen wasche ich mich im Fluss. Sammle Wasser. Jage nach Kleinwild. Alles, um nicht zurückgehen zu müssen.

Vielleicht hätte ich mich mit ihr verpaaren sollen. Ich ekle mich vor mir selbst, weil ich schwach bin und mein Handeln von Angst leiten lasse. Ich bin Monrok. Wir empfinden keine normale Angst. Nicht einmal, wenn wir einer Gefahr oder einem Feind gegenüberstehen. Unsere Kybernetik schaltet solch niedere Emotionen aus. Mit klarem Kopf zu kämpfen, darin bin ich gut. Mich anzupirschen, Beute zu jagen und Schwächere vor Gefahren zu schützen, ist das, wofür ich geschaffen wurde.

Im Umgang mit unserem Weibchen bin ich zum ersten Mal in meinem Leben ratlos. Mein niederes Verlangen schreit danach, sie zu nehmen. In sie zu stoßen, bis ich gesättigt bin. Aber allein der Gedanke daran jagt mir einen Schauer über den Rücken. Ich kann meinen Instinkten nicht trauen, wenn ich in ihrer Nähe bin.

Die Sonnen gehen im Westen unter und die goldenen Monde gehen am östlichen Himmel auf, genau wie die Rotation auf dem Heimatplaneten meiner Gefährtin, der Erde. Ich frage mich, ob solche Ähnlichkeiten ihr Trost spenden. Sie scheint sich eingewöhnt zu haben. In der Tat ist sie stärker, als ich es ihr je zugetraut hätte. In mancher Hinsicht ist sie stärker als ich und ich schäme mich dafür.

Ich schüre ein Feuer und lege Steine bereit, bevor ich das Fell vom Fleisch abziehe, um es zu räuchern. Wenn ich einen Grund habe, hier draußen zu sein, zählt es nicht als Vermeiden, zurückzugehen und meiner Gefährtin gegenüberzutreten. Das sage ich mir, während ich das Fleisch beobachte und die Häute ausschabe, damit wir das Leder trocknen können. Als ich fertig bin, berühren die Sonnen den Horizont. Das warme Glühen erinnert mich an Hannah. Ihr rotgoldenes Haar auf meiner Brust ausgebreitet. Ich kann ihr Gesicht sehen, ihren Blick in meine Augen, als sie kam und noch einmal kam. Die Geräusche, die sie in ihrer Lust macht, klingen in meinem Kopf und vermischen sich mit ihren Schmerzensschreien.

Verfolgt von dem Gefühl, wie sich ihr Körper an meinem anfühlt, eile ich in den Wald.

Überall in Kadeema wurden jetzt Sensoren installiert. Sie sind mit unserer Kybernetik verbunden, sodass wir alle alarmiert werden, wenn sich jemand unserem Planeten nähert. Wir können anfangen, Häuser zu bauen. Häuser nach dem Vorbild derer, die uns auf der Erde verwehrt wurden. Häuser, wie wir sie gekannt hätten, wären wir nicht bei unserer Geburt entführt worden und hätten unsere Jugend nicht damit verbracht, in Labors zerlegt zu werden.

Wir haben nicht alle Materialien für moderne Behausungen, aber es gibt vieles, was ein Monrok tun kann. Mit der Zeit werden wir alles zurückgewinnen, was uns geraubt wurde. Ich werde meiner Gefährtin etwas zurückgeben, was auch ihr genommen wurde.

* * *

Mein Körper war nicht mehr so schwach, seit sich meine Kybernetik ursprünglich mit meinem Körper zu verbinden begann. Ich schleppe mich zum Fluss und ziehe mich aus, um mich zu waschen. Nach drei Tagen und Nächten der Arbeit ist mein Körper schließlich erschöpft, aber ich bin zufrieden, wie viel ich in meinem treibenden Bedürfnis, mich auszupowern, erreicht habe. Das Fundament ist fertig und die Wände stehen. Das Fällen und Einkerben der Holzscheite war die einfachste Aufgabe. Ich glaube, der Schornstein wird eine größere Herausforderung werden. Damit werde ich beginnen, nachdem ich mich ausgeruht und den Dachstuhl fertiggestellt habe.

Ich greife mir Hände voll Sand vom Flussboden, schrubbe den Schmutz und den Dreck von meiner Haut und tauche unter Wasser, um mich abzuspülen. Die Strömung rauscht über mich hinweg und massiert meine müden Muskeln.

Wir erlauben Hannah nicht, sich in diesem Teil des Flusses zu baden. Das Wasser bewegt sich zu schnell. Ihre kleine Gestalt würde weggeschwemmt werden. Ganz zu schweigen davon, dass die Kreaturen, die in den tieferen Gewässern leben, sie mit einem einzigen Biss verschlingen könnten. Ich sende beim Baden elektrische Impulse aus, um sie zu warnen.

Unsere Gefährtin hat uns von den Fischen erzählt, die sie in den Gewässern der Erde fangen, um sich zu ernähren. Es gibt nichts, was in diesen Gewässern lebt und lecker wäre, nicht einmal gekocht.

Meine Gedanken kreisen immer wieder um Hannah, aber zum ersten Mal schmerzt es nicht mehr mit frustriertem Kummer. Mein Herz ist leicht, auch wenn meine Begierde nach ihr jetzt, da ich weiß, dass ich sie haben kann, noch größer geworden ist.

Sie ist zufrieden mit dem Haus, das ich für sie baue. Am ersten Tag kam sie heraus und ihr Gesicht strahlte vor Aufregung, als sie all die Holzstapel und das Fundament sah, das ich mit Erde und Steinen errichtet habe. „Du baust eine Hütte." Es war eher eine ungläubige Feststellung als eine Frage. „Ich will Fenster", sagte sie und ging in ihren Garten.

Ich erklärte ihr nicht, dass Fenster die Kälte hereinlassen würden, ganz zu schweigen von den Tieren, wenn ich kein Glas einbaue. Oder dass der größte Teil des Gebäudes mit Erde und Gras bedeckt sein wird, damit es wie ein Teil der Landschaft aussieht. Wenn sie Fenster will, dann soll sie Fenster bekommen. Ich recherchiere in meinen Daten nach der Zusammensetzung von Glas. Vielleicht kann ich etwas herstellen, das dick genug ist, damit die Kälte nicht eindringt. Andernfalls müssen wir uns eben bemühen, sie auf andere Weise warmzuhalten.

Danach sagte sie kein weiteres Wort. Nachdem sie ihren Garten gepflegt hatte, breitete sie eine Lederdecke aus und setzte sich darauf, um Körbe und Dinge aus Gras zu flechten, während sie mir beim Bauen zusah. Jeden Tag baue ich. Zweimal hat Jual mir nach der Jagd oder nach der

Arbeit in den Tunneln wortlos geholfen. Er ist jedoch immer noch wütend auf mich.

Hannah gärtnert und breitet dann ihre Decke aus, um zu flechten, ohne ein Wort zu sagen. Aber ich kann ihre Begeisterung spüren, wenn sie meine Fortschritte sieht. Manchmal schimmert auch Sorge durch, aber meistens ist sie innerlich ruhig.

Sie liebt es, draußen zu sein, und ich hasse mich dafür, wie lange wir sie im Shuttle eingesperrt haben. Menschen sind nicht für untätige Isolation geschaffen. Es zerstört ihr geistiges und körperliches Wohlbefinden. Kein Wunder, dass sie das Shuttle verlassen und sich in solch tödliche Gefahr gebracht hat.

Sie ist durch ihre Aktivität aufgeblüht und ich schwöre mir, sie nie wieder so zu isolieren.

Ich schnappe mir mein Kleiderbündel vom Ufer des Flusses, spüle den Sand aus und binde es zusammen, um es zu tragen. Ich ziehe nur meine Stiefel an, bevor ich mich auf den Weg zurück zum Shuttle mache. Ich mache mir nicht die Mühe, die Fallen zu prüfen oder das Feuer zu schüren, das bis auf die Asche hinuntergebrannt ist, sondern überlasse diese Aufgaben Jual.

Ein angenehm holziger Moschusgeruch von verbranntem Holz vermischt sich mit der Morgenluft und ich frage mich, wie es auf der Erde riecht. Hannah sagt, das Holz, das hier verbrennt, riecht eher nach Weihrauch und Kräutern, wie sie es nennen. Das gefällt mir.

Der Tag ist noch jung und die Sonnen gehen gerade erst auf, als ich meine Kleidung zum Trocknen auf unserem Shuttlehügel auslege. Es gibt keine weiteren Aufgaben für mich zu erledigen. Oder zumindest keine, die ich erledigen könnte, ohne dass meine Kybernetik mein System zur Erholung herunterfährt. Monrok brauchen nicht viel Schlaf, aber auch wir haben eine Grenze, über die wir unseren Körper nicht hinaustreiben können. Unsere Reservesysteme halten uns nur am Laufen, wenn Gefahr besteht.

Ich sollte ins Shuttle gehen und mich ausruhen. Als ich vor der Luke stehe, spüre ich keinen Feind auf der anderen Seite. Das Adrenalin für einen Kampf schießt nicht durch meine Adern. Nichts hält mich davon ab, hineinzugehen, aber trotzdem kann ich meine Füße nicht dazu bringen, sich vorwärtszubewegen.

Plötzlich öffnet sich die Luke und Jual zeigt sich überrascht, wie ich nackt vor ihm stehe, bevor er den Kopf schüttelt und an mir vorbeistürmt. Seit ich gegangen bin, hat er aus Gründen, die ich nicht verstehe, nicht mehr mit mir gesprochen. Ich hätte gedacht, dass es ihn umgänglicher machen würde, wenn er unsere Gefährtin ganz für sich allein hätte.

Wie eine Fata Morgana taucht Hannah in der Luke auf. Ihr Haar passt zum Sonnenaufgang und ich stelle mir vor, dass sie einen Heiligenschein tragen sollte, so wie einer der Engel, an die sie glaubt. So rein und perfekt ist sie. Sie trägt ein Fell über den Schultern, um die morgendliche Kälte abzuwehren. Ihr menschlicher Körper empfindet Hitze und Kälte aufgrund seiner begrenzten Thermoregulation. Das ist einer der vielen Gründe, warum ich sie für schwach hielt. Aber ich beginne zu erkennen, dass ihr Geist das, was ihrem Körper an Stärke fehlt, wieder wettmacht.

Sie schnappt überrascht nach Luft, als sie meinen nackten Zustand wahrnimmt. Dann begegnen sich unsere Augen und ich sehe Entschlossenheit in ihrem Blick. Sie steigt aus dem Shuttle und bleibt vor mir stehen.

„Kommst du zurück?", fragt sie.

Ich nicke.

„Um zu bleiben?"

Unsicher, was ich noch sagen soll, nicke ich erneut.

„Es tut mir leid." Ihre graugrünen Augen schimmern mit Kummer, den ich ihr gern nehmen würde. „Es tut mir leid, dass ich dich vertrieben habe."

„Du hast mich nicht vertrieben. Es muss dir nicht leidtun." Es sollte mir leidtun, dass ich sie zurückgelassen habe. Dass ich ihr auch nur einen Moment der Trauer bereitet habe, aber die Entschuldigung bleibt mir im Hals stecken. Ich weiß nicht, wie ich erklären soll, warum ich weggeblieben bin, weil ich es selbst nicht verstehe.

Sie tritt näher heran, bis wir Zeh an Zeh voreinander stehen. Ich kann die Wärme spüren, die von ihrem Körper ausstrahlt. Ihr Duft hat am Morgen etwas besonders Angenehmes, einen warmen, moschusartigen Geruch, der einzigartig ist. Seltsamerweise kann ich den Duft von Juals Essenz nicht wahrnehmen.

Sie streichelt meine Wange und ich gestatte mir, mich in die Berührung zu schmiegen. Ich nehme ihre Hand und gleite mit ihren Fingern über meinen Bart, zu meinen Lippen und dann hinunter zu meiner Brust, wo mein Herz für sie schlägt. Ich brauche ihre beruhigende Berührung. Sie besänftigt mich auf eine Weise, zu der meine Kybernetik nicht fähig ist.

„Du siehst müde aus", sagt sie. „Komm." Sie nimmt meine Hand und ich lasse mich von ihr ins Shuttle führen. Alle unsere Matten wurden zusammengeschoben und ein Haufen Decken liegt darüber. Als ich zögere, gibt sie mir einen Schubs. „Geh schon."

Sobald ich mich hingelegt habe, zieht sie mir die Stiefel aus, einen nach dem anderen. Ich glaube nicht, dass diese Aufgabe jemals jemand für mich übernommen hat. Kein *Gearan*, der mich als Kind zwischen den Operationen pflegte, und schon gar nicht die Zapex-Ärzte und Wissenschaftler, die mich geschaffen haben. Wir Monrok erhalten das Geschenk der Kleidung erst, wenn wir bereit sind, auf Mehcad stationiert zu werden. Wenn wir danach im Labor behandelt werden müssen, müssen wir unsere Kleidung selbst ausziehen, oder die Kleidungsstücke werden an den zu behandelnden Stellen abgeschnitten.

Ich wackle mit meinen nun befreiten Zehen und fühle mich aus dem Gleichgewicht.

Sie streckt sich neben mir aus. „Stört es dich, dass ich die Matten zusammengeschoben habe?", fragt sie und starrt auf eine Stelle in der Nähe meiner Schulter. „Es fühlte sich wie das Richtige an, aber ... Ich bin mir nicht sicher, ob es Jual gefällt."

Ich sehe sie stirnrunzelnd an. „Warum sollte Jual etwas dagegen haben?" Das scheint doch die Art von Sache zu sein, auf die er drängen würde. Er sucht immer nach Möglichkeiten, unserer Gefährtin näher zu sein.

„Ich, ähm, ich habe Jual gesagt, dass ich nicht mehr intim mit ihm sein kann." Auf meinen scharfen, fragenden Blick hin wendet sie ihre Augen ab. Ihre Wangen erröten. „Es fühlt sich nicht richtig an, ohne dich." Sie drückt meine Finger. „Ihr seid beide meine Gefährten. Ich kann nicht ... Wir werden nicht ... bis du bereit bist."

Hätte sie mich mit einem Blaster getroffen, wäre ich weniger schockiert gewesen. Das erklärt, warum Jual nicht mehr mit mir spricht. Ich bin ein egoistischer *Hadhr*.

Sie lässt meine Hand los und erhebt sich, offensichtlich bereit zu gehen, aber ich halte sie am Handgelenk fest. Ich weiß nicht, warum sie mir vergibt, oder wie sie mich nach dem, was ich getan habe, überhaupt noch begehren kann, aber ich werde ihr oder meinem Paarungspartner nicht noch mehr Disharmonie bereiten.

Ich setze mich auf, hebe ihren Rock an und entblöße

langsam ihre Beine und ihre Muschi. Ich küsse ihre Schenkel, erst den einen, dann den anderen, genau am Scheitelpunkt ihres Geschlechts. Ihr Atem stockt.

„Ich bin nicht Jual", sage ich und hoffe, dass sie versteht, dass ich ihr vielleicht nicht so viel Lust bereiten kann wie er.

Sie wirft mir einen prüfenden Blick zu. „Ich habe dich nie darum gebeten, er zu sein." Sie fährt mit den Fingern durch mein Haar und das Gefühl kribbelt in meinem ganzen Körper. „Ich will dich, Situs. So wie du bist."

Ich ziehe sie auf mich hinunter, bis sie ihre langen Beine über meiner Hüfte spreizt. Sie öffnet den Mund vor Überraschung, schaut mir mit ihren hübschen Augen in die meinen und ich versinke in ihren Tiefen. Wenn ich genau hinhöre, kann ich ihren Herzschlag hören, der in ihrer Brust rast. Ich nehme ihre Hand und schlinge ihre zarten Finger um meinen steifen Lebensbringer. „Er ist immer so für dich." Hart. Bereit. „Ich muss nur an dich denken und schon bin ich bereit, in deiner Hitze zu versinken."

Sie wendet ihren Blick nicht von mir ab, aber ihr Griff wird fester, dann lockerer, während sie meine Länge erforscht. „Du musst das nicht tun." Ihre Stimme ist kaum mehr als ein Flüstern. Ich spüre ihre Sorge und ihre Angst. „Wenn du nicht bereit bist."

Sie irrt sich, ich muss es tun. Ich muss ihre Lustschreie hören und wissen, dass ich sie verursacht habe. Ich muss ihr Gesicht sehen, wenn sie zum Höhepunkt kommt, muss ihre Hitze spüren, die mich umklammert. Ich brauche es, um die Erinnerungen zu ersetzen, wie sie gebrochen und blutend aussah.

Ich schlinge meine Hände um ihren Nacken und bringe ihre Lippen auf die meinen, so wie ich es mir gewünscht habe, seit ich sie auf diesen Planeten gebracht habe. Sie streichelt meinen bärtigen Kiefer und klammert sich an meinen Schultern fest. Ihre kleinen, forschenden Finger auf meinem Schwanz streichen durch die Feuchtigkeit, die heraustropft und verteilen sie auf meiner Länge. Ich möchte ihre Berührung für immer spüren.

Ich stoße ein Stöhnen aus und streichle ihre langen Beine. Ich halte sie mit einer Hand fest und greife hinunter zu ihrer Muschi.

Nass.

Das Gefühl, dass sie erregt ist, trifft mich wie ein Schlag in den Solarplexus. Mein Schwanz zuckt und spannt sich unter ihrem Griff, aber es ist nicht genug. „Ich brauche dich", keuche ich in ihren Mund und schiebe meine Finger in sie hinein, wo mein Schwanz unbedingt sein will. „Ich brauche dich."

HANNAH

„Du hast mich."

Bei meinen Worten leuchten seine Augen in einem feurigen Blau. Er zieht seine forschenden Finger aus mir heraus, bevor ich den ungreifbaren Höhepunkt erreiche. Ich wimmere bei der Verweigerung, als er mich an der Taille hochhebt, sodass ich über seinem Schwanz schwebe. Ohne Aufforderung schlinge ich meine Hand um seine Länge und drücke ihn, verzweifelt nach mehr, in meine Hitze.

In der Sekunde, in der seine Eichel in mich eindringt, zieht er mich auf sich hinunter. Ich war nur einmal mit Jual zusammen und bin immer noch nicht an so große Männer gewöhnt. Ich keuche an seinem Mund, die Dehnung raubt mir den Atem.

Die Sehnen an seinem Hals spannen sich an und seine Muskeln straffen und bewegen sich, als ob er versuchen würde, sich zurückzuhalten. Um vorsichtig zu sein. Um mir nicht wehzutun. Er packt meine Hüfte so fest, dass ich weiß, dass ich blaue Flecken bekommen werde. Ich denke, dass seine Zurückhaltung an einer Leine hängt, die jeden Moment reißen kann, aber er hält sich zurück ... für mich.

Mein Inneres zieht sich unwillkürlich zusammen und bebt, als ich mich an seinen Umfang gewöhne. Er krümmt seinen Rücken von der Matte und knirscht mit den Zähnen, während er sich in Schach hält.

Macht durchströmt mich, dieses unbezwingbare Wesen, nach dem ich mich gesehnt habe, in meinen Fängen zu haben, wenn auch nur für einen Moment.

Ich streiche mit meinen Händen über die wohlge-formten Muskeln seines Bauches und seiner Brust und versuche, ihn zu liebkosen, während ich mich um seine Größe entspanne. Aber er hat andere Vorstellungen. Er packt mich beim Nacken und schiebt seine Faust in mein Haar. Dann zieht er mich nach unten und presst seinen Mund in einem wilden Rausch auf meinen. Er reißt mich zurück und der Blick in seinen Augen ist fast schmerzhaft. Seine Hüfte stößt leicht nach oben, als würde er es nicht länger aushalten, stillzuhalten. Sein heißes Glied zuckt in mir.

Als ich mich aufsetze, gleitet er tiefer in mich hinein. Ein wimmernder Schrei entspringt meiner Kehle, als ich die Bänder meines Lederoberteils öffne und meine Brüste entblöße. Er greift nach oben, hält dann inne, und ich nehme seine Hände und führe sie an meine Brüste, damit er die begierigen Rundungen drückt. Sein Mund bleibt vor Staunen offenstehen, bevor er die Zähne mit einem wilden Stöhnen zusammenbeißt. Er krümmt seinen Rücken erneut und ich kreise mit der Hüfte. Ich genieße das Gefühl seiner dicken Länge an meinem sensiblen Fleisch ebenso wie die Art, wie sein Blick unscharf wird.

Wir schauen uns in die Augen, als ich mich nach vorn beuge und mit meiner Zunge über seine Lippen und den weichen Bart gleite. Ich erschaudere in einem Kribbeln, das etwas Wildes und Begieriges in mir auslöst. Jeder verruchte Wunsch, den Jual mir je ins Ohr geflüstert hat, während er mich markierte, schießt mir durch den Kopf. Ein Teil von mir wünscht sich, er wäre hier, aber nicht genug, um aufzuhören.

Ich kann nicht aufhören.

Meine Bewegungen sind zu Anfang noch zögerlich, ruckartig. Ich bin es nicht gewohnt, oben zu sein, und die Unsicherheit nagt an mir. Allein die Tatsache, dass seine heiße Länge mich dehnt, ist überwältigend. Und ich will nicht, dass er enttäuscht ist. Nicht, nachdem er sich so lange von mir zurückgehalten hat. Aber das Bedürfnis treibt mich an.

Als könnte er meine Verzweiflung spüren, übernimmt Situs die Kontrolle. Ich mag auf ihm sitzen, aber er diktiert jedes Schwanken und jede Bewegung meines Körpers und gibt einen Rhythmus vor. Seine Hüfte schlägt bei jedem Aufwärtshieb laut gegen meine und ich kann die kleinen Schreie und das Stöhnen nicht unterdrücken, die aus mir strömen, so tief dringt er in mich ein. Als er meinen Hintern umschlingt, meine Pobacken auseinanderzieht und meine Hüfte neigt, raubt er mir mit jedem Stoß den Atem. Sein Schwanz reibt über meine Klitoris.

Mit den Fingern, die mich offenhalten, wandert er dorthin, wo er in mich hinein und wieder herausgleitet. Und dann nach hinten zu meinem nassen Poloch. Ich beiße mir auf die Lippe, zum Teil verlegen, und möchte seine Hand wegziehen, aber ich möchte auch, dass er mich erforscht, wie er will.

Ich bin schon viel zu erregt, als dass es mich kümmern würde. Ich gehöre ihm und ich werfe Eva nicht länger vor, dass sie von der verbotenen Frucht gekostet hat. Ich weiß jetzt, dass sie gleichermaßen Schuldgefühle und dekadente Freiheit empfunden haben muss.

Wie kann sich etwas, das so falsch ist, so gut anfühlen?

Er umkreist mein Loch und benetzt es mit meiner Nässe. Das Gefühl wandert direkt in meine Klitoris und ich krampfe mich um ihn zusammen. Er stößt mit seinem breiten Finger in meinen Po und ich keuche. Das brennende Ziehen schickt Wellen der Lust durch meinen Körper. Er bewegt seine Finger und stößt in mich hinein und es ist zu viel.

Ich schreie auf, krümme den Rücken und fliege über den Abgrund.

Alle meine Muskeln spannen sich an und umklammern seinen Schwanz und seinen Finger. Er knurrt und schwillt so groß in mir an, dass es schwerer wird, mich zu bewegen. Mein Inneres zieht sich zuckend um ihn herum zusammen. Ich klammere mich an seine Brust und er fängt an, unter mir zu zittern. Mir wird bewusst, dass er sich mit mir verknotet. Es klemmt seinen Schwanz in mir ein und drückt gegen eine Stelle, die mich in exquisiter Qual auf ihm zucken lässt.

Er schreit an meinem Nacken und pulsiert tief in mir, so hart, dass ich wieder und wieder komme. Heiße Nässe rinnt an meinen Beinen hinunter und über seinen Schoß, aber seine Länge pocht noch immer in meinem Inneren.

Ich quietsche, als er seinen Finger aus mir herauszieht. Mit der anderen Hand umschließt er mein Gesicht, während er mich zärtlich küsst und mich mit sich hinunterzieht, um auf seiner Brust zu liegen. Sein Herzschlag ist ruhig und gleichmäßig, während mein Herz noch immer in meiner Brust galoppiert.

Seine Berührung ist so zärtlich. Er hält mich fest und streichelt meinen Rücken. Dieser Moment, so wird mir klar, ist das, wonach ich mich mit ihm gesehnt habe. „Ich liebe dich, Situs." Die Worte purzeln heraus und hängen in der Luft.

Er erstarrt, ohne etwas zu sagen, und ich möchte sie zurücknehmen. Möchte schrumpfen und mich verstecken. Die Worte haben sich selbstständig gemacht, als ob sie es wollten, und nicht ich. Ich habe noch nicht einmal Jual gesagt, dass ich ihn liebe, und ich liebe ihn. Ich liebe sie beide. Das kann ich nicht leugnen, aber jetzt hat sich Situs versteift und liegt immer noch unter mir. Und das ist alles meine Schuld.

„Es tut mir leid, ich hätte nichts sagen sollen." Ein Kloß der Verlegenheit bildet sich in meiner Kehle. Natürlich empfindet er nicht das Gleiche. Ich sollte nicht einmal so fühlen. Aber ich tue es.

Er schlingt seine Arme um mich und einmal mehr möchte ich ihn niemals loslassen. Ich habe mich noch nie so geliebt gefühlt, wie wenn er mich umarmt, aber jetzt frage ich mich, ob ich nur glaube, was ich glauben will, weil es sich gut anfühlt. Bin ich naiv und mache mir selbst etwas vor, weil ich glaube, dass ich ihm wichtig bin?

Er streichelt über mein Haar. „Es spielt keine Rolle, ob du es sagst. Ich kann deine Zuneigung riechen, meine Gefährtin, obwohl ich sie nicht verdiene."

Ich zeichne mit meinen Fingern Kreise auf seine glatte Brust, um allen Mut zusammenzunehmen. „Glaubst du, dass du – vielleicht eines Tages – mich auch lieben könntest?" Es ist schmerzhaft, dies zu fragen. Ich scheue mich, die Worte auszusprechen, als würde ich um Zuneigung betteln, was ich in gewisser Weise wohl auch tue.

Er seufzt. „Ich verstehe das Ausmaß menschlicher Liebe nicht, oder die Dinge, die du mich fühlen lässt. Aber der Gedanke, dich nicht zu haben – dass du mir weggenommen werden könntest –, bringt mich dazu, alles im bekannten Universum zerstören zu wollen. Wenn das Liebe ist, dann ja."

Ich schmelze dahin und mein Atem stockt in meiner Brust.

Er mag es nicht verstehen, aber mir wird trotzdem warm ums Herz.

Er steckt immer noch in mir und mein Unterleib kribbelt wie nie zuvor. „Dein Finger ... warum hast du ihn dort reingesteckt?", frage ich, um das Thema zu wechseln.

Ich schaue auf und sehe, dass er die Augen geschlossen hat, aber ein Lächeln breitet sich auf seinem Gesicht aus. „In deinem Anus und Rektum befinden sich viele sensorische Nervenenden. Ich wollte dir Lust bereiten."

„Oh", ist alles, was ich sagen kann. Das hat er auch getan.

„Es lässt sich auch dehnen." Er tätschelt meinen Hintern und drückt ihn sanft. „Vielleicht kannst du eines Tages deine beiden Gefährten aufnehmen?" Es ist eine hoffnungsvolle Frage.

„Zur gleichen Zeit?" Der Gedanke, dass beide Männer gleichzeitig in mich eindringen und mich ausfüllen könnten, um mit mir Liebe zu machen, lässt mein Geschlecht um seine Länge zucken, auch wenn ich ernsthafte Befürchtungen hege. Sie sind beide riesige Männer. Keiner von ihnen könnte wohl dort hineinpassen ...

Er öffnet ein Auge und schaut auf mich herab.

Errötend verberge ich mein Gesicht an seiner Brust.

161

Sein Glucksen grollt unter meiner Wange. Es ist das erste Mal, dass ich ihn lachen höre. Es ist ein feines Brummen der Freude, das in Sekundenschnelle vorbei ist, aber es lässt eine Wärme in meiner Brust entstehen, die meinen ganzen Körper durchdringt.

Ich habe Situs Vergnügen bereitet.

Dem unergründlichen, verschlossenen Situs.

„Natürlich bereitest du mir Vergnügen", sagt er, als hätte er meine Gedanken gelesen. „Zweifle nie daran, Kleines."

Seine Arme werden schwer auf meinem Rücken und ich weiß, dass er eingeschlafen ist. Aber ich bewege mich nicht, um von ihm hinunterzurutschen. Außerhalb des Shuttles gibt es noch einiges zu tun. Der Garten muss bewässert werden. Aber das kann alles warten.

Ich bin zufrieden, und ich glaube, zum ersten Mal ist Situs es auch.

Kapitel Zehn

JUAL

Belis Schlag trifft mich mitten ins Gesicht. Mein Kopf schnellt zurück und meine Kybernetik klärt meine Sicht. Der Hieb war eher eine Ohrfeige, um mich aufzuwecken, und ich weiche seinem nächsten Angriff nur knapp aus.

Ich versuche, mich zu konzentrieren, aber irgendetwas muss mit meinen kybernetischen Funktionen nicht stimmen. Ich höre immer wieder Hannahs Stimme. Ich sehe Bilder in meinem Kopf, wie sie und Situs es miteinander treiben. Ich versuche, es abzuschütteln, aber es holt mich immer wieder ein.

Als ich ihre Lustschreie höre, wird mein Schwanz steif. Aber dann höre ich, wie sie Situs ihre Zuneigung erklärt. Jegliche Luft entweicht aus meiner Lunge. Ein Schlag auf die Brust schmerzt, als ich durch die Ablenkung fünf Meter durch die Luft geschleudert werde.

Meine Kybernetik stählt mich bereits für den nächsten

Hieb, als ich wieder auf die Beine komme, aber ich rapple mich nicht mit meiner üblichen Kraft wieder auf.

„Du kämpfst heute, als wärst du bereit für den Tod", brummt Beli, als ich aufstehe. „Vielleicht solltest du deinen Kopf freikriegen, bevor du ihn verlierst."

Ich grunze zur Antwort und verlasse das Feld. Es hat keinen Sinn, so zu trainieren. Aber ich bin auch nicht bereit, zum Shuttle zurückzukehren. Ich will Hannah und Situs nicht darin vorfinden, also verbringe ich den Morgen mit der Jagd und versuche, mich von dieser seltsamen Schwäche zu befreien, die mich ergreift.

Ihre Worte zerfressen mich wie eine eiternde Wunde.

Es kann unmöglich wahr sein und ich muss nach dem Grund für diesen Wahnsinn fragen. Ich scanne meine internen Daten und finde keine Antworten. Ich habe mich auf unerwartete Weise mit unserem Weibchen verbunden. Irgendetwas bricht in mir auf und setzt einen Schwall von Gefühlen frei, wenn ich an sie denke.

Vielleicht sind Monrok nicht dazu bestimmt, Zuneigung auf dieser Ebene zu erfahren, und meine Kybernetik hat einen Defekt.

Wider besseres Wissen mache ich mich auf den Weg zurück zu unserem Zuhause.

Zuhause. Was für ein unverfängliches Wort. Wir Monrok entdeckten dieses Wort, als wir rausfanden, dass es einen Ort namens Erde gibt, unsere Heimat organischen Ursprungs. Doch jetzt kämpfen wir darum, uns selbst ein Zuhause zu schaffen.

Hannahs süße Gestalt ist das Erste, was mich begrüßt, als ich über den Bergrücken komme. Sie arbeitet in ihrem Garten und trägt einen witzigen Grashut, den sie selbst gebastelt hat, um sich vor der Sonne zu schützen. Ein Lächeln huscht über meine Lippen. Das macht sie mit mir, sie bringt mich ohne jeden logischen Grund zum Lächeln.

Meine kleine Gefährtin ist ein intelligenter und einfallsreicher Mensch. Ihr Wissen über den Anbau von Nahrungsmitteln und ihr Einfallsreichtum bei der Herstellung von Dingen erfüllt mich mit Stolz. Das Verlangen, die Umklammerung ihrer Muschi zu spüren, lässt mich nicht mehr los.

Sie ist das perfekteste Weibchen aller Zeiten.

Wenn ein *Zuhause* ein fühlendes Wesen wäre, wäre sie das für mich.

Auf halbem Weg den Hügel hinunter stoppt mich der Duft von Situs' Essenz. Meine aufkeimende gute Laune fällt wie ein Stein vor meine Füße und für einen Moment bin ich wie betäubt. All die Bilder, die mich heute Morgen überfallen haben, kommen wieder hoch.

Mein Paarungspartner hat endlich mit unserer Gefährtin gefickt.

Ich bin halb erleichtert. Darauf habe ich schließlich gewartet. Ich sollte mehr als zufrieden sein. Hannah wird mir wieder erlauben, sie so zu nehmen, wie es sich für eine Gefährtin gehört. Aber ein unbekanntes Gefühl durchzuckt mich und ich höre wieder ihre süße Stimme, die Worte der Zuneigung ausspricht, die mir nie geschenkt wurden.

Ich liebe dich, Situs.

Es brennt in meiner Brust und bringt mich dazu, meine Wut herausschreien zu wollen.

Den ganzen Morgen habe ich mir eingeredet, dass es eine Lüge war. Eine Erfindung meines Geistes. Aber ich kann ihn an ihr riechen. Das gleiche Gefühl hatte ich, als ich dachte, sie würde Kein begehren. So unerwartet und irrational es auch sein mag, es verzehrt mich.

Hat sie Situs tatsächlich vor mir ihre Liebe geschworen?

Ich hatte erwartet, dass ich dabei sein würde, wenn Situs unsere Gefährtin zum ersten Mal begattet. Ich dachte, sie würde mich dort brauchen.

Ihre Wangen glühen rosa und strahlend, als sie ihr Gesicht zu mir hebt. Ich verfluche die Tatsache, dass ich nicht derjenige war, der dies verursacht hat. Sie hebt eine Hand zur Begrüßung und ein Lächeln umspielt ihre Lippen.

Sie ist gut gelaunt. Normalerweise liebe ich diesen Teil des Tages. Ihr freundliches Gesicht zu sehen. So lange durfte ich sie nicht berühren. Sie nicht küssen. Als Situs ging und Hannah mir sagte, wir könnten erst wieder zusammen sein, wenn der dumme *Aheh* seinen Kopf aus seinem eigenen Arsch gezogen hat, fürchtete ich, dass sie mich wegstoßen würde.

Aber das hat sie nicht getan. Sie hätte es tun können und es wäre wieder seine Schuld gewesen, aber sie tat es nicht.

Ich bin derjenige, der sie an diesen Punkt gebracht hat. Den Punkt, an dem sie uns bereitwillig und freudig als echte Gefährten annehmen konnte. Mit ihr zu ficken war überragend, aber dann hat Situs es ruiniert.

Jetzt hat er die Früchte meiner Bemühungen geerntet. Er hat behauptet, er verdiene es nicht, ihr richtiger Gefährte zu sein, und ich muss ihm zustimmen.

Ehe ich mich versehe, habe ich mein T-Shirt über den Kopf gezogen und zur Seite geworfen. Hannahs Lächeln schwankt. Sie mustert meinen Körper mit großen Augen und wird interessierter, je näher ich komme. Mit jedem Schritt reiße ich mir ein weiteres Kleidungsstück vom Leib. Einen Stiefel. Als der andere Stiefel mit einem dumpfen Aufprall auf dem Boden aufschlägt, bin ich schon dabei, mir die Hose auszuziehen.

Nackt bleibe ich vor ihr stehen und genieße es, wie sich ihre Wangen von rosa zu scharlachrot färben und ich weiß, dass es nicht nur an der Hitze des Tages liegt. Mein Ego wird durch das Klopfen ihres Herzens und ihren flachen Atem besänftigt, als sie meine Gestalt anerkennend zur Kenntnis nimmt.

In den letzten zwei Zyklen, in denen ich ihr nahe war, sie aber nicht berühren durfte, habe ich ein Stück der Hölle ihrer Religion durchlebt. Ich dachte, ich wüsste, was Folter bedeutet, aber mir war nicht bewusst, welche Qualen mich erwarteten. Ich konnte mich mit den Augen an ihr laben, aber nicht mit dem Körper.

Und mein Körper sehnt sich nach ihr.

Selbst jetzt bin ich hart und bereit, mich in ihrer Hitze zu versenken. Ich muss die Umklammerung ihrer willigen Muschi unbedingt noch einmal erleben.

Mit einem wilden Knurren reiße ich sie in meine Arme. Ihr schallendes Lachen trifft mich im Solarplexus und bricht unerklärliche Dinge in mir auf. Die Freude, die sie ausstrahlt, glüht durch mich.

„Situs", quietscht sie.

Ich schaue mich um, kann ihn jedoch nicht sehen, bevor mir klar wird, dass sie mich unabsichtlich bei seinem Namen genannt hat. Ich rieche ihre Schuldgefühle, aber selbst wenn ich es nicht täte, kenne ich sie inzwischen genug, um zu wissen, dass ihre roten Wangen ihre Reue verraten würden.

Ein Schwall krankhafter Gefühle durchzuckt mich, vernebelt meinen Verstand und erstickt mich in seiner Intensität. Mit tödlicher Ruhe frage ich: „Wie hast du mich gerade genannt?"

„Jual ... Es tut mir leid."

Schlimm genug, dass ich zurückkomme und sie mit

seinem Gestank bedeckt ist, aber jetzt nennt sie mich auch noch bei seinem Namen?

„Es war ein einfacher Fehler." Sie wehrt sich und ich merke, dass ich sie zu fest halte. Ich löse meine Arme von ihr und lasse sie auf den Boden fallen. Sie rappelt sich auf und stellt sich vor mich, bevor ich gehen kann. „Jual, warum bist du böse auf mich?"

„Entscheidest du dich für ihn anstatt für mich?"

Sie schüttelt verwirrt den Kopf. „Ich entscheide mich nicht. Warum sollte ich mich entscheiden?"

„Liegt dir mehr an ihm als an mir?"

Ihr Mund öffnet und schließt sich, ohne dass ein Wort herauskommt.

„Das ist eine einfache Frage."

„Das tut es nicht." Sie schüttelt den Kopf. „Ihr seid mir beide gleich wichtig", antwortet sie mit leiser Stimme und lässt die Arme an ihren Seiten sinken.

„Beweise es."

„Was meinst du damit?", fragt sie und weicht zurück.

„Zieh dich aus."

„Jual, du machst mir Angst."

Meine Geduld ist am Ende. Jegliches Verständnis, das ich einmal hatte, hat mich im Stich gelassen. „Ich sagte, ausziehen." Ich packe das schwarze Monrok-T-Shirt, zerreiße es in der Mitte und ziehe es von ihren Schultern. „Kleine Weibchen, die sich nicht an den Namen ihres Gefährten erinnern können, werden bestraft." Ich reiße sie herum und führe sie an die Seite des Shuttlehügels, während sie sich gegen mich wert.

„Jual, hör auf."

Ich zerre an den Bändern ihres Rocks, bis er zu Boden fällt, und versohle ihr den Hintern, dann noch einmal. Bei jedem Schlag jault sie auf. „Wer bin ich?"

„Jual", schreit sie.

„Zu wem gehörst du?"

„Zu dir! Und jetzt hör bitte damit auf."

„Ich muss dich vielleicht teilen, aber du gehörst mir. *Mir*. Vergiss das nicht." Wütend versohle ich ihr die blassen Pobacken, bis sie von meinen Handabdrücken rot strahlen, während sie in das Gras auf dem Hügel schreit.

Als ich ihre Erregung rieche, drehe ich sie um. Ich drücke sie mit dem Rücken gegen den Hügel und klemme sie mit meinem Körper ein. „Bin ich zwischen deinen Beinen wieder willkommen, jetzt da du Situs hattest?"

Sie schüttelt den Kopf. „Jual, hör auf." Sie wehrt sich und versucht, mich wegzustoßen. „Lass mich los."

„Er hätte dich fast zerstört und jetzt willst du ihn mehr als mich."

„N-nein." Sie schüttelt den Kopf. „Das ist nicht wahr."

„Soll ich mir das nehmen, was ich will, so wie er es getan hat?" Ich möchte sie für all die Qualen bestrafen, die mich verzehren. Ich greife zwischen uns und spreize ihre Schamlippen auf. Sie stöhnt und fängt an zu zittern.

Sie greift nach meinen Handgelenken und versucht, meine Hand wegzuschieben. „Bitte, Jual, tu es nicht", schluchzt sie. „Nicht so."

Ich schlage eine Faust ins Gras neben ihrem Kopf. „Du liebst ihn!" Ich bin innerlich gebrochen und hasse es, es laut auszusprechen. „Ich habe gehört, wie du ihm gesagt hast, dass du ihn liebst." Ich hasse diese Schwäche, die an mir nagt. Ihre Zuneigung zu Situs sollte mich nicht berühren.

Ihr Körper erschlafft unter meinem. „Oh, Jual." Sie schlingt ihre Arme um mich, drückt ihr feuchtes Gesicht an meine Brust und erschaudert. „Es tut mir leid, Jual. Es tut mir so leid."

Langsam löst sich der Nebel auf und ich sehe ihr

tränenüberströmtes Gesicht. Schluchzer erschüttern ihren Körper. Ich *spüre* ihre Angst und ihren Kummer. Und unter alledem intensive Wellen der Zuneigung.

„Es tut mir so so leid", sagt sie immer wieder.

Mein Magen krampft sich zusammen.

Was habe ich getan?

Ich bin derjenige, der sich selbst entehrt hat, und doch winselt sie. Scham, heiß und intensiv, wie ich sie noch nie erlebt habe, erdrückt mich.

Außer mir ziehe ich ihre Arme ab und trete zurück. Ich habe ihre Zuneigung nicht verdient. Was habe ich nur getan?

Ihre Tränen laufen über und strömen über ihre blassen Wangen. Ihre hübschen Augen sind rot und geschwollen, als sie mich mit verletztem Blick anstarrt. Ihr Kinn bebt und sie öffnet den Mund, um etwas zu sagen – wahrscheinlich wie leid es ihr tut –, aber Situs steigt aus dem Shuttle.

Verwirrung und Wut verzerren seine Züge, als er die Szene erfasst. Er muss all die Emotionen wittern, die aus ihr strömen.

Mit Gebrüll stürzt sich Situs mit erhobener Faust auf mich. Ich schütze mich nicht einmal vor dem Aufprall. Ich habe meine Frustration an unserer süßen Gefährtin ausgelassen. Ich verdiene es, geschlagen zu werden.

Mein Kiefer bricht. Blendender Schmerz explodiert in meinem Gesicht, bevor meine Kybernetik mich betäubt. Ich spüre keinen Schmerz, als mein Rücken auf dem harten Boden aufschlägt. Ich spüre nichts, als seine Faust wieder und wieder auf mich einschlägt. Wenn ich meine Kybernetik ausschalten könnte, um die ganze Wucht seines Zorns zu spüren, würde ich es tun.

Ich lasse ihn auf mich fallen und mich verprügeln.

Irgendwann übernehmen meine Sensoren die Kontrolle

und ich wehre mich. Meine Faust trifft sein Gesicht, aber er nimmt den Schlag kaum wahr.

Wir ringen miteinander und bespritzen uns gegenseitig mit Blut.

Wie ein Summen in meinen Ohren höre ich Schreie. Schreie, dass wir aufhören sollen.

Wasser überflutet uns und wir erstarren. Mit geballten Fäusten wandern unsere Blicke zu Hannah. Sie keucht und hält einen Eimer in der Hand.

„Nicht. Mehr. Kämpfen!", schreit sie.

Situs und ich starren uns an. Unsere Kybernetik bewertet die Situation, verlangsamt unsere Herzschläge und dämpft das Adrenalin, das durch unsere Systeme pumpt.

Ich stoße mich von Situs weg und wir stehen auf.

Situs, Hannah und ich stehen einen angespannten Moment lang da und starren uns gegenseitig an. Er und ich sind beide blutüberströmt und wir sind alle nackt. Mein kybernetisches linkes Auge hat eine Störung, sodass alles unscharf wird. Mein rechtes Auge ist zugeschwollen. Ich schiebe meinen gebrochenen Kiefer zurück und spucke einen Zahn aus. Ich spüre bereits, wie ein neuer Zahn nachrückt, um seinen Platz einzunehmen. Es tut einen Moment lang weh, als ich meine Schulter wieder einrenke. Ich sehe, wie Situs das Gleiche mit seiner Nase und ein paar Fingern tut, aber er ist viel besser dran als ich. Es kann ein oder zwei Zyklen dauern, bis meine Kybernetik mich heilt, und ich bin mir bewusst, dass ich all die Unannehmlichkeiten, die mir bevorstehen, verdient habe.

Hannah zittert, als sie den Eimer wegwirft. Ihr menschlicher Körper kann den Adrenalinabfall nicht verkraften und sie schlingt ihre Arme um sich selbst. Ich trete vor, um sie zu umarmen, aber sie hebt eine Hand, um mich abzu-wehren. Meine Schritte stocken.

Situs rührt sich nicht, um unsere Gefährtin zu trösten, und ich möchte ihn am liebsten erneut schlagen. Ich schaue auf die flache Oberfläche von Hannahs Bauch, wo sein Kind wächst. Als wir uns das erste Mal verpaarten, konnte ich es an ihrer Muschi schmecken. Das machte mich noch entschlossener, sie zu erobern. Meine eigene Essenz in sie einzupflanzen.

Aber es gibt kein Entrinnen aus der Tatsache, dass seine Essenz bereits Wurzeln geschlagen hat ...

Ein hohler Schmerz erblüht dort, wo das Feuer der Eifersucht kurz zuvor unkontrolliert wütete.

„Weiß er, dass du seine Lebenskraft in dir trägst?"

Kapitel Elf

HANNAH

„Weiß er, dass du seine Lebenskraft in dir trägst?"

Die Verzweiflung in seinen Augen zerbricht mich fast.

„Woher weißt du das?" Ich lege schützend eine Hand auf meinen Bauch. Ich weiß nicht, wie er herausgefunden hat, dass ich schwanger bin. Ich war mir selbst nicht sicher.

„Ich konnte es schmecken", sagt er und meine Wangen werden heiß, als mir klar wird, wie er es geschmeckt hat.

Situs schüttelt den Kopf. „Es ist zu früh, um das zu wissen ..."

Jual wirft ihm einen herablassenden Blick zu.

„Wenn sie schon seit dem ersten Mal auf dem Schiff trächtig ist, warum haben wir es dann nicht geschmeckt, als sie dem Paarungsfieber verfallen war?", versucht Situs zu argumentieren.

„Das habe ich mich auch gefragt. Es muss der Triebbe-schleuniger gewesen sein, den die Zapex ihr verabreicht haben. Wahrscheinlich hat es ihre Pheromone verändert."

Auf Situs' Gesicht ist Schock zu sehen. Unglauben. „Nein ... Wir haben sie gescannt, bevor wir hierherkamen. Sie trug unsere Jungen nicht."

„Nein, nur deins." Mein Herz schmerzt angesichts der Verletztheit in Juals Stimme.

Situs scheint einen Moment lang genauso verwirrt und beunruhigt über Juals Aussage zu sein wie ich, bevor sich seine Gesichtszüge zu seiner üblichen steinernen Maske glätten.

Alle meine Befürchtungen, den Männern von dem Baby zu erzählen, werden wahr. Es ist offensichtlich, dass Jual am Boden zerstört ist, weil es nicht sein Kind ist, dass ich in mir trage. Und Situs ... Er ist ziemlich blass geworden. Seine normalerweise gebräunte Haut hat einen kränklichen Schimmer angenommen.

Jahre. Jahrelang habe ich für ein Baby gebetet und davon geträumt, wie es wäre, jemanden zu haben, der mich liebt und mit dem ich es teilen kann. Jetzt habe ich zwei Ehemänner und keiner von ihnen ist glücklich mit seiner bevorstehenden Vaterschaft.

„Ich freue mich darüber", sage ich zu ihnen, obwohl ich nicht glücklich bin.

Meine Augen füllen sich und Tränen laufen mir über die Wangen. Ich bin niedergeschlagen und habe Angst davor, was dies für unsere Zukunft bedeutet. Törichterweise dachte ich, dass Sex mit meinen Gefährten alle unsere Probleme lösen würde, aber es scheint sie nur noch schlimmer gemacht zu haben. Zwischen mir und meinen kämpfenden Gefährten klafft eine tiefe Schlucht.

„Ich dachte, ich könnte nicht schwanger werden", sage ich zu ihnen. „Aber ich wollte immer ein Baby. Ein eigenes Kind. Mein alter Ehemann und ich haben es jahrelang versucht ... es war niederschmetternd. Nie schwanger zu werden. Und jetzt, *jetzt* werde ich endlich ein eigenes Kind haben. Und ich habe schreckliche Angst, dass es nicht wahr ist. Oder dass etwas schiefgehen wird. Aber ich bin auch aufgeregt, weil vielleicht alles gut gehen wird. Wenn sich keiner von euch mit mir freuen will, würde ich gern gehen."

Beide Männer scheinen schockiert und verwirrt zu sein.

„Du gehst nicht", sagt Jual und Situs fragt: „Wo willst du denn hingehen?"

„Ich werde in der Hütte leben, die Situs baut. Oder ..." Ich zucke mit gezwungener Leichtigkeit mit den Schultern. „Ich werde zu Cal und Kein gehen und sie bitten, mir neue Gefährten zu suchen." Ich meine es nicht ernst. Meine Worte sind nur Geschwätz. Mein Herz bricht und mein Magen dreht sich bei dem bloßen Gedanken um, mit anderen Männern zusammen zu sein.

Wäre irgendein anderer Monrok so geduldig und rücksichtsvoll mit mir? Ich bezweifle es. Und ich weiß ganz sicher, dass kein anderer Mann mein Herz so zum Rasen bringen würde wie diese beiden. So enttäuscht und verletzt ich auch bin, allein meine Nähe zu Jual und Situs lässt all meine Ängste verblassen. Wir sind erst seit ein paar Monaten zusammen, aber sie bedeuten mir schon jetzt mehr, als ich je jemanden geliebt habe.

„Du bist unsere Gefährtin", sagt Jual, die Hände zu Fäusten geballt. Eine Ader pulsiert an seinem Hals.

Situs verschränkt die Arme vor der Brust. Er ist ruhiger als Jual, aber sein Gesicht ist trotzdem stur verzogen. „Du trägst unser Kind in dir."

Situs und ich schauen beide Jual an. Es ist eine stille Herausforderung, den Anspruch auf das Kind zu verweigern. Mit grimmiger Miene nickt Jual. „Du bleibst bei uns."

Keiner der beiden erwähnt, dass sie mich lieben oder dass ich ihnen wichtig bin. Ich versuche, mich daran zu erinnern, dass sie das Gefühl der Liebe nicht verstehen. Aber es fällt mir schwer, wenn sich alles in mir nach einer Erklärung ihrer Gefühle für mich sehnt.

„Mit euch beiden? Zusammen?", fordere ich sie heraus. Ich wünsche mir so sehr, dass sie mich so lieben, wie ich sie liebe, und dass wir eine Familie sind. Ich brauche es.

Jual beißt die Zähne zusammen, als er den Blickkontakt zu mir abbricht und Situs ansieht. Sie tauschen einen angespannten Blick miteinander aus, bevor sie nicken.

Ich kann sehen, dass sie immer noch nicht gut aufeinander zu sprechen sind. „Keine Kämpfe mehr?", frage ich. Ich kann ihre Streitereien nicht ertragen. Abgesehen von der Tatsache, dass es absolut beängstigend ist, möchte ich meine Schwangerschaft nicht nervös und unglücklich verbringen.

„Keine Kämpfe mehr." Jual greift nach meiner Hand und zieht mich zu sich heran. Ich lasse ihn gewähren. „Situs war nur wütend, weil ich dich verärgert habe." Er streicht mir mit den Fingerknöcheln über die Wange, ich seufze und lehne mich an ihn. „Ich habe seinen Zorn verdient. Ich werde meinen Frust nie wieder an dir auslassen." Seine Stimme bebt und ich lehne meinen Kopf zurück, um in seine blauen Augen zu schauen, die mit Kummer glänzen. Er streichelt zärtlich über meine Wange. „Es tut mir leid, meine Gefährtin."

Meine Kehle ist wie zugeschnürt, als ich Situs ansehe. Er starrt Jual ernst und genervt an. Juals Gesicht schwillt bereits ab, aber es ist immer noch aufgedunsen. Situs' zwei blaue Augen färben sich von Schwarz zu Lila zu einem kränklichen Grün. „Keine Kämpfe mehr, Situs?" Er hat die Lippen fest zusammengepresst und die Arme immer noch stur vor der Brust verschränkt. Ich kann sehen, dass er zögert.

„Wenn Jual versprechen kann, dich nicht zu verärgern, werde ich ihn nicht vernichten."

„Als hättest du nicht selbst auch deinen Teil dazu beigetragen, unsere Gefährtin zu verärgern", erwidert Jual.

Ich muss ein wahnhaftes Kichern unterdrücken. Dachte ich, ich wäre ihnen egal?

„Einigen wir uns darauf, dass ihr mich beide verärgert habt", versuche ich, die Spannung zwischen ihnen zu entschärfen.

Situs nickt, dann wird sein Blick spekulativ, als er auf meinen Unterleib starrt. Er öffnet seinen Mund und schließt ihn wieder. Als würde er mit sich selbst ringen, weicht er einen Schritt zurück, dann zwei Schritte vor und greift nach meiner freien Hand wie nach einem Rettungsanker. „Darf ich dich schmecken?"

Meine Wangen werden rot und ein heißer Schauer durchzuckt meinen Körper. Ich glaube nicht, dass er meinen Mund oder die Haut an meinem Arm meint. Ich beiße mir auf die Lippe und nicke.

Anstatt mich ins Shuttle zu ziehen oder ins Gras zu legen, drückt er mich gegen den Hügel unseres zugedeckten Shuttles. Jual lässt mich los. Ich schaue ihn nervös an, weil ich befürchte, dass er wieder eifersüchtig und wütend wird, aber er nickt nur knapp und verschränkt die Arme vor der Brust. Hitze breitet sich von meiner Brust bis zu meinem Haaransatz aus, als mir klar wird, dass er gleich zuschauen wird, wie Situs mich „schmeckt".

Mit langsamen, bedächtigen Bewegungen lässt sich Situs vor mir auf die Knie fallen. Seine Augen verlassen mein Gesicht dabei nie, als er sanft mein Bein anhebt und es über seine Schulter legt. Er beugt sich zu meinem Scheitelpunkt vor, schnuppert tief, und ich sterbe fast vor Verlegenheit. Ich balle meine Hände an meinen Seiten, um ihn nicht instinktiv wegzustoßen und meine Beine zu schließen.

Ich wage es, Jual einen Blick zuzuwerfen. Er hat die Arme verschränkt und steht breitbeinig da, als befände er sich auf dem Buk eines Schiffs. Aber sein Schwanz ist jetzt dick und hart und steht stramm. Ich wende meinen Blick ab, als Situs' Zunge hervorschnellt und meine Schamlippen umspielt.

Es ist nicht die gleiche provokative Kostprobe, wie Jual es vor dem Sex getan hat und auch nicht wie die hungrig verspielte danach. Es ist eher experimentell. Er rollt meinen Geschmack auf seiner Zunge, bevor er in meine Hitze eindringt. Mit einem Knurren werden seine Augen zu Schlitzen, während er seinen Griff um mich festigt. Er zieht mein Innerstes gegen seinen Mund und verschlingt mich.

Die Luft strömt aus meiner Lunge, als ich von Gefühlen überflutet werde und mein Körper sich zusammenzieht. Mit den Zähnen kratzt und beißt er über meine geschwollene Klitoris und ein erstickter Schrei entweicht meiner Kehle. Situs zuckt zurück, als hätte er einen Schlag bekommen.

Ich schreie auf, als ich den Kontakt verliere, und ringe nach Atem. Eine pulsierende Sehnsucht zwischen meinen Beinen verlangt seine Aufmerksamkeit, aber meine Worte bleiben mir in der Kehle stecken.

Er wischt sich die glänzenden Lippen mit dem Handrücken ab und schaut beschämt von mir weg. „Ich habe mich in deinem Geschmack verloren. Ich wollte dir nicht wehtun."

Verwirrt schaue ich zu Jual und dann wieder zu Situs. „Du hast mir nicht wehgetan." Obwohl es mich schmerzt, etwas so Intimes zuzugeben, sage ich es ihm. „Ich war nur ... das soll heißen ..." Sein warmer Atem pustet immer noch gegen mein Geschlecht. Ich bin ganz durcheinander. Er drückt meinen Schenkel leicht, der immer noch willig über seiner Schulter hängt, und ich versuche, mich zu konzentrieren ... Aber wenn er sich doch nur nach vorn beugen würde ...

„Ich mag – nun, ich *genieße* deine Aufmerksamkeit dort unten *sehr*", platze ich heraus. Ist es möglich, vor Verlegenheit zu sterben?

Situs wirkt immer noch unsicher und ich möchte am liebsten weinen. Ich versuche, mein Bein aus dieser intimen Position zu befreien, aber er hält es noch fester. Ich weiß, wenn ich ihn bitte, weiterzumachen, wird er es tun. Aber so dreist kann ich nicht sein. Ich kämpfe mit den Tränen der Frustration, schaue zu Jual auf und sehe ihm flehend in die Augen. Ich hoffe, er versteht, was ich brauche.

„Oh, ich verstehe schon, meine kleine Geliebte", sagt Jual. „Unsere Gefährtin möchte, dass du weitermachst, Situs. Aber ich denke, wir sollten sie zuerst daran erinnern, was ihre Strafe dafür ist, dass sie ihre Worte nicht benutzt."

Ich kneife die Augen zusammen und wimmere, als mich bei dieser Drohung eine Flut von Hitze durchströmt. Es hat mir nicht gefallen, als Jual seine Wut an mir ausließ. Es erinnerte mich zu sehr an Jonahs labiles Verhalten, auch wenn er sich immer beruhigte, bevor er mich schlagen konnte. Aber dies ist eine andere Art der Bestrafung. Eine verlockende Drohung, von der meine Brustwarzen hart werden und mein Herz aus unerfindlichen Gründen zu rasen beginnt.

Situs schaut zu Jual auf, zieht die Augenbrauen nach unten, als würde er nicht verstehen, aber Jual grinst ihn nur an.

Eine seltsame Erregung brodelt in mir auf.

. . .

JUAL

„Liebst du mich?" Hannahs Atem stockt bei meiner Frage und ich merke, dass ich sie überrascht habe. Sie braucht nicht zu antworten. Ich spüre die Zuneigung, die sie ausstrahlt. Als sie nickt, erfüllt es mich trotzdem mit Freude.

„Ich liebe dich wirklich, Jual. Ich liebe euch beide."

„Beweise es", knurre ich. Meine Geliebte braucht mir gar nichts zu beweisen. Aber ich lerne unsere Gefährtin langsam kennen und sie mag es, wenn man sie dazu drängt, unsere Dominanz über sie zu akzeptieren. Ich glaube, es steigert ihre Lust.

Situs lässt Hannahs Bein fallen und springt mit drohender Miene auf die Beine. „Was willst du eigentlich, Jual?"

„Nun?", frage ich. „Weißt du noch, was mit kleinen Weibchen passiert, die ihre Wünsche und Bedürfnisse ihren Gefährten gegenüber nicht äußern?"

Sie senkt den Blick und beißt sich auf die Unterlippe. Sie verschränkt die Hände und rutscht unbeholfen mit den Füßen hin und her, bevor sie unsicher zu mir aufschaut. „Sie bekommen den Hintern versohlt?" Mein Schwanz zuckt bei der gehauchten Art, wie sie „versohlt", sagt.

Ich nicke. „Ja, stimmt genau. Direkt auf ihre nackten Ärsche. Jetzt zeige uns, wie eine gute Geliebte ihre Strafe hinnimmt."

Situs knurrt mich warnend an, aber Hannah dreht sich langsam um. Der Puls an der Basis ihrer Kehle pocht wild. Sie drückt die Hände auf den Hügel und streckt ihren üppigen Hintern heraus. Mein Schwanz, der bereits hart ist, zuckt und tropft bei diesem Anblick.

Hannah wirft einen Blick über ihre Schulter und schaut Situs an. „Ist schon gut. Ich wollte, dass du ... dass du ...“ Sie schaut wieder nach vorn. „Ich wollte, dass du mich weiter leckst.“ Obwohl sie dem Hügel zugewandt ist, kann ich sehen, wie sie knallrot wird, als sie spricht. Ich kann ihre Verlegenheit riechen, aber auch die Erregung, die ihr Geständnis auslöst.

„Und warum solltest du dafür bestraft werden?“, frage ich und ihr Kopf sinkt ein wenig nach vorn.

„Ich wollte Situs' Mund auf mir spüren“, flüstert sie. „Aber anstatt darum zu bitten, habe ich geschwiegen.“

„Es ist wichtig, dass du deine Worte benutzt.“

Sie wirft einen erneuten Blick über ihre Schulter zu uns, und saugt ihre Unterlippe zwischen die Zähne. Mein Schwanz zuckt bei dem plötzlichen Wunsch, das Gefühl dieser Lippen zu spüren.

„Hast du es verdient, den Hintern versohlt zu bekommen, Geliebte?“

Sie nickt, bevor sie sich zu erinnern scheint. „Ich ... ich verdiene es, den Hintern versohlt zu bekommen“, presst sie hervor und verdeckt ihr Gesicht.

Situs bleibt stumm und starrt auf den Scheitelpunkt der Schenkel unserer kleinen Gefährtin. Ihre geschwollenen Schamlippen und die Oberseiten ihrer Schenkel sind feucht von ihrem süßen Nektar. Sie wackelt leicht mit ihrem Hintern, entweder aus Unbehagen oder Ungeduld, ich bin mir nicht sicher, aber ihre Erregung liegt in der Luft.

Ich lasse sie noch einen Moment lang warten und genieße ihren hübschen Anblick. Dann strecke ich die Hand aus, um ihre Pobacke zu umschließen und sie zu drücken. Ich wärme das Fleisch auf, bevor ich meine Hand mit so viel Kraft darauf schlage, dass es ein wenig sticht.

Situs packt meine Hand. „Sie ist trächtig.“

Ich streiche mit der Hand über Hannahs Rücken. „Tut dir das weh, Geliebte?"

Sie schüttelt den Kopf, schaut wieder zu Situs und ich rieche erneute Verlegenheit. „Er tut mir nicht weh", sagt sie. Es ist kaum mehr als ein Flüstern. „Ich ... Ich will mehr." Schüchtern senkt sie den Kopf und ich lächle. Stolz erfüllt mich bei ihrem Geständnis. Ich weiß, dass das nicht leicht für sie war.

Ich glaube, dass Situs es auch merkt, als er meine Hand loslässt. Er scheint einen Entschluss gefasst zu haben und tritt nicht zurück, sondern vor. Er lässt sich wieder zwischen ihr und dem Shuttlehügel nieder, sinkt erneut auf die Knie und hebt einen ihrer schlanken Schenkel über seine Schulter, bevor er seine Zunge zwischen ihre Schamlippen schiebt.

Ihr lustvolles Stöhnen streicht wie eine Liebkosung über mich. Ich kann sehen, dass sein Schwanz genauso steif ist und mit lauter Verlangen ins Gras tropft wie meiner.

Als sie dieses Mal über ihre Schulter zu mir schaut, weiß ich genau, was sie braucht. Ich zwinge sie nicht, es zu sagen. Während Situs ihre Muschi in den Mund nimmt, schlage ich auf ihren Arsch, was sie zum Keuchen bringt. Mit kleinen, pfeffrigen Schlägen versohle ich ihr den Hintern, während sie sich an Situs' Gesicht reibt. Immer weiter, meine Schläge werden härter, während ihre Schreie lauter werden. Sie klammert sich an ihn und reitet sein Gesicht in ihrer Lust, während ich ihren Arsch rot färbe.

Sie schreit auf, kommt zum Höhepunkt und ich vergesse, sanft zu sein. Ich packe sie mit einer Hand bei den Haaren. Mit meiner Brust an ihrem schmalen Rücken ziehe ich ihren Kopf nach hinten, damit ich mit meiner Zunge in ihren Mund eindringen kann. Ich will mich unbedingt in ihrem Körper versenken. Sie saugt und meine Knie werden kurzzeitig schwach. Ich kann an nichts anderes denken als an ihren feuchten, willigen Mund auf meinem Schwanz.

„Ich will, dass du mich schmeckst", keuche ich.

Zögerlich schaut sie nach unten. Situs küsst und leckt die Innenseite ihrer Oberschenkel und sie fährt mit einer Hand durch sein Haar. Als sie mich wieder ansieht, greift sie mutig nach hinten und schlingt ihre kleine Hand um meinen Schwanz.

Ich möchte auf die Knie sinken und sie anflehen, ihren Mund um meinen sehnsüchtigen Schwanz zu schlingen. „Willst du mich kosten, Geliebte?"

Sie nickt leicht und ich widerstehe dem Drang, sie auf den Rasen zu werfen und in sie zu stoßen. „Benutze deine Worte. Was willst du sagen?"

Situs lässt ihr Bein los und dreht sie zu mir um. Seine Hände ruhen an ihrer Hüfte, während er jetzt mit seiner Vorderseite an ihrem Rücken aufsteht.

Sie lehnt sich an ihn, während sie sagt: „Ich möchte … ich möchte dich so schmecken, wie du und Situs mich geschmeckt habt." Sie schaut durch ihre langen Wimpern zu mir auf. „Ich will wissen, wie es ist … dich in meinem Mund zu haben."

Bei ihren Worten muss ich meinen Schwanz fest zusammendrücken, um die Kontrolle zu behalten. Ich weiß nicht, warum mich ihre Worte so bewegen, aber ich würde in tausend Leben nie genug davon bekommen, ihre zarte Schamesröte zu sehen, wenn sie ihre sexuellen Sehnsüchte hervorstottert.

„Willst du Situs' Schwanz in dir spüren, während du mich schmeckst, süße Geliebte?"

Situs greift fester um ihre Taille. Er scheint genauso begierig auf ihre Antwort zu sein wie ich.

Ihr Gesicht färbt sich rosa, als sie sich auf die Lippe beißt und nickt.

„Benutze deine Worte." Situs knurrt hinter ihr. „Sag uns, was du willst, Hannah." Er schlägt mit der Hand auf ihren Hintern, sodass sie zusammenzuckt. Ich bin fasziniert, wie sich ihre haselnussbraunen Augen verschleiern, während sie das Gefühl genießt.

Sie schaut zu ihm zurück. „Ich w-will dei-deinen ..."

„Schwanz", grummelt er und greift das Spiel auf. „Sag das Wort *Schwanz*, kleine Gefährtin."

Sie errötet noch tiefer und die leichten Sommersprossen auf ihrer Nase stechen hervor. „Ich will deinen Schwanz in mir spüren." Schwanz kommt flüsternd heraus, aber es lässt meine eigene Erektion in ihrem Griff noch mehr zucken. Sie dreht sich um und schaut zu mir auf. Ihr Griff um mich wird fester. „Während ich dich in meinen Mund nehme."

Sie schließt die Augen und reibt meinen Schwanz. Ich kämpfe mit der Ungeduld, aber dann lässt sie sich auf die Knie sinken. Ich spüre ihr zögern, als sie zwischen Situs und mir aufschaut. Situs streichelt ihre Wange und ihr Haar. „Alles in Ordnung, süße Gefährtin. Es gibt keinen Grund zur Eile", sagt er und beruhigt sie, bevor er hinter ihr auf die Knie sinkt und ihre Hüfte nach hinten neigt. Sein Blick scheint auf ihre Muschi fixiert zu sein, während er sie zwischen den Beinen streichelt.

„Ist unsere Geliebte bereit für dich, Situs?" Ich weiß, dass sie es ist. Ich kann ihre Erregung riechen, aber ich liebe es, wie sie bei meinen Worten erneut errötet.

„Ich habe noch nie ein Geschöpf gesehen, das so paarungswillig war." Sie zittert leicht bei Situs' heiserer Antwort.

Sie verbirgt ihr Gesicht an meiner Hüfte. Ich spüre ihre

Scham, als er zwei tropfende Finger hochhält, die er aus ihrem Inneren gezogen hat. Ich streiche mit meinen Fingerknöcheln über ihre Wange, bis ihr strahlender Blick auf meinen trifft. „Du brauchst dich nicht zu schämen, Kleine. Du ehrst uns mit deinem willigen Bedürfnis."

Ich gluckse leise, als sie sich auf die Lippe beißt, ein sicheres Zeichen, dass sie nicht zugeben will, wie erregt sie ist. Ich reibe mit dem Daumen über ihr wundes Fleisch.

Situs küsst eine Spur über ihren Rücken. Sie erschaudert vor Lust und schließt kurz die Augen, bevor sie sie öffnet und meinen Schwanz betrachtet. Sie begegnet meinem Blick. „Ich habe das noch nie gemacht."

Ich streichle ihre Wangen. Etwas Warmes blüht in meinem Brustkorb auf, weil sie so verletzlich ist und weil ich dieses erste Mal mit ihr teilen darf. Sie schenkt mir ein schüchternes Lächeln und ich halte den Atem an, als sie sich nach vorn beugt und mit ihrer Zunge über die herausquellende Feuchtigkeit leckt. Sie benetzt ihre korallenrote Zunge, bevor sie sanft nur die Eichel in die warme Enge ihres Mundes saugt. Diese sanfte Bewegung ist genug, dass ich in ihr abspritzen will. Ebenso wie der Anblick ihrer Lippen, die sich um meinen Schwanz schlingen.

Sie greift meine Hüfte mit einer ihrer zarten Hände, während sie den Mund weiter öffnet und mich tiefer hineinsaugt. Im Mund meiner Gefährtin willkommen zu sein, ist ein unvergleichliches Erlebnis. Sie nimmt mich so tief wie möglich in sich auf, bevor sie würgt, um zu testen, wie weit sie meinen Schwanz hineinsaugen kann. Ihre Lippen treffen auf ihre Faust, während sie vom Ansatz meines Schwanzes nach oben massiert.

Ich präge mir den Anblick vor mir genau ein und kämpfe dagegen an, meine Hüfte nach vorn zu stoßen und ihren Mund zu ficken. Als mein Schwanz hinten in ihrer

Kehle anstößt, saugt sie fest und stöhnt, während sie ihre Fingernägel in meine Hüfte gräbt.

Ich schaue auf und sehe, wie Situs langsam einen feuchten Finger in ihr Poloch schiebt und ich kämpfe dagegen an, die Kontrolle zu verlieren. Ich wäre nie auf die Idee gekommen, sie dort zu nehmen, aber sie scheint es zu genießen. Er stößt mit seinem Finger in ihrem Arsch rein und raus, während sie wimmert und keucht und ihre Bewegungen auf meinem Schwanz ruckartig werden. Ich frage mich, ob die Nervenenden in ihrem kleinen Poloch genauso empfindlich sind wie ihre Klitoris.

Ich warte darauf, ein Gefühl der Eifersucht zu verspüren, wenn ich sehe, wie Situs ihr Lust bereitet, während sie meinen Schwanz im Mund hat, aber da ist nichts. Es gab auch keine Eifersucht, als er unsere Gefährtin geschmeckt hat. Jetzt gibt es nur noch gesteigerte Lust. Hannah bewegt ihren Mund auf mir, um Situs' Rhythmus zu folgen, und hält kurz inne, als sie leicht erschaudert.

Ihr Stöhnen kribbelt an meinem Schaft hinauf und meine Hoden ziehen sich zusammen. Ich kann nicht anders, als ihr Haar am Ansatz zu packen und ihren Mund auf mich zu ziehen. Zunächst ganz sanft, aber plötzlich werde ich von einer Explosion ihrer Lust überrollt, als wäre es meine eigene. Ich spritze in ihre Kehle, bis sie keucht.

Meine Essenz tropft an ihrem Kinn hinunter und bei diesem Anblick schießt noch mehr Flüssigkeit in meinem Schwanz nach oben und verteilt sich auf ihrem Hals und ihrer Brust.

Sie wirft den Kopf mit einem lautlosen Schrei zurück und schließt die Augen, während sie ihren Orgasmus genießt. Meine Essenz tropft über ihren Körper.

Meine Gefährtin.

Meine wunderschöne Gefährtin.

Der eiserne Griff der Zuneigung brennt durch mein Wesen und setzt sich in meiner Brust fest. Ich reibe die Stelle, obwohl ich weiß, dass dieser aufkeimende Schmerz nicht nachlassen wird. Es ist eine der wenigen Empfindungen, die meine Kybernetik nicht kontrollieren kann. Aber dieses Mal heiße ich das Gefühl willkommen.

Für Hannah erfahre ich menschliche Liebe.

Für sie würde ich alles überwinden.

SITUS

Meine Kybernetik arbeitet, um mein rasendes Herz zu verlangsamen, als ich meinen Schwanz an ihrer tropfenden Wärme ausrichte. Ich kämpfe gegen die aufsteigende Panik an, aber ich weiß jetzt, welch ein Wunder es ist, meiner Gefährtin Lust zu bereiten. Ich muss mich immer noch daran erinnern, dass ich ihr nicht wehtue, als ich in ihren Körper gleite. Die Nässe, die an ihren Schenkeln klebt und auf meine eigenen tropft, ist kein Blut, sondern süßer Paarungsnektar.

Sie begehrt dies genauso sehr wie ich.

Ich sehe zu, wie ich in ihr verschwinde, und kann meinen Blick nicht von ihr abwenden. Ich muss mich beherrschen, um nicht in sie zu stoßen. Der Griff ihrer Muschi ist so fest, dass ich einen Moment innehalten muss. Meine Kybernetik verhindert, dass mein Körper zittert. Mein Knoten beginnt bereits anzuschwellen und dabei bin ich erst halb in ihr drin. Ich vergrabe mein Gesicht an ihrem Nacken und presse hinein, bis ihr Arsch an meinen Schenkeln ruht.

„Sag mir, dass ich mich bewegen darf", keuche ich. „Sag mir, wenn du bereit bist."

„Bitte." Sie reibt sich mit einem gierigen Stöhnen an mir. „Bereit."

„Ich kann mich nicht zurückhalten." Aber ich weiß, ich werde es. Lieber würde ich mich ewig quälen, als ihr noch einmal wehzutun. Ich schlinge einen Arm um ihre Taille und versuche verzweifelt, mich an etwas festzuhalten.

„Halte dich nicht zurück, Situs", keucht sie. „Bitte."

Bei ihren Worten schließe ich die Augen und meine Welt reduziert sich auf diesen einen Moment.

Auf sie.

Sie weiß nicht, was sie da verlangt.

Ihre Muschi zieht sich um mich zusammen.

Sie hat keine Ahnung, was sie mit mir macht.

Ihr Stöhnen klingt an meinen Ohren.

Zähneknirschend kämpfe ich gegen das Anschwellen meines Knotens an.

Ihr geschmeidiger und heißer Körper gleitet über meinen, als wäre er für mich gemacht.

Mein Drang sie zu ficken überflutet mich.

Ich neige uns nach vorn, drücke eine Hand auf den Boden, grabe meine Finger ins Gras und den Dreck und stoße wild in sie hinein. Ich kann das Verlangen, das in mir tobt, kaum kontrollieren. Ihr Inneres zieht sich zusammen, massiert meine Länge, während sie meinen Namen schreit, aber ich stoße immer noch verzweifelt weiter.

Mein Knoten stößt gegen die Wände ihrer Muschi, entlockt ihr ein keuchendes Wimmern und atemloses Stöhnen, als sie über meinen Arm kratzt und sich windet.

„Bitte. Bitte. Bitte", wiederholt sie, aber ich weiß jetzt, dass es aus Lust geschieht. Aus purer Lust.

Ich öffne meine Sinne und lasse die Fülle ihrer Gefühle

auf mich einströmen. Ihr treibendes Bedürfnis stellt das meine fast in den Schatten.

Meine Essenz schießt mit solch brennender Kraft in meinem Schwanz hinauf, dass ich aufschreie, als sie pulsierend aus mir herausströmt. Mehr und immer mehr und mein Knoten lässt nicht nach. Die Muschi meiner kleinen Gefährtin zuckt fest und ich erschaudere, als noch mehr von meiner Lebenskraft aus mir herausströmt.

Ich bin von Empfindungen blind.

Strahlt sie diese Zuneigung aus oder bin ich das? Sie und ich sind eins. Unwiderruflich.

Ich weiß nicht, wie ich ohne sie existieren konnte.

HANNAH

Das hier.

Ich hätte nie gedacht, dass ich das bekommen würde.

Ich hätte nie gedacht, dass ich es verdiene.

Ich kuschle mich auf unseren Matten zwischen meine Männer, die mich beide zufrieden streicheln und liebkosen. Ich fahre mit einem Finger über Situs' Nase und kichere über das glückliche Gesicht, das er zieht. Er erinnert mich an das Pferd unserer Familie, Boris, wenn ihm die Schnauze gestreichelt wurde. Ich frage mich, ob es hier ein Tier wie ein Pferd gibt.

Jual haucht mir Küsse auf die Schulter und ich drehe mein Gesicht zu seinen Lippen. Ich fahre mit den Fingern durch den Bart, den er sich für mich wachsen lässt, und bin plötzlich von diesem Moment überwältigt. Von ihnen beiden. Jual sagte, dass ich sie mit meinem willigen Verlangen nach ihnen geehrt habe, aber sie verdienen meine ganze Liebe und

Akzeptanz. Sie haben sich mit Geduld und Sorgfalt bemüht, mich zu verstehen, und wären fast für mich gestorben.

Ich liebe euch. Ich liebe euch beide so sehr.

Meine wunderschöne Gefährtin, ich empfinde auch große Zuneigung für dich. Klar und deutlich höre ich Jual antworten, aber sein Mund ist auf meinem.

Hast du mich gehört?, frage ich, ohne ein Wort zu sagen.

Seine Augen springen auf. Er starrt auf meinen Mund, bevor er mir wieder in die Augen sieht. „*Ja*, das habe ich gehört."

„Was gehört?", fragt Situs von meiner anderen Seite.

„Mach mit ihm, was du gerade mit mir gemacht hast." Jual stupst mich in Situs' Richtung.

Verblüfft drehe ich mich auf die Seite und schaue Situs an. Ich presse meine Lippen auf seine und denke automatisch: *Ich liebe deine Lippen auf meinen.* Er setzt sich aufrecht hin und starrt zu mir herab. Offensichtlich konnte auch er mich hören.

„Hat sie in Gedanken mit dir gesprochen?", fragt er Jual und dann noch einmal mich, „Hast du gerade in Gedanken mit mir gesprochen?"

Ich nicke mit einem nervösen Kichern.

Kann ich auch in Gedanken antworten?

Ja.

Er lehnt sich fassungslos zurück. „Was bedeutet das?"

Meine beiden Ehemänner werfen sich einen verwirrten Blick zu, bevor Situs fragt: „Hast du schon einmal mit jemandem telepathisch kommuniziert?"

Ich schüttle den Kopf. „Nein, noch nie. Hast du meine Gedanken schon einmal gehört?"

Situs zuckt mit den Schultern. „Möglicherweise. Vor ein paar Nächten, nachdem" – er zeigt zwischen Jual und mir hin und her – „ihr Sex hattet, als ich gegangen bin, konnte ich Dinge hören und fühlen, als würdest du sie auf mich projizieren", sagt er zu mir. „Ich dachte, ich bilde mir das alles nur ein."

Jual fährt sich mit der Hand durch die Haare und atmet aus. „Ich konnte dich hören – fühlen, als du mit Situs zusammen warst." Er schaut auf seine Hände hinunter, öffnet und schließt die Faust, als würde er nach Worten ringen. „Ich habe gehört, wie du zu ihm von Liebe gesprochen hast." Er schaut zu mir auf und fühlt sich bei seinem Geständnis offensichtlich unwohl.

Das war der Grund, warum er so heftig reagierte, als ich ihn versehentlich mit Situs' Namen ansprach. Er war bereits eifersüchtig. Zwei Ehemänner zu haben, ist nicht einfach. Ich greife nach seiner Hand und küsse seine Fingerknöchel. Er streichelt über meine Wange.

„Es tut mir leid, meine Geliebte, dass ich meine Frustration an dir ausgelassen habe."

„Es tut mir leid, dass du verletzt wurdest."

„Ich war nicht verletzt", argumentiert er in der typischen Weise eines Mannes, dessen Stolz verletzt wurde. Er runzelt dabei die Stirn.

„Ich habe mich sofort gefragt, woher du wusstest, was ich zu Situs gesagt habe", sage ich, um ihn abzulenken. „Vielleicht liegt es an diesem Planeten oder an etwas, was die Zapex mir angetan haben." Sorge ergreift mich in dem Moment, in dem mir der Gedanke in den Sinn kommt. „Was ist, wenn sie etwas in meinen Kopf eingesetzt haben und mich verfolgen können?"

„Du hattest einen Übersetzer und einen Ortungschip, wie alle anderen Frauen auch", sagt Situs und verschränkt die Arme. „Aber wir haben ihn, lange bevor wir Kadeema erreichten, entfernt. Genau wie die Peilsender, mit denen sie uns aufspüren konnten."

Jual wirft Situs einen Blick zu. „Das gefällt mir nicht."

„Mir auch nicht", antwortet er. Die Männer sehen sich in einem weiteren unverständlichen Moment an, bevor Situs nach den Fellen greift und sie um mich wickelt.

„Was machst du denn?", frage ich, als er mich in seine Arme hebt. Als er auf die Luke zugeht, schlinge ich die Pelze enger um mich.

„Wir gehen zu Cal und Kein."

„Aber warum?"

Jual antwortet. „Wir müssen ein Treffen einberufen. Jeder, der ein Weibchen hat, muss sich dessen bewusst sein."

„Aber wir sind doch alle nackt!", kreische ich.

Sie zucken mit den Schultern, als wäre dies ein unwichtiger Punkt. Und vielleicht ist es das für sie auch, aber ich spüre, wie ich von den Haarwurzeln bis zu den Zehen erröte. Sie marschieren mit mir über Hügel und Täler vorbei an sich wundernden Monrok, die bei dem Spektakel, das wir veranstalten, zweimal hinsehen. Schließlich erreichen wir das Shuttle von Allyson und ihren Gefährten.

Jual klopft gegen die geschlossene Luke und ich zucke zusammen, weil ich weiß, dass die Luke nur dann geschlossen ist, wenn sie schlafen oder einen intimen Moment haben.

Allyson öffnet die Tür. Sie hat eine Decke um ihren Körper geschlungen und keucht mit großen blauen Augen. „Ähm, Cal", ruft sie über ihre Schulter. „Ich glaube, es ist für dich."

„Ich sagte doch, ich mache die Tür auf." Ihr stämmiger Gefährte zieht sie hinter sich und schiebt seinen Schwanz in die Hose, bevor er sie schließt.

Eine erneute Hitzewelle steigt an meinem Hals hinauf und in meine Wangen. Anscheinend haben wir tatsächlich etwas unterbrochen. Er mustert meine nackten Gefährten, deren Gesichter und Körper noch immer zerschrammt sind, und mich in meinen Pelz gehüllt. Er verschränkt die Arme vor der Brust und streckt uns sein Kinn entgegen. „Was ist passiert? Ist eure Gefährtin verletzt?"

„Wir sind uns nicht sicher ...", sagt Situs.

„Sie hat angefangen, telepathisch mit uns zu kommunizieren", erklärt Jual. „Und wir können ihre Gedanken erwidern."

Cal nickt und scheint darüber nicht annähernd so beunruhigt zu sein wie meine Gefährten. „Hat sie euch durch Gedankenübertragung die Gesichter eingeschlagen?" Meine Gefährten knurren frustriert auf und er scheint ein Grinsen zu unterdrücken. Er winkt mit einer Hand, um sie zu beruhigen. „Ist Gedankenübertragung normal für dich?", fragt er mich.

Ich schüttle den Kopf, denn ich bin immer noch eingeschüchtert und fühle mich in der Nähe anderer Männer unwohl, selbst wenn ich in den Armen meines Gefährten liege.

Er zeigt zwischen Situs und Jual hin und her. „Könnt ihr beide miteinander reden oder nur mit eurem Weibchen?"

„Nur mit ihr", sagt Jual zu ihm.

Cal nickt wieder. „Und ich nehme an, sie wurde geschwängert."

„Sie trägt meine Lebenskraft in sich", sagt Situs.

Cal schaut zwischen meinen Gefährten hin und her. „Aber ihr könnt *beide* mit ihr kommunizieren?"

Auf das bestätigende Nicken meiner Männer hin dreht Cal sich um. Allyson taucht in ihrer behelfsmäßigen Lederkleidung hinter ihm auf. „Hast du das gehört, *Zepka*?", fragt Cal Allyson. „Ich hatte recht und Kein hatte unrecht."

Allyson rollt mit den Augen. Sie legt eine Hand auf seinen Rücken und er zieht sie an seine Seite. Ohne auf meine nackten Ehemänner zu achten, denen ihr Zustand nichts auszumachen scheint, richtet sie ihren Blick auf mein Gesicht. „Ist alles in Ordnung?"

„Es tut mir so leid, dass wir so hereingeplatzt sind", beginne ich und schaue meine Gefährten missmutig an. „Wir haben etwas Seltsames entdeckt und Situs und Jual sind erschrocken."

„Erschrocken?", fragt Jual beleidigt.

„Das sind wir nicht", sagt Situs zu allen.

Cal nickt. „Wir sind Monrok. Wir erschrecken nicht."

Allyson verdreht die Augen und ich teile ihr Gefühl. „Also, was genau ist passiert?", fragt sie, um den geschwollenen männlichen Egos um uns herum auszuweichen.

„Ihre Gefährtin spricht in Gedanken mit ihnen", sagt Cal und wackelt mit den Augenbrauen. „Mit ihnen *beiden*."

Allyson zieht überrascht die Augenbrauen hoch, als sie sich zu uns umdreht. „Wirklich? Mit beiden?" Wir nicken alle und sie kichert. „Oh, das wirst du Kein jetzt für immer unter die Nase reiben, nicht wahr?"

„Erklärt euch." Jual tritt einen aggressiven Schritt nach vorn und funkelt sie an.

Mit bedrohlicher Miene schiebt Cal Allyson hinter sich und stellt sich Jual entgegen. Situs presst mich fester an seine Brust und macht sich ebenfalls zum Kampf bereit, aber Allyson schiebt sich zwischen Jual und Cal.

„Cal, halte dich zurück." Allyson presst gegen die Brust ihres Gefährten.

Er zieht eine Augenbraue hoch, bewegt sich aber nicht.

Sie gibt ihm einen Klaps auf den Arm und dreht sich verärgert zu uns um. „Wir sind uns nicht sicher, aber wir glauben, dass telepathische Verbindung zwischen Monrok-Blutsverwandten und/oder Mädchen von der Erde, die mit Monrok-Babys schwanger sind, normal ist."

„Was?", frage ich. An der verwirrten Miene meiner Männer erkenne ich, dass sie dasselbe denken.

Allyson zuckt mit den Schultern. „Es ist eine Theorie."

„Die worauf basiert?", fragt Situs, der seinen Griff um mich nur allmählich lockert.

Allyson schaut erwartungsvoll zu Cal auf. Und während sie sich gegenseitig anstarren, erinnere ich mich an all die Momente, in denen es so aussah, als würde sie eine wortlose Diskussion mit ihren Gefährten führen ...

„Ihr könnt euch auch in Gedanken unterhalten", platze ich heraus.

Eine sanfte Röte stiehlt sich über Allysons Wangen. „Ja. Tut mir leid. Ich schätze, es ist unhöflich, es vor anderen zu tun." Sie gibt ihrem Gefährten einen Klaps auf den Bauch und zeigt dann auf uns. „Du solltest es ihnen sagen."

Ich spüre, wie die Spannung der Ungeduld von Situs und Jual auszustrahlen beginnt, aber zum Glück bleiben sie ruhig.

Cal schaut spekulativ auf Allyson hinunter und beißt seine Zähne vor Verärgerung zusammen. Er zuckt mit den Schultern und ich glaube, dass er etwas über die Gedanken-verbindung zu ihr sagt, denn sie erschaudert am ganzen Körper, bevor sie mit geröteten Wangen und glasigem Blick zu uns aufschaut.

Cal grinst uns selbstgefällig an. „Unsere Gefährtin kann auch, so wie eure, mit Kein und mir in Gedanken sprechen. Sie kann es schon, seit unsere Essenz in ihrem

Körper verwurzelt wurde. Wir haben es zuerst bei mir bemerkt, dann bei Kein." Er zögert, bevor er fortfährt, aber Allyson gibt ihm einen Schubs und er gibt schließlich nach. „Mein Bruder und ich haben schon seit unseren frühesten Erinnerungen eine Gedankenverbindung. Wir haben immer angenommen, dass es daran liegt, dass wir Zwillinge sind." Er zuckt mit den Schultern.

„Wissen die Zapex davon? Ist das etwas, was sie getan haben?", fragt Situs.

Cal schüttelt den Kopf. „Soweit wir wissen, wissen die Zapex nicht von unserer Fähigkeit, auf diese Weise zu kommunizieren. Wir haben sie geheim gehalten und nur selten benutzt. Wir nahmen an, dass wir die Einzigen sind, die diese Fähigkeit besitzen, bis Allyson eine Gedankenverbindung zu uns herstellte. Wir vermuten, dass das Baby unser beider DNS in sich trägt." Er sieht uns stirnrunzelnd an. „Kann eure Gefährtin wirklich telepathisch mit euch beiden kommunizieren?"

Situs und Jual nicken.

„Ist es schon mehr als einmal passiert? Kann sie es kontrollieren?"

„Mir war nicht bewusst, was passiert", sagt Jual.

„Ich glaube, es passiert schon seit einer Weile", gibt Situs zu.

„Das verstehe ich nicht", sage ich und stoße Situs an, damit er mich schließlich hinunterlässt. „Situs und Jual sind doch keine Brüder." Ich schlinge die Decke fester um mich, während er mich an seine Brust zieht. „Sie können nicht in Gedanken zueinander sprechen." Ich blicke zu den Männern auf und sie schütteln den Kopf. „Also kann es nicht die DNS sein."

Cal zuckt arrogant mit den Schultern. „Oder doch?"

Allyson verdreht erneut die Augen. „Cal und ich

konnten kurz nach Beginn meiner Schwangerschaft eine Gedankenverbindung herstellen. Bei Kein hat es etwas länger gedauert ... also hat Cal die Theorie, dass das Baby ..."

„Das überlegene Monrok-Hybrid-Baby", wirft Cal ein.

Allyson stößt einen langen leidenden Seufzer aus. „Das überlegene Monrok-Hybrid-Baby", sagt sie in einem monotonen Tonfall und starrt Cal eindringlich an, bevor sie sich wieder uns zuwendet, „genetisch sowohl von Kein als auch von Cal ist. So stark und fähig ist die Monrok-Essenz nun mal." Sie verdreht die Augen und verzieht das Gesicht, woraufhin Cal sie bei den Haaren packt.

Noch vor wenigen Tagen hätte mich ihr Umgang miteinander neidisch gemacht. Dann hätte ich mich schuldig gefühlt, weil ich eifersüchtig bin. Aber nach dem Tag, den wir hatten, und nun hier in Situs' Armen zu stehen, erfüllt mich mit einem freudigen Strahlen, meine Freundin glücklich und geliebt zu sehen. Jetzt, da ich es selbst erlebe, verstehe ich es endlich.

„Kein dachte, wir könnten alle geistig miteinander reden, weil wir Brüder sind", wirft Cal ein.

„Oder vielleicht weil ich Zwillinge austrage." Sie streicht sich mit der Hand liebevoll über ihren gerundeten Bauch. Bei ihr sieht man schon ein wenig mehr als bei mir, aber sie ist auch viel kleiner als ich. Und nur weil sie Zwillinge bekommt, heißt das nicht unbedingt, dass ich auch welche kriegen werde.

„Du willst damit sagen, dass der Embryo sowohl aus Situs' als auch aus meiner Essenz entstanden ist?", fragt Jual und seine Schultern verspannen sich.

„Ja." Allyson nickt, streckt aber beschwichtigend ihre Hände aus. „Aber wir werden es nicht wissen, bis die Babys geboren sind."

Cal streckt die Hand aus und klopft Jual auf die Schulter. „Ich weiß, dass meine Theorie stimmen wird. Warte nur, bis die Babys geboren sind."

Jual schaut auf meinen Bauch. Sein Ausdruck ist ungläubig, aber hoffnungsvoll, und ich erinnere mich an die Verzweiflung auf seinem Gesicht, als er mich fragte, ob ich Situs von dem Baby erzählt hätte.

„Situs, du sagst, deine Essenz hat zuerst Fuß gefasst?", fragt Cal.

Situs nickt und starrt auf mich herab. *Es tut mir leid, meine Geliebte,* höre ich in meinen Gedanken.

Mein Herz klopft, weil er mich seine *Geliebte* nennt, auch wenn es schmerzt. Ich drücke seine Hand, weil ich weiß, dass er darüber nachdenkt, wann und wie ich schwanger wurde. *Ich weiß, du hättest mir nie wehgetan.* Und ich werde es nie bereuen, dass er mir ein Kind geschenkt hat.

Abgelenkt höre ich zu, wie Cal die Männer fragt, wie lange ich schon mit jedem von ihnen „gedankenverbunden" bin. Ich bin schockiert, als Situs zugibt, dass er glaubt, ich würde schon seit Wochen Gedanken auf ihn projizieren. Ich hatte keine Ahnung. Mit Jual habe ich mich nur einmal versehentlich verbunden.

Vor Kurzem.

Immer noch ungläubig, dass ein Kind dort wächst, lege ich meine Hand auf meinen Bauch.

Ein Kind mit möglichen telepathischen Fähigkeiten.

Telepathische Fähigkeiten, die sich auf mich erstrecken.

Ein Kind, das biologisch betrachtet, sehr wohl zu meinen beiden Gefährten gehören könnte.

Allyson kommt zu mir und legt ihre Hand auf meine Schulter. „Ist alles in Ordnung? Du scheinst ein wenig unter Schock zu stehen."

Aus irgendeinem Grund schweift mein Blick bei ihrer Frage zu Jual. Ich bin mir nicht sicher, was ich erwartet habe, aber nicht, dass er mich besitzergreifend anschaut.

Er muss glauben, was Cal sagt, dass das Baby die Gene beider Männer in sich trägt. Wie würde er damit umgehen, wenn wir nach der Geburt des Babys herausfinden, dass es nur von Situs gezeugt wurde? Mein Magen krampft sich zusammen, wenn ich daran denke, welch ein Schock das für Jual werden könnte.

Mach dir keine Sorgen, Geliebte. Ich werde für dich und das Baby sorgen und es beschützen. Ganz gleich, wessen Lebenskraft durch seine Adern fließt.

Juals Antwort tröstet und beunruhigt mich zugleich. *Hast du meine Gedanken gelesen oder projiziere ich sie?*

Du projizierst sie.

Ich muss lernen, das zu kontrollieren.

Er gluckst laut und das tiefe Grollen seines Lachens verursacht ein Kribbeln in mir. Ich reiße die Augen weit auf, als ich sehe, dass sein Schwanz hart wird.

Du wirst aufpassen müssen, was du projizierst, meine kleine Geliebte.

„Erde an Hannah." Allyson winkt mit der Hand vor meinem Gesicht.

Ich reiße meinen Blick zu ihr herum und hoffe, dass sie Juals Zustand nicht bemerkt hat. „Entschuldigung!"

Jual gluckst in meinem Kopf und Hitze breitet sich auf meinen Wangen aus.

Hör auf damit, sage ich in meinem Geist. Dann zu Allyson: „Entschuldige, ich wollte dich nicht ignorieren."

Sie schnaubt. „Ist schon okay. Ich habe mir schon gedacht, dass ihr beide etwas ‚ausdiskutiert‘ habt."

Ich verziehe das Gesicht. Ich bin mir nicht sicher, wie ich es finde, dass die Männer jeden meiner Gedanken hören können. „Hast du gelernt, es zu kontrollieren?" Ich schaue zu den Männern hinüber, die sich scheinbar ernsthaft mit Cal unterhalten, obwohl sie immer noch sehr nackt sind.

Sie zuckt mit den Schultern und starrt in den Himmel, so wie es die Männer oft tun, wenn sie draußen sind. „Ich arbeite daran, aber manchmal entwischt mir der eine oder andere verirrte Gedanken, ohne dass ich es bemerke, und es kann nervig sein." Sie wirft Cal einen Blick zu und flüstert: „Vor allem, weil es normalerweise etwas ist, von dem ich nicht will, dass sie es hören."

„Wir sind Monrok, Kleines. Wir hören vielleicht nicht alle deine Gedanken, aber wir hören es, wenn du flüsterst", sagt Cal von dort, wo er steht und mit den Männern spricht.

Allyson streckt ihm die Zunge heraus.

Cal hat ein raubtierhaftes Funkeln in den Augen, das sogar mich zusammenzucken lässt, als er sich vor Allyson aufbaut. „Habe ich dir nicht gesagt, was du mit deiner Zunge machen sollst, Gefährtin."

Die Röte, die sich auf mir ausbreitet, reicht wahrscheinlich bis zu meinem Haaransatz. Ich erschrecke, als Jual mich in seine Arme hebt und zurück in die Richtung unseres Shuttles geht. Situs läuft neben uns her. „Tschüss!", rufe ich hinter uns und sehe aus den Augenwinkeln, wie Allyson winkt, bevor Cal sich nach vorn beugt und sie wie ein Sack Kartoffeln über seine Schulter wirft. „Es ist unhöflich, sich nicht zu verabschieden, bevor man jemanden verlässt", sage ich zu Jual und Situs. Sie schauen mich an, als wäre das ein fremdes Konzept für sie.

Situs zuckt mit den Schultern. „Wir waren fertig mit dem Reden."

„Kein und Cal werden den anderen von der Fähigkeit

der Weibchen erzählen, sich in Gedanken zu verbinden, wenn sie trächtig sind."

„Nun, ich hoffe, sie sagen es den Weibchen auch." Ich bin mir nicht sicher, ob es etwas geändert hätte, hätte ich es gewusst, aber eine kleine Warnung wäre nett gewesen.

„Es sind die Monrok, die informiert werden müssen", sagt Situs. „Es ist wichtiger denn je, dass wir die Weibchen auf Kadeema schützen."

Ich verstehe es nicht. „Weil wir mit den Vätern unserer Babys in Gedanken sprechen können?"

„Die Zapex und die Ko'sars sind die einzigen beiden Rassen, die Gedankenlesen können", erklärt Jual. „Die Zapex durch Berührung. Die Ko'sars dringen in deinen Geist ein, wenn du nicht in der Lage bist, dich abzuschirmen." Sein Gesichtsausdruck verrät, dass er es schon einmal miterlebt hat und dass es nicht schön war. „Die beiden Rassen glauben, dass sie aufgrund ihrer Fähigkeit zur mentalen Infiltration überlegen sind. Prinz Kaihan, der uns erschaffen hat und Menschen als Sklaven züchten wollte, hätte so viele menschliche Weibchen wie möglich für Experimente sammeln wollen."

„Aber er ist tot", argumentiere ich.

„Ja, das ist er", sagt Situs mit grimmiger Miene. „Und sein Bruder Keel hat seinen Platz eingenommen."

Dem Gesichtsausdruck der Männer nach zu urteilen, ist der Bruder nicht besser als Kaihan. „Was glaubt ihr, wird Keel tun?"

Mit steinernen Gesichtern schweigen sie.

„Ihr könnt es mir sagen. Es wird mir keine Angst machen."

Situs hebt eine Augenbraue und Jual schüttelt den Kopf.

„Sagt schon. Es nicht zu wissen, wird mich genauso ängstigen."

„Er wird die menschliche Rasse ausrotten", sagt Jual. Situs funkelt ihn düster an. Er scheint nicht gerade erfreut darüber zu sein, dass er es mir gesagt hat.

„Die *gesamte* menschliche Rasse?", frage ich fassungslos, aber sie nicken, als wäre es die logischste Schlussfolgerung in der ganzen Galaxis. „Aber wir sind keine Bedrohung!"

„Das wird keine Rolle spielen", erklärt Situs. „Die Zapex sehen in den Ko'sars bereits einen mächtigen Feind. Keel wird die Möglichkeit, dass sich die Menschen gegen ihn erheben, nicht riskieren."

„Und Keel hat uns Monrok immer als Bedrohung angesehen", sagt Jual. „Er wollte uns von Anfang an vernichten. Kaihan dachte, er könne uns kontrollieren, aber Keel wusste es besser."

Etwas an Juals Stimme macht mich stutzig. „Du bewunderst ihn."

Jual nickt. „Er ist ein Krieger und ein Fundamentalist. Er glaubt an die alten Traditionen. Und eine der alten Traditionen war es, dass jede Familie mindestens einen Krieger stellen musste. Er war der Meinung, dass der Wunsch seines Bruders und Vaters, eine Rasse kybernetischer Wächter für ihren Planeten zu schaffen, ihr Volk schwächen würde. Und er hatte recht."

„Sie sind selbstgefällig geworden", mischt Situs sich ein.

„Früher hatten sie eine der größten Armeen von Kriegern in der Galaxis, aber das ist Vergangenheit. Nach dem Krieg mit den Ko'sars war ihre Armee dezimiert worden. Die Zapex fanden Verbündete in der gesamten Jun'pn-Galaxy. Sie erklärten den Frieden und neue Zapex-*Chira* –

Mütter – erklärten, dass es keinen Grund mehr gäbe, einen ihrer kostbaren Söhne für den Krieg herzugeben."

„Also wurden wir erschaffen", sagt Situs abschließend. Er streichelt mir liebevoll über die Wange, als wir zum Shuttle gehen, als hätten wir nicht gerade darüber gesprochen, wie gern diese Zapex uns alle umbringen würden.

„Werden sie hierherkommen? Diese Ko'sars?" Ich greife mir schützend an den Bauch. Ich fange an, zu verstehen, warum die Männer und Allyson immerzu zum Himmel schauen.

Kaum habe ich die Frage gestellt, erschüttert ein lauter Knall die Luft.

Kapitel Zwölf

HANNAH

„Was war das?", frage ich, während mein Herz im dreifachen Tempo schlägt.

Visionen von Zapex, die eindringen und mich mitnehmen, ergreifen mich. Die Männer drängen mich ins Shuttle und sichern die Luke. Was in den wenigen Monaten, die wir hier verbracht haben, eher einer Höhle glich, erwacht um uns herum zum Leben. Das Brummen des Motors schnurrt unter meinen Füßen und es dauert einen Moment, bis meine Augen sich an das künstliche Licht gewöhnt haben.

Mir wird bewusst, dass die Männer diese Dinge mit ihren Köpfen eingeschaltet haben, wie lebende Computer.

„König Thaains Wachschiff ist soeben in die Atmosphäre von Kadeema eingetreten." Situs schreitet zur Schalttafel, auf der das Hologramm eines blauen Steins erscheint. „Wir haben genügend Energie, falls wir von diesem Planeten fliehen müssen."

„Was passiert?" Juals linkes Auge, das normalerweise ganz normal aussieht, zeigt eine winzige Zeichenabfolge mit nicht zu entziffernden Symbolen. Ich vergesse leicht, dass meine neuen Ehemänner nicht ganz menschlich sind, aber erst jetzt wird mir richtig bewusst, wie „anders" sie tatsächlich sind.

Jual erklärt: „Der laute Knall war das Geräusch, als unsere Sensoren ausgelöst wurden."

Ich erwarte mehr Action, aber die Männer beruhigen sich nach der anfänglichen Eile, mich ins Shuttle zu drängen. Die Lichter werden gedimmt und gehen schließlich ganz aus, bevor das leise Brummen des Motors verstummt. „Sollten wir nicht starten? Abfliegen?"

„Falscher Alarm. Wir bleiben erst einmal hier", erklärt Situs.

Die Männer können in der Dunkelheit sehen, aber ich stolpere vorwärts und versuche, mich zu orientieren, bevor Situs eine der primitiven Kerzen anzündet, die sie für mich hergestellt haben. Ich habe keine Angst vor der Dunkelheit, aber ich bin sofort erleichtert, als ich ihre Gesichter wieder sehen kann.

„Das Schiff ist auf dem Weg zu unserer nördlichen Hemisphäre", sagt Jual. „Es ist sehr weit von hier entfernt. Und bisher senden die ausgehenden Übertragungen Monrok-Signaturen. Oder es könnte ..."

„... ein Trick sein", beendet Situs. „Es könnten Zapex-Wachen sein. Oder ein von Ko'sars abgefangenes Schiff. Die Monrok senden, sie hätten Weibchen, aber es könnte ein Ko'sar-Köder sein."

Bei seinen Worten dreht sich mir der Magen um und schreckliche Szenarien gehen mir durch den Kopf.

„Wir werden ihnen nicht in die Hände fallen", beruhigt

Situs mich. Er zieht ein grimmiges Gesicht, wirkt aber entschlossen.

Während ich in unserer Zeit auf Kadeema leichtsinnig geworden bin, stelle ich fest, dass die Männer stets wachsam geblieben sind. Sie sind die Wächter, zu denen sie erschaffen wurden.

„Was sollen wir dann tun?", frage ich.

„Wir warten", sagt Jual mit lässiger Entschlossenheit.

Mein Herz klopft. „Warten?", murmle ich. Wir könnten von einer außerirdischen Rasse überfallen werden, die … mein Verstand stockt. Ich weiß nicht, ob diese neuen Außerirdischen uns töten oder an die Zapex ausliefern würden. Und wir sollen einfach warten? Mein Verstand schreit mich an, dass wir fliehen müssen. Dann bemerke ich, dass die Männer ganz ruhig dastehen … nackt.

Wir sind immer noch alle nackt!

Ein hohes, hysterisches Lachen sprudelt aus mir heraus und ich halte mir entsetzt den Mund zu. „Wenn wir schon darauf warten, wie Schafe abgeschlachtet zu werden, können wir uns dann nicht wenigstens Kleidung anziehen?"

Situs' Miene verfinstert sich beleidigt, aber Juals Lippen zucken an den Mundwinkeln. „Ich denke, unser kleines Lämmchen verdient eine Strafe dafür, dass sie so wenig Vertrauen in unsere Fähigkeit hat, sie zu beschützen."

Situs schüttelt den Kopf. „Keine Ablenkungen", sagt er zu Jual. „Wir müssen auf der Hut bleiben, bis wir wissen, wer sich in diesem Schiff befindet."

„Unsere arme Geliebte denkt, dass wir alle durch das Fallbeil sterben werden", sagt Jual und sein heißer Blick wandert über meinen Körper, bis ich mich winde. „Ich glaube, eine Ablenkung ist genau das, was unser Lämmchen braucht."

Situs zieht die Augenbrauen nach unten, als würde er darüber nachdenken. „Vielleicht hast du recht." Als würde sich die Luft verändern, nehmen seine Augen einen raubtierhaften Glanz an. „Es gefällt mir nicht, dass sie glaubt, dass wir sie nicht am Leben halten können." Sein Schwanz füllt sich und die harte Länge zeigt auf mich. Unwillkürlich trete ich einen Schritt zurück.

Er packt und streichelt seinen länger werdenden Schwanz, als er seinen Blick über meinen Körper schweifen lässt, sodass meine Brustwarzen sich zusammenziehen und sich Hitze in meinem Unterleib ausbreitet. Er tritt nach vorn und ich weiche einen weiteren Schritt zurück, als Jual von der anderen Seite herangepirscht kommt. Ich bin zwischen ihnen gefangen.

Jual nickt zustimmend. „Mir auch nicht. Haben wir sie nicht ernährt und behütet und alle getötet, die sie uns wegnehmen wollten?"

Ich erschaudere bei der dunklen Erinnerung.

„Das haben wir", sagt Situs. „Und als sie sich verlaufen hat und verängstigt war, habe ich sie gefunden und eine Bestie getötet, die sie fressen wollte."

„Und doch scheint sie so wenig Vertrauen in ihre Gefährten zu haben." Jual schüttelt den Kopf, als sei er enttäuscht von mir. „Was sollte die Strafe für eine Gefährtin sein, die so an uns zweifelt?"

Situs hebt seine Hand und ich zucke zurück. Nicht, weil ich seine Berührung fürchte. Ich bin einfach nur nervös. Er zögert, bevor er mit seinen schwieligen Fingerknöcheln über die Rundung meiner Brust und an meiner Seite hinunterfährt. „Sie braucht offensichtlich eine Lektion im Vertrauen."

Jual nickt. „Haben wir die Handschellen vom Krankenbett noch?"

Situs zieht sie wie aus dem Nichts hervor. Eine Fessel baumelt am Ende seines Fingers, während er drei weitere in der anderen Hand hält. „Bist du bereit für deine Lektion, kleine Gefährtin?"

„Nein." Die Leugnung strömt aus meinem Mund, bevor ich sie aufhalten kann. „Ich meine, ja!"

Beide Männer sehen mich mit hochgezogenen Augenbrauen an. „Ja oder Nein, Geliebte?", fragt Jual.

Ich schlucke, meine Kehle ist plötzlich eng und trocken. „Ja?"

Jual schüttelt tadelnd den Kopf. „Das klingt nicht sehr überzeugend, kleines Lämmchen. Nimm die Hände hoch und spreize deine Beine."

Ich zögere. Wollen sie mich etwa fesseln? Bestrafung ist eine Sache, aber ich bin noch nie gefesselt worden. Ich bin mir nicht sicher, ob es mir gefallen wird. Ein stechender Schlag auf meinen Hintern lässt mich zusammenzucken.

„Er meint, sofort, kleine Gefährtin." Situs' Worte dröhnen an meinem Ohr und er fordert mich heraus, mich ihnen zu widersetzen.

Unzufrieden mit der Wendung der Ereignisse hebe ich halbherzig die Hände und spreize die Beine, sodass meine Füße etwa hüftbreit voneinander entfernt sind.

Jual schaut mir in die Augen, als er meine Füße noch ein wenig weiter nach außen schiebt, um mir zu zeigen, dass ich nicht länger die Kontrolle habe. „Genau so, Lämmchen."

Sie legen mir dieselben breiten, schwarzen Handschellen an, die wir an Situs benutzt haben. Es sind dünne, weite Bänder und sie scheinen nicht sehr stark zu sein, aber ich versuche, an meinem Arm zu ziehen, um zu sehen, wie viel Bewegungsfreiheit ich habe, und ich habe keine. Irgendwie werden die Handschellen in der Luft über meinem Kopf gehalten. Da meine Schenkel so weit gespreizt sind, wirbelt die Luft um meine erhitzte Muschi, sodass ich mir der Nässe, die sich dort sammelt, peinlich bewusst bin.

Jual grinst verrucht, als würde er sich freuen, dass ich merke, wie gründlich und wahrhaftig ich gefangen bin. Die Männer umkreisen mich, streifen mit flüchtigen Berührungen über mein Kreuz und meine Seiten. Sie kommen näher und ziehen sich zurück, sodass mir schwindelig wird.

Ich kann meinen Blick nicht davon abhalten, über ihre nackten Oberkörper zu wandern, die perfekt durchtrainiert sind. Meine Wangen werden jedes Mal heiß, wenn sie mich beim Starren erwischen. So wie ihre Schwänze von ihren Körpern abstehen, macht es ihnen Spaß, mich zu quälen.

Ein Tuch wird über meine Augen geschlungen und an meinem Hinterkopf festgebunden. Eine Welle der Panik durchzuckt mich, als ich nichts mehr sehen kann.

Ich sehe gar nichts.

Ich kann mich nicht bewegen.

„Ganz ruhig", knurrt Jual an meinem Ohr.

Mein Haar wird zur Seite gestrichen, als weiche Lippen und das Kratzen eines Bartes mich am Nacken kitzeln. Schwielige Fingerspitzen gleiten über meine Wirbelsäule hinunter. Ich erschaudere und noch mehr nasse Hitze schießt zwischen meine gespreizten Schenkel.

Ein Mund saugt an meiner Brustwarze, Zähne knabbern an der Kurve meiner Taille und die großen, rauen Hände meiner Männer wandern über meinen Körper. Sie erreichen die Stelle, an der ich ihre Berührung am meisten brauche, jedoch nie ganz. Im Geiste spiele ich das Spiel, bei dem ich versuche, zwischen ihren Streicheleien und Küssen zu unterscheiden.

Juals Lippen sind voller, seine Zunge ist dicker. Seine

Berührungen sind sicherer, aber nicht weniger anbetend als die von Situs. Situs' Hände sind sanft und seine Liebkosungen halten länger an. Hände spreizen meine Pobacken auf und warmer Atem haucht über meine Schamlippen, bevor eine Zunge mich dort schmeckt, wo ich noch nie geleckt wurde. Ich versuche, mich zurückzuziehen, aber ich bin gefesselt und winde mich im Griff der Handschellen.

Ich höre das Lachen der Männer in meinem Kopf und weiß, dass ich meine Gedanken auf sie projiziere.

Ganz ruhig, kleines Lamm, sagt Jual durch unsere Gedankenverbindung. *Deine Lektion fängt gerade erst an.* Das Grollen seiner Stimme verstärkt sich irgendwie in meinem Kopf.

Finger gleiten durch die Nässe, die sich an meiner Muschi gesammelt hat, streichen um den Rand meiner Rosette herum, dringen leicht ein und ziehen sich wieder zurück. Ich wimmere. Ein weiteres Händepaar umschließt meine Brüste, zupft und zwickt meine Brustwarzen, bis mir der Atem stockt und ich fast um Gnade winsle. Sanfte Berührungen wandern an meinen Oberschenkeln hinauf, bevor sie wieder verschwinden. Der stechende Schlag einer Hand auf meinem Po lässt Funken durch meinen Körper sprühen und meine Ohren rauschen. Noch mehr Druck an meinem Anus, Eindringen, Dehnen. Ich tanze auf Zehenspitzen und mein Kopf fällt an eine Schulter zurück. Ein warmes Gewicht drückt gegen meinen Rücken, während sich ein anderes an meine Vorderseite presst. Eine Hand taucht zwischen unsere Körper und genau dorthin, wo ich sie am meisten brauche. Sie umkreist meine Klitoris, ohne mir jedoch genug Druck zu geben. Ich stöhne.

„Willst du uns auf diese Weise, kleine Gefährtin?", fragt Situs. Sein warmer Atem haucht über meinen Hals und ich bin mir sicher, dass er derjenige ist, der mich dehnt. Möglicherweise bereitet er mich vor. Mein Herz rast mit erneuter Angst vor der Vorstellung, dass mich beide Männer gleichzeitig nehmen könnten.

Jual schiebt seine quälenden Finger in mich hinein und plötzlich werde ich von beiden Männern gefüllt. Wie eine verlockende Aussicht darauf, was sie mir anbieten. „Vertraust du uns, dich zu verwöhnen, Geliebte?", fragt Jual, während er seine Finger langsam zurückzieht und erneut eindringt. Das Hin und Her ihrer Finger lässt es mir ganz schwindelig werden.

Ich gehorche und nicke, ohne Worte zu finden.

Ein weiterer stechender Schlag trifft meinen Hintern. „Benutze deine Worte", sagt Situs mit einem Grinsen in der Stimme.

Die Hände entziehen sich meinem Körper und die Männer weichen zurück. In ihrer Abwesenheit werde ich von kalter Luft umwirbelt. Plötzlich spüre ich drei harte Schläge auf dieselbe Stelle meines Hinterns. Der Stich brennt und strahlt aus, bis er zwischen meinen Beinen pulsiert.

„Lass uns das noch einmal fragen", sagt Situs. „Bist du bereit, zu erfahren, wie es ist, deine beiden Gefährten zu spüren? Vertraust du uns mit deinem Körper?" Er fährt mit einer Hand an meiner Seite entlang. „Mit deinem Geist?" Er küsst meine Schläfe. „Und deiner Seele?"

Tränen steigen mir in die Augen, als mir klar wird, dass ich mich ihnen bereits ganz hingegeben habe. „Sie gehören bereits euch. Jetzt und für immer." Ich habe nie zu Jonah oder an seine Seite gehört. Ich bin das Zentrum von Situs' und Juals Universum und sie sind das Zentrum von meinem. „Ich vertraue darauf, dass ihr euch in jeder Hinsicht um mich kümmert. Ich will euch beide."

Ich erwarte, dass sie auf meine Erklärung hin in mich

eindringen und mich ganz nehmen, aber die Qual beginnt von Neuem. Ein langsames Steigern von neckenden Liebkosungen lässt mich zappeln und darum betteln, dass sie mich füllen.

Das quälende Warten auf ihre Berührung hat mich erfolgreich von der Tatsache abgelenkt, dass die sichere Welt, die wir für uns geschaffen haben, in Kürze angegriffen werden könnte. Mehr denn je möchte ich die Sicherheit ihrer Arme um mich spüren. Ihre Körper, die sich über mir bewegen. In mir.

Eine Hand hebt meinen Oberschenkel hoch und zwei Körper klemmen mich ein. Ich spüre die heiße Spur eines harten Schwanzes an meinem Rücken und an meinem Oberschenkel, bevor einer der Männer von vorn in mich eindringt. „Ist es das, was du brauchst, Geliebte?"

„Ja", erwidere ich. „Ja, bitte mehr."

Jual bewegt sich in mir, bis sich meine inneren Muskeln um ihn zusammenziehen. Ich schreie auf, als er sich abrupt zurückzieht. Ein weiteres Händepaar umklammert meine Taille und meine Oberschenkel. Ich werde hochgehoben und Situs stößt von hinten in meine feuchte Hitze, treibt mich an den Rand des Wahnsinns und zieht sich dann zurück. Jual und Situs treiben mich abwechselnd an den Rand der Ekstase, stoßen in meine Muschi und lassen mich dann leer, nervös und zitternd zurück, während ich sie anflehe, mich kommen zu lassen.

Als eine heiße, klebrige Länge gegen meinen hinteren Eingang drückt, versteife ich mich panisch. Ich höre *Entspanne dich* und *Bleibe locker* gleichzeitig in meinem Kopf. Jual nimmt meinen Mund mit einem Kuss in Besitz. Ich zwinge meinen Körper, sich zu entspannen, als die Eichel in mich eindringt und sich langsam nach vorn schiebt.

Zentimeter für Zentimeter brennt die Dehnung. Ich zerre an meinen Fesseln. „Du bist zu groß."

„Schhh, meine geliebte Gefährtin." Situs haucht seinen Atem gegen mein Ohr, seine Stimme klingt angestrengt. „Bitte vertraue darauf, dass ich es gut für dich machen werde." Er hält inne, aber mein Körper kämpft dagegen an, seinen eindringenden Schwanz zu akzeptieren. „Vertraust du mir?"

Ich wimmere widerstrebend, aber dann wandelt sich das Brennen in ein leises Pulsieren, das sich bis in mein Innerstes ausbreitet. Finger umkreisen meine Klitoris und steigern mein Verlangen, bis ich keuche und mich winde.

Vertraust du mir?, fragt Situs erneut in meinem Kopf, als ich nicht antworte.

„Mehr", ist alles, was ich sage. Es ist alles, was sie hören müssen.

Situs stößt den Rest des Weges hinein und verharrt nur einen Moment, bevor Jual seine Länge gegen meine tropfende Muschi drückt. Situs füllt mich bereits so sehr aus, dass er Mühe hat, hineinzustoßen. Es ist so eng, dass es mir den Atem raubt. Ich bin bereit, dass sie sich bewegen, aber stattdessen tauchen Finger zwischen unsere Körper hinunter und finden meine Klitoris. Sie kreisen und reiben, bis mein Körper auf ihren beiden Schwänzen zuckt und ich schreiend gegen meine Fesseln ankämpfe.

Als hätten sie auf meine Erlösung gewartet, beginnen beide Männer, sich mit heftigen Stößen zu bewegen. Sie füllen mich und ziehen sich gleichzeitig zurück. Sie verlieren ihren Rhythmus, je schneller sie stoßen, und ich kann nicht atmen, so überwältigt bin ich von dem Gefühl. Arme umklammern mich. Körper gleiten gegen meinen. Sterne explodieren vor meinen Augen. Ich spüre, wie sie anschwellen, und ich halte es fast nicht mehr aus.

Situs zieht sich ein wenig zurück, als Jual noch tiefer in mich eindringt, und dann ergießen sie sich. Die Explosion ihres Samens pulsiert tief, bis er zwischen uns heraussprudelt. Mein Körper zittert in Nachbeben von Mini-Orgasmen, was den Männern ein Stöhnen entlockt. Wieder pulsieren sie und ergießen sich weiter. Das Pochen ihrer Knoten drückt gegen einen inneren Punkt in mir, der mich erbeben lässt. Ich werde fast ohnmächtig.

Völlig erschöpft und schlaff lasse ich mich nach vorn fallen. Meine Arme werden freigelassen und einer der Männer hält mich, während der andere meine Arme massiert und Küsse über meine Schultern und meinen Nacken haucht.

Du bist perfekt, sagt Jual durch unsere Gedankenverbindung. Gleichzeitig murmelt Situs: *Wie lieblich du bist, meine kostbare Gefährtin.*

Als die geschwollenen Knoten zurückgehen, entziehen sie sich aus meinem Körper, um mich zum Waschen ins *Bak* zu tragen. Es ist nicht groß genug für uns alle. Situs hält mich und reinigt mich, bevor er mich auf die Felle legt. Die Männer säubern sich selbst und dann mich. Ihre Wärme dringt in meine Haut und bis tief in meine Knochen. Ich bin empfindlich und wund, aber auf eine Weise befriedigt, wie ich es noch nie erlebt habe. Sie streicheln mich, küssen mich, schieben ihre Finger in mein Haar und lassen Lob auf mich herabregnen, bis ich praktisch glühe. Ich glaube, ich döse ein wenig, zufrieden in unserem Kokon aus Wärme, und sicher zwischen meinen beiden Männern gebettet. Situs beobachtet mich. Er streicht mit einem Finger über meine Nase und zeichnet meine Kieferpartie nach. Sein Mund öffnet sich, als wolle er etwas sagen, doch dann hält er inne.

„Was ist es?", frage ich.

„Genauso habe ich es mir vorgestellt."

„Was?"

„Eine Gefährtin zu haben", erklärt er und verzieht das Gesicht. „Nun, ich hätte nicht gedacht, dass Jual hier sein würde."

Jual spannt seinen Arm an, den er um meine Taille geschlungen hat, und hebt ihn, um Situs zu stoßen. „Du hast Glück, dass ich hier bin. Ohne mich würdest du immer noch grübelnd und sehnsüchtig auf dem Feld hocken."

Situs grinst mich mit einer Unbeschwertheit an, die ich bei ihm noch nie gesehen habe. Ich kann nicht anders, als ihn wie eine Verrückte anzulächeln.

Keiner der beiden zuckt zusammen oder zeigt eine Reaktion, aber ich erkenne den Moment, in dem sie eine Nachricht erhalten. Das Gespräch gerät ins Stocken. Jual flucht in einer Sprache, die ich nicht verstehe, aber ich erkenne einen Fluch, wenn ich einen höre. Außerdem schenkt Situs ihm ein Wort des Tadels.

Mein Herz rutscht in meine Kniekehlen. Einen Moment lang hatte ich vergessen, welche Prüfungen uns außerhalb der Shuttletüren erwarten könnten. Gerade habe ich mich an diese neue Realität gewöhnt. Ich will sie mir nicht nehmen lassen. Nicht, wenn alles, was ich mir jemals im Leben gewünscht habe, zum Greifen nah ist. Ich bin nicht mehr wütend auf Gott, dass er mich hierhergebracht hat. Ich soll hier sein und ich bete von ganzem Herzen, dass er mir diese Männer oder das Baby, das ich austrage, nicht wegnimmt.

„Was ist los?", frage ich.

Die Männer tauschen einen Blick aus und ich frage mich, ob sie insgeheim darüber nachdenken, wie viel sie mir erzählen sollen. „Das Wachschiff ist gelandet. König

Thaain ist tot", sagt Situs und seine gute Laune ist verflogen. „Sie haben seinen Harem von Haustieren gestohlen."

„Warum runzelst du dann die Stirn? Ist es nicht gut, dass sie hierhergekommen sind?"

Jual schüttelt den Kopf. „Die Haustiere des Königs gehören jetzt im Grunde genommen Prinz–König Keel, Thaains verbleibendem Sohn."

„Die Haustiere des Königs sind *Menschen*?"

Situs streichelt mein Haar. „Es heißt, sie sind veränderte Menschen, so wie wir Monrok. Du musst bedenken, dass wir in gewisser Weise auch wie Haustiere gehalten wurden. Er war von Menschen fasziniert."

„Ihr habt mir gesagt, dass Keel Menschen hasst. Wird er sie aufspüren wollen, nur um sie zu töten?"

Die Männer tauschen einen zögernden Blick aus, bevor Situs antwortet: „Sie haben ein sehr wertvolles Weibchen gestohlen. Ein Weibchen, das noch kein Monrok je zu Gesicht bekommen hat. Das allein ist schon besorgniserregend genug, da wir Monrok erst vor Kurzem von der Galaktischen Einheit als eigenständige Spezies anerkannt wurden. Aber sie hatten Probleme beim Abholen der Weibchen."

„Soweit sie es wissen, wurden sie glücklicherweise nicht verfolgt", sagt Jual zur Beruhigung. Aber an ihrem besorgten Stirnrunzeln erkenne ich, dass es noch mehr geben muss, was sie mir verschweigen.

„Heißt das, wir müssen fliehen?" Ich habe gerade erst angefangen, Kadeema als mein Zuhause zu betrachten. Ich will nicht wieder durch den Weltraum sausen. Die Wände schließen sich bereits um mich, wenn ich daran denke, wieder in der großen Leere der Nacht gefangen zu sein. Mein Atem wandelt sich zu kurzen Stößen.

Jual legt mir eine Hand auf die Schulter. „Beruhige

dich. Wir werden nirgendwo hingehen. Kadeema ist jetzt unser Zuhause."

„Aber die Zapex können uns finden", überlege ich. „Die Ko'sars."

„Wir wussten immer, dass sie es tun würden", sagt Situs und ich bin mir nicht sicher, ob mich dieses Wissen beruhigt.

Er streichelt mein Gesicht. Sein Blick ist wie eine solide Mauer der Sicherheit. „Ganz ruhig."

Ich hole ein paarmal tief Luft, weil mir ein wenig schwindlig ist.

Als sich die Panik in mir gelegt hat, fährt er fort. „Wir dachten, wir hätten mehr Zeit, um uns vorzubereiten. Wir müssen ein Kraftfeld um den Planeten errichten. Wir sind immer noch auf der Suche nach einer natürlichen Quelle von *Tash*-Steinen. Sie sind die Energiequelle für unsere Schiffe und werden es uns ermöglichen, ein defensives Magnetfeld um den Planeten zu errichten."

„Aber zweifle nicht daran, Geliebte", sagt Jual. Sein Gesicht wirkt wild und finster. „Ob wir nun ein Kraftfeld haben oder nicht, wenn sie uns angreifen, werden wir sie vernichten."

Ich erschaudere bei seinen Worten und dem kalten Blick des Todes auf seinem Gesicht. So brutal wirkte er nicht einmal, als er Aryl tötete. Ich werfe einen Blick auf Situs, der mir kurz und knapp zu nickt. Sie werden jeden vernichten, der uns angreift. Ein Teil von mir ist immer noch unsicher, aber ich weiß genau, dass sie alles in ihrer Macht Stehende tun werden, um mich zu beschützen, wenn es so weit ist.

„Und was machen wir jetzt?" Hängen wir in der Schwebe, während wir darauf warten, dass die Ko'sars und Zapex uns finden?

„Wir genießen den Rest des Tages mit unserer Gefähr-tin", sagt Jual. Situs schüttelt den Kopf, wohl wissend, dass das nicht meine Frage war.

„Wir bauen unser Leben hier weiter auf und bereiten diese Welt darauf vor, unsere Festung zu werden", erklärt Situs mir. „Wir sind Monrok-Krieger, Elitewächter und die mächtigsten Wesen im Universum." Er sagt dies ohne eine Spur von Arroganz, als reine Tatsache. „Die Zapex dachten, sie könnten uns kontrollieren. Aber es war nur eine Frage der Zeit, bis wir uns unsere Freiheit nehmen würden. Wir wurden geschaffen, um zu beschützen und zu verteidigen, aber wir haben nie für uns selbst gekämpft oder irgend-etwas verteidigt, das uns gehörte. Jetzt haben wir Kadeema, die Heimat, die wir für uns beansprucht haben. Und wir haben die Frauen, die unsere Zukunft bereits in sich tragen." Als er das Letzte sagt, wirft er einen vielsagenden Blick auf meinen Unterleib. „Ihr gehört uns, diese Welt gehört uns und wir werden alles tun, um zu behalten, was uns gehört."

ENDE

HOLEN SIE SICH IHR KOSTENLOSES BUCH!

Tragen Sie sich in meine E-Mail Liste ein, um als erstes von Neuerscheinungen, kostenlosen Büchern, Sonderpreisen und anderen Zugaben zu erfahren.

https://geni.us/jungfrauunddervampir

Bücher von Aubrey Cara

Dirty Daddys-Reihe

Bettle für Daddy (*Buch 1*)

Weine für Daddy (*Buch 2*)

Daddys Büro-Versuchung (*Buch 3*)

In Daddys Schuld (*Buch 4*)

Monrok-Krieger-Reihe

Ihren Menschen stehlen

Ihren Menschen behalten

Über die Autorin

USA Today-Bestsellerautorin Aubrey Cara mag es süß und dreckig. In Bezug auf Liebesromane, versteht sich. Sie liebt es, über die versaute, sexy Art der Liebe zu schreiben, die so selten und schön ist wie ein Vierfarben-Mistelfresser.

Sie lebt mit ihrem gartenverrückten Ehemann, einem allwissenden Teenager und einem Hund, der einfach nur die Nachbarn anbellen möchte, in den USA.

Mehr von Aubrey Cara findest du unter aubrey-cara.com